エアーズ家の没落 上

サラ・ウォーターズ

地方で，かつて隆盛を極めたエアーズ家は，第二次世界大戦終了後まもない今日では斜陽を迎え，広壮なハンドレッズ領主館に逼塞していた。かねてからエアーズ家に憧憬を抱いていたファラデー医師は，ある日メイドの往診を頼まれたのを契機に，一家の知遇を得る。物腰優雅な老婦人，多感な青年であるその息子，そして令嬢のキャロラインと過ごす穏やかな時間。その一方で，館のあちらこちらで起こる異変が，少しずつ，彼らの心をむしばみつつあった……。悠揚迫らぬ筆致と周到な計算をもって描かれる，たくらみに満ちたウォーターズの最新傑作。

登場人物

ファラデー……………………医師、本編の語り手
ロデリック・エアーズ………ハンドレッズ領主館の主
キャロライン・エアーズ……ロデリックの姉
アンジェラ・エアーズ………姉弟の母
スーザン・エアーズ…………キャロラインの姉、故人
ベティ……………………………住みこみのメイド
ベイズリー夫人…………………通いの家政婦
バレット…………………………荘園の雑用係
ジップ……………………………エアーズ家の飼い犬
ピーター・ベイカー＝ハイド……スタンディッシュ館の主
ダイアナ・ベイカー＝ハイド……ピーターの妻
ジリアン・ベイカー＝ハイド……ピーターとダイアナの娘
トニー・モーリー………………ダイアナの弟

ビル・デズモンド……地元の名士
ヘレン・デズモンド……ビルの妻
レイモンド・ロシター……元判事
ロシター夫人……レイモンドの妻
ミス・ダブニー……エアーズ家の知人
マキンズ……荘園の農夫
モーリス・バッブ……建設業者
ハロルド・ヘプトン……エアーズ家の弁護士
デイヴィッド・グレアム……医師、ファラデーの友人
アン・グレアム……デイヴィッドの妻
ジム・シーリィ……医師

エアーズ家の没落 上

サラ・ウォーターズ
中村有希訳

創元推理文庫

THE LITTLE STRANGER

by

Sarah Waters

エアーズ家の没落 上

わたしの両親マリーとロン、そして妹のデブローへ

1

初めてハンドレッッズ領主館を見たのは、十歳の時のことだ。最初の大戦後すぐの夏、当時のエアーズ一家は財産の大半を失う前で、まだこのあたりの有力者だった。連邦祝日《エンパイア・デイ》の園遊会で、幼い私が村の子らと一列に並び、ボーイスカウトの敬礼をしていると、エアーズ大佐夫妻が列の前を歩いて、記念メダルを配ってくれた。そのあと案内されたのは、あれは南の芝生だったろうか。用意された長テーブルで、子供たちは皆、両親と共にお茶をご馳走になった。エアーズ夫人は当時、二十四、五歳。大佐は二歳ほど上で、ふたりの娘のスーザンは六歳くらいだった。とても美しい一家だったはずなのに、彼らの顔はおぼろげにしか覚えていない。領主館そのものなら、当時の姿をありありと思い出すことができる。子供の眼に、館はまたとない大邸宅に見えた。歳を経た領主館の愛すべき年輪の数々を、いまでもはっきりと覚えている。すり減った赤煉瓦、波打つ窓ガラス、風雨に削られた砂岩の縁飾り。それらのおかげで領主館はどことなくぼやけて輪郭が定まらなかった――まるで氷だ。陽射しの中で融けかけている氷のようだ。
もちろん領主館の中に招かれることはなかった。扉もフランス窓も開け放たれていたものの、どれもロープかリボンで仕切られていたうえ、私たちに用意されたのは、納屋の馬丁や庭師が使うトイレだった。けれども、母は使用人に知り合いがいて、お茶会が終わって客が庭を自由に散策し始めると、私を裏口からそっと領主館に入れ、料理人や厨房のメイドたちと、少しだけ過ごさせてくれた。この時の訪問で、私はすっかり心を奪われてしまった。厨房は地下にあり、そこに続くアーチ天井のひんやりした通路は城の迷宮のようで、数えきれないほどの人々が、籠や盆を持って行ったり来たりしている。メイドたちが山ほどの洗い物にてこずっていたので、母も袖をまくって加勢にはいった。飛びあがるほど嬉しかったのは、母が手伝った礼にと、園遊会から手つかずでさげられた菓子やゼリー寄せを、私も食べなさいと言われたことだ。松の板テーブルの前に坐らされ、一家の使う食器の引き出しからスプーンを渡され——鈍い輝きのずっしりした銀のスプーンの先は、私の口よりも大きいくらいだった。

さらに大きな喜びが訪れた。アーチ天井の通路の壁のずっと上の方には、たくさんのワイヤーと呼び鈴をおさめた接続箱があり、そのひとつが鳴ると、上階の客間《パーラー》から呼ばれたと言って、パーラーメイドは私も一緒に上階に連れていってくれた。主人と使用人の世界を仕切る、緑がかったベージュのカーテンの隙間から、領主館の奥を覗けるかもしれない。いい子でおとなしくしていられるなら、そこで待っていてもいい、とメイドは言ってくれた。ただし、カーテンの裏から出てはいけない、もし大佐か奥様に見つかったら騒ぎになる、とも。

私は従順な子供だった。けれども、大理石張りの廊下が二本ぶつかる角のカーテンが開けられて、どちらもすばらしい調度品に満ち溢れているのを見た私は、パーラーメイドが片方の廊下の先に静かに消えてしまうと、もう一方の廊下に二、三歩、足を踏み出した。この時の背筋がぞくぞくする感じはたとえようもなかった。単にはいってはいけない場所にはいったせいというだけではない、この領主館そのものから、あらゆる物の表面から——床のワニスから、木の椅子や戸棚の古艶から、鏡のなめらかな面から、額縁の渦巻き飾りから、何かが襲いかかってくる気がしたのだ。ふと、埃ひとつない白い壁のひとつに引き寄せられた。壁の縁を飾る、どんぐりと木の葉をかたどった石膏細工。このような細工物を教会以外で見たことがなかった。もう一度、あらためてしげしげと見た私は、いまにして思えばとんでもないことをした。どんぐりのひとつに指をかけ、台座からはがそうとしたのだ。どうしても取れないと、ついにペンナイフを取り出し、突き立てた。破壊の衝動に駆られたわけではない。私は悪意でむやみに物を壊す子供ではなかった。ただ、領主館に心奪われるあまり、そのかけらを手に入れたかったのだ——いや、むしろ普通の子供なら感じない、ありあまる賛美の気持ちが私をそうさせたのだろうか。大の男が、恋焦がれる乙女の髪をひと房でいい、欲しい、と恥も外聞もなく願うように。

言うのも恥ずかしいことだが、私はついにどんぐりをはがしてしまった。期待したほどきれいに取れず、ぼそぼそけばだち、白い粉と土のかけらを床に積もらせて。がっかりしたのを覚えている。もしかすると、大理石でできているとでも思ったのかもしれない。

誰も現れず、誰も私を見なかった。世に言う〝一瞬の仕事〟だ。私はポケットにどんぐりを入れ、そっとカーテンのうしろに戻った。ほどなくパーラーメイドが戻ってくると、私を階下に連れ戻した。母と私は厨房の人々に挨拶をして、庭で待つ父と合流した。私はポケットに入れた石膏のかたまりの感触に、病的な興奮に襲われていた。強面《こわもて》のエアーズ大佐が、私のつけた傷を発見して、園遊会を中止するのではないかと、心配にもなった。けれども午後は、空が藍色に暮れなずむころまで、何事もなく平穏に過ぎた。両親と私はリドコート村の仲間と共に、長い道のりを歩いて家に帰った。蝙蝠《こうもり》がひらりひらりと飛びながら、くるりくるりと回りながら、見えない糸に引かれるように、いつまでもいつまでも、私たちにまとわりついてきた。

もちろん、母はのちに、あのどんぐりを見つけた。私が始終、ポケットから出し入れしていたので、灰色のネルのズボンに、チョークのような白い条《すじ》がついたのだ。母は、自分の手にある奇妙な小さい物体がなんなのかを理解した時、泣きだしそうになった。私をぶつことも、父に言いつけることもしなかった。気が弱くて口論などできない女性だった。だからかわりに、涙をいっぱい溜め、困惑し、恥じ入った眼で私を見つめた。

「おまえみたいに頭のいい子が、こんなことをするなんて」たぶん、そう言われたのだと思う。幼いころ、私はいつもまわりにそう言われ続けてきた。両親、伯父、学校教師――私の人生に干渉する立場のあらゆるおとなたちから。そんな言葉を言われるたびに、心の奥に誰にも見えない怒りが湧きあがった。頭のいい子という期待に応えたいと真剣に願いつつも、望んだわけでもないのに期待され、勝手に失望されるのだから。

*

どんぐりは、火にくべられた。翌朝、暖炉の燃えかすの中で、真っ黒になったそれを見つけた。あの年はハンドレッズ領主館の連綿と続く栄光の日々を飾る最後の年だったに違いない。翌年の連邦祝日の園遊会は、近隣の別の名家が主催した。ハンドレッズ領主館はゆっくりと着実に没落の坂道を下り始めていた。ほどなくしてエアーズ大佐夫妻の娘が亡くなり、夫妻はめったに社交界に顔を出さなくなった。続いて子供がふたり生まれたのは、なんとなく覚えている。キャロラインとロデリック――しかし、そのころにはもう、私はレミントン・カレッジでの、自分の小さな闘いに忙しかった。母は私が十五歳の時に世を去った。あとで知ったが、私が子供のころ、母は流産を繰り返していて、亡くなったのも流産がもとでだった。私が医大を卒業し、医師免状を持ってリドコート村に戻ると、待っていたかのように父は息を引き取った。エアーズ大佐はその数年後に亡くなった――動脈瘤だったと思う。

大佐の死で、ハンドレッズ領主館はいっそう世間から隔絶されるようになった。庭にはいる門はどれも、ほぼ永遠に閉ざされたまま。褐色砂岩のどっしりした塀は、特に高いわけではなかったが、拒絶の意志を感じさせた。領主館はとても大きく、ウォリックシャー一帯において、あの塀がちらりとも見えない場所はなかった。往診で塀のそばを通る時、その奥にひっそりと息づく世界に、ときどき思いをはせる――私の心の中でこの領主館は、一九一九年のあの日のまま、美しい煉瓦の壁と、ひんやりした大理石の床の廊下を抱き、いまもなお、眼もくらむほどすばらしい物に溢れていた。

＊

だから、次にこの領主館を再び見た時――最初の訪問から三十年近くがたち、二度目の大戦が終わって間もないころに――その変化に、私は度肝を抜かれた。訪れたのはまったくの偶然だ。エアーズ一家の主治医は私のパートナーであるデイヴィッド・グレアムだった。けれども、その日、彼は急患がはいったので、医者をよこしてほしいという一家からの要請は、私が引き継ぐことになった。庭に足を踏み入れた瞬間、心が沈むのを感じた。庭は荒れ放題、伸び放題で、きれいに刈りこまれたくちなしと月桂樹の間を通る長い小径を通って領主館に向かう。ようやく藪から抜け出すと、一面の砂利の中、私の小型車は車路《くるまみち》をたどるだけで一苦労だった。ブレーキを踏んで、あまりのことに息をのむ。領主館はもちろん記憶の中よりも小さかった――私の覚えていた大きな城などではない――しかし、それは突然、領主館が真正面に現れた。私がぞっとしたのは、その凋落ぶりだった。年月を経て美しく丸みを帯予想していたことだ。びていたはずの縁飾りは完全に崩れ落ち、もともとぼやけていたジョージ王朝風の輪郭がいっそう曖昧になっている。蔦《つた》は際限なく広がり、ところどころ枯れ、それはまるで髪の房がもつれあい、だらりとさがっているようだ。広い玄関扉に続く踏み段はひび割れ、隙間から雑草が青々と茂っている。

車を停め、外に出て、ばたんとドアを閉めて、なにやら怖くなった。この領主館はこんなにも大きく、しっかりとした建物なのに、なぜか存在するような、しないような、不思議な気持ちがする。私の到着した音は誰にも聞こえなかったらしいので、少しためらったあと、砂利の音をたてながら、細心の注意をはらって、ひび割れた石の踏み段をのぼり始めた。暑い、静かな夏の日だった——風ひとつなく、くすんだ古い真鍮と象牙でできた呼び鈴の取っ手を引くと、澄んだ音がはっきりと、しかし遠くから、まるでこの領主館の腹の奥で響くように聞こえた。呼び鈴の音に続いて、犬が荒っぽく吠える声がかすかに耳に届いた。

吠える声はすぐに止み、かなりの間、静けさが続いた。やがて、右の方から引きずるような不規則な足音が聞こえてきたかと思うと、この家の息子、ロデリックが領主館の外壁を回って現れた。不審そうに眼をすがめて私を見ていたが、手に鞄を持っているのに気づいたらしい。くたくたの煙草を口から引き抜いて、声をかけてきた。「お医者さん？　グレアム先生を待ってたんですが」

口調は歓迎していたが、気だるそうだった。もう私を見飽きたとでもいうように。私は踏み段を離れて歩み寄ると、グレアムのパートナーですと自己紹介し、グレアムが急患で来られないことを説明した。彼は愛想よく答えた。「そうですか、わざわざ来てくれてありがとうございます。日曜だってのに。しかも、こんな暑い日に。こっちからどうぞ、そう、こっちです。家の中を通るより、近道なんですよ。ああ、ぼくはロデリック・エアーズです」

実を言うと、私たちは一度ならず会っていた。けれども彼はきれいさっぱり忘れているようで、歩きだす前におざなりな握手を求めてきた。その指は不思議な感触だった。ある場所は鰐革のようにでこぼこで、ある場所ははっとするほどつるつるしている。彼の両手は火傷《やけど》を負っていた。戦時中の事故で、顔の大部分と共に。火傷がなければ、かなりの美形だ。私よりも背が高く、二十四歳なのにまだ少年の面影を残した細身の青年。服装も少年風で、開襟シャツに半ズボン、染みのついた布靴をはき、ゆっくりとした歩みで足を引きずっている。

歩きながら、彼は話しかけてきた。「どうしてお呼び立てしたか、ご存じですよね？」

「お宅のメイドさんのひとりから、うかがいました」

「メイドのひとり！　そりゃあ傑作だ。うちにはひとりしかいませんよ。ベティです。腹痛《はらいた》らしいんですが」ロデリックは疑っている顔だった。「どうですかね。母も姉もぼくも、なるべく医者先生の世話にならないようにしてるんですよ。ちょっとした風邪とか頭痛くらいなら、我慢して。だけど、このごろは使用人の扱いが悪いと主人が面倒なことになるご時世じゃないですか。どうも、使用人の方が主人よりもいい扱いを受けるべきらしい。で、とにかく医者を呼んだ方がいいと思ったわけです。ああ、そこ、足元に気をつけて」

彼は領主館の北の壁沿いの、砂利を敷いたテラスの上に私を導くと、わかりにくいくぼみやひび割れの場所を注意してくれた。私はそれをよけて歩きながら、領主館のこちら側を見ることができて嬉しいと思いつつも――こんなにも荒れ果てているのを目の当たりにし、愕然とせずにいられなかった。庭園は刺草《いらくさ》と昼顔でできた混沌そのものだ。かすかに、しかしはっきりと、溜まった下水の臭いがする。通り過ぎる窓は皆、雨と土埃に汚れていた。どれも閉まっているばかりか、ほとんどがよろい戸に隠されていたが、昼顔に巻きつかれた梯子のような石段から続く、両開きのガラス扉だけは開け放たれていた。そこから、大きいけれども散らかった部屋が見える。紙の積みあがった机、ブロケードのカーテンの端……そこまでしか見ている時間はなかった。狭い使用人用の裏口にたどりつくと、ロデリックは脇によけて、私を通した。「そこからはいってください」ただれた手で道を指し示す。「姉が階下にいます。姉がベティを紹介しますから、話を聞いてやってください」

あとから思えば、脚を痛めていた彼は、階段を苦労しており る姿を私に見せたくなかったのだ。その時の私はただ、礼儀作法に堅苦しくない人だな、と思っただけで、何も言わずに彼の前を通って中にはいった。すぐに、彼のゴム底の靴が砂利を踏んで遠ざかるのが聞こえた。

私はそのまま進んだ。そして、気づいていた。この狭い廊下こそ、はるかむかしに母が私をこっそり〝密入国〟させた、あの廊下だ。そこから続く、むき出しの石でできた階段も記憶のままだ。階段をおりると、あの時、圧倒されたアーチ天井の薄暗い通路に出た。ここでもまた、失望に襲われた。私はこの通路を地下神殿か迷宮のように覚えていた。実際には、壁は警察署や消防署のような青みがかったてかてかしたクリーム色で、板石の床には椰子を編んだマットが敷かれ、すえた臭いのモップがバケツに刺さっていた。誰も出迎えに現れなかったが、右手の半開きのドアから厨房が見えたので、そっと近づき、覗いてみた。また失望が待っていた。生気というものの感じられない大きな部屋。ヴィクトリア時代のカウンターを始めとして、表面という表面はどこもかしこも、ごしごしと磨かれている。古い松の板テーブルだけが――ひと目見て、私が菓子やゼリー寄せを食べさせてもらった、あのテーブルとわかった――初めてここに来た時の興奮を呼び起こしてくれた。それはまた、この部屋で唯一、生活感を見せているものだった。土のついた野菜が少しと、水を張ったボウルと、包丁が一本のっている――ボウルの水は濁り、包丁は濡れていて、まるで誰かが仕事に取りかかった時に、人に呼ばれたように見えた。

私はあとずさった。靴が何かをきしませたか、椰子のマットをこすったのだろう。またもや興奮した犬のしゃがれ声が聞こえ――今回は驚くほど近い――次の瞬間、老いた黒いラブラドルが通路のどこかから飛び出し、突進してきた。犬が吠えながら私のまわりを跳ねまわる間、鞄を持ちあげてじっと立っていると、すぐに若い女性が犬のあとから現れて穏やかに言った。「ほーらほら、お馬鹿さん、いいかげんにしなさい！　ジップ！　おやめ！――本当にすみません」近づいてくると、ロデリックの姉のキャロラインとわかった。「跳ねまわるのをわたしが嫌いってこと、ちゃんと知ってるんですよ、この子。ジップ！」彼女は手を伸ばし、手の甲で犬の尻をぴしゃりと叩いた。犬はようやく静まった。

「お馬鹿さんなんだから」キャロラインは、許してやりながら、両手で犬の耳を軽く引っぱった。「もう、感動的なんですよ。この子ったら、うちに来る知らない人は誰でも、わたしたちの咽喉を掻き切って、先祖代々伝わる銀器を盗むつもりだと思ってるんです。銀器は全部、質に入れたって、この子に言うのは気の毒だから秘密にしてるの。グレアム先生をお呼びしたつもりだったんですけど。ファラデー先生ですね？　そういえばまだ自己紹介をきちんとしていませんでしたね」

話しながら微笑んで、片手を差し出してきた。弟の握手よりも力強く、心がこもっていた。私は彼女を州の行事や、ウォリックやレミントンの街で、遠くから見かけたことしかなかった。二十六、七歳だろうか、地元では〝とても温かい人柄だ〟とか、〝結婚しない方が幸せ〟とか、〝賢い娘さん〟だとかという評判だが──それは言い換えれば、彼女はお世辞にも美人とは言えず、女性にしては背が高すぎて、股《もも》も足首も太い、という意味だ。髪はイギリス女性らしい淡い栗色で、きちんと手入れをすればかなり美しくなると思うのだが、いつ見てもほったらかしで、いまなどは台所用の石鹼で洗ったまま櫛で梳《と》かすのを忘れたのかと思うほど、ぱさぱさのざんばら髪が肩にかかっている。加えて、私の知る女性たちの中でいちばん服のセンスがない。男物のような平たいサンダルをはき、まったく身体に合っていない淡い色のサマードレスを着ているが、腰の張った下半身と大きな胸がみっともなく見える。はしばみ色の眼は位置が上ぎみで、顔は長く、顎は角ばり、横顔は扁平だ。口だけはすばらしいと思った。驚くほど大きく、形よく、そして、よく動く。

私はもう一度、グレアムに急患がはいったのでかわりに来たのだと説明した。キャロラインは弟と同じことを言った。「まあ、わざわざ来てくださって、どうもありがとうございます。ベティはここに来て、そう長くないんです。まだひと月もたってなくて。この子の家族はサウサンの反対側に住んでいるから、呼び出すのもなんだし。まあ、あのお母さんは、あまりいい人じゃないし……あの子がおなかが痛いって言い出したのは昨夜なんです。今朝になっても、全然よくならないみたいで、とにかく、どんな病気か確かめておいた方がいいと思って。すぐに診てやってくれますか？　あっちです」

そう言いながら向きを変え、筋肉質の脚でどんどん歩いていくあとから、犬と私はついていった。連れていかれた部屋は通路の突き当たりにあり、おそらく、かつては家政婦の私室だったと思われる。厨房より小さいが、地下のほかの部屋と同じく、床は石で、高いけれども光のはいらない窓や、くすんだ塗料の壁に囲まれている。小さい暖炉は掃き清められ、室内にあるのは色褪せた肘掛け椅子が一脚とテーブルが一台、鉄パイプのベッドが一台——使わない時にはたたんで縦にして、戸棚のうしろの隙間に収納できるタイプだ。このベッドの中で、ペティコートか袖なしのネグリジェか何かを着て寝ていたのが、あまりに小さく、か細い身体だったので、最初は幼い子供かと思った。近づいてみると、発育の悪い十代の少女だとわかった。少女は戸口の私を見て起きあがろうとしたが、私が歩み寄ると力なく枕に倒れかかった。私はベッドに腰をおろして話しかけた。「こんにちは、ベティだね？　私は医者のファラデーだ。お嬢様から聞いたけど、おなかが痛いんだって？　いまはどうなのかな？」

少女の言葉には訛りがあった。「お願いです、先生、あたし、すごい具合悪くて」

「吐いたりしたかな？」

少女はかぶりを振った。

「くだしたかい？　その、腹をくだす、という意味は、わかるね？」

少女はうなずいた。そして、またかぶりを振った。

私は鞄を開けた。「わかった。じゃあ、診察しよう」

少女は子供のようなくちびるを、私が体温計の先を舌の間にさしこめるだけしか開けなかった。私がネグリジェの襟元を広げ、冷たい聴診器を胸に当てると、声をたてて、びくっと震えた。このあたりの地元の子供ということは、前にこの子を見たことがあるのかもしれない。学校の予防接種の時に。しかし、私はまったく覚えていなかった。この子はあまり人の記憶に残るタイプではない。色の薄い髪は、雑に切られ、額の横に髪留めで押さえてある。顔は広く、眼と眼の間が開いている。瞳は灰色で、色素の薄い眼にありがちなのだが、底なしに深く見える。青白い頰は、私が少女の腹を診るためにネグリジェの裾をめくり、みすぼらしいネルの下着をあらわにすると、恥ずかしいのだろう、その時だけ頰に血をのぼらせ、かすかに色づかせた。

私がへその上に軽く指を当てると、少女は息をのみ、叫んだ——悲鳴のように。私はなだめた。「大丈夫。それで、どこがいちばん痛いかな? ここは?」

「ああ! 全部、痛いです!」

「ぴりっという痛みかな、切り傷みたいに? それとも、ずきずきする? 火傷みたいな感じかな?」

「ずきずき」少女は叫んだ。「あと、切られるみたい! あと、火傷みたいな感じも! ああーっ!」少女はまた悲鳴をあげ、口を大きく開けると、健康そうな色の舌も、咽喉も、並びの悪い小さな歯も、全部見せた。

「わかった」私は繰り返すと、ネグリジェをおろしてやった。そして、少し考えてからキャロラインを振り返った——彼女はドアを開けたまま、戸口でラブラドルと並んで、心配そうにこちらを見ていた——「すみませんが、少しベティとふたりきりにさせていただけますか、エァーズさん？」

私の口調の深刻さに、彼女は眉を寄せた。「はい、もちろん」

そして犬に合図し、一緒に通路に出ていった。キャロラインたちが出ていったあと、ドアが閉まると、私は聴診器と体温計をしまい、金具の音をたてて鞄を閉じた。そして、青白い顔の少女に静かに言った。「さて、それじゃ、ベティ。私はちょっと難しい立場にある。すぐそこで心配しているお嬢様が、きみを楽にしてあげたくてわざわざ手を尽くしてくれた。それなのに私は、きみのためにできることは何もないと知っている」

少女が、上目づかいに見つめてきた。私はさらに遠慮なく続けた。「きみは、私が休みの日に、リドコート村から八キロも離れたところまでわざわざ、悪い子の面倒を見にくるより、もっとしなければならない大事なことがあるとは思わないかい？　きみの盲腸を取ってもらうように、レミントン町の病院に送ってやりたいよ。きみの病気はね、仮病だ」

少女は真っ赤になった。「違う、先生、本当に病気なんだってば！」

「きみはなかなかの女優だ、それは認めてあげよう。叫んだり、のたうちまわったり、たいしたものだ。だけどね、私は芝居を見たければ劇場に行くよ。それはそうと、誰が費用を払うと思っているのかな？　私の往診は安くないよ」

金のことを言うと、少女の顔に怯えの色が走った。そして、今度は本心から訴えてきた。

「本当に病気なんです！　ほんとです！　昨夜は本当に具合悪くって。うんと気持ち悪くて、ほんとに――」

「それで？　一日、昼寝をしてみたいと思ったのかな？」

「違います！　そんなんじゃ！　あたし、ほんとに具合悪くって。だから、ちょっと思って――」ここで声がくぐもり、灰色の眼に涙が溜まってきた。「思って」おずおずと繰り返す。「こんなに具合悪いんだから――ちょっと、実家に帰らせてもらえるかもしんないって。病気が治るまで」

　少女は顔をそむけて、何度もまたたいた。両眼に涙が盛りあがり、そして、頬にまっすぐな二本の条を引いて落ちた。私は声をかけた。「そういうことだったのか？　暇をもらいたかったのかい？　そういう理由だったの？」――少女は両手で顔をおおい、身も世もなく泣きだした。

　医者は涙を見ることに慣れている。それでも、ある涙はほかの涙より心を打つことがある。私は実際、溜まった家の雑事を片付けなければならず、こんなところまで無駄足を踏まされたことを愉快に思ってはいない。しかし、この子はこんなにも幼く、悲しみにくれている。私は黙って泣かせてやった。やがて、私は少女の肩に手をかけ、強い口調で言った。「さあ、もう泣くんじゃない。何が辛いのか、言ってごらん。この家が嫌いなのかい？」

　少女は枕の下から、くたくたの青いハンカチーフを引っ張り出すと、洟をかんだ。

「うん」少女は言った。「嫌い」

「どうして？　仕事がきつすぎるのかい？」

少女は投げやりに肩をすくめた。「別に、普通です」

「まさか、全部きみひとりでやっているわけではないね？」

少女はかぶりを振った。「通《かよ》いのベイズリーさんが、毎日三時まで仕事します。日曜以外。洗濯と料理をあの人がやって、あたしはほかの仕事を全部です。庭は男の人がときどき来てくれるし。キャロラインお嬢様も少し手伝ってくれるし……」

「なかなか結構じゃないか」

少女は答えなかった。私はもうひと押しした。ご両親が恋しいのかい？——少女はまさかというように顔をしかめた。ボーイフレンドに会いたいのかな？——ますます顔をしかめられた。私は鞄を手に取った。「喋ってくれないと、助けてあげられないよ」

少女は私が立ちあがろうとするのを見て、ついに言った。「この家なんです！」

「この家？　それがどうしたのかな？」

「先生、この家、普通の家じゃないんです！　おっきすぎるんですよう！　家ん中のどこに行くにも、一キロも歩かなきゃなんないし。静かすぎて、ほんとにおっかなくて。昼間はいいんです、あたしも仕事してるし、ベイズリーさんも来てくれるし。でも夜は、あたし、ここにひとりぼっちだから。全然、なんの音もしないし！　だから怖い夢ばっかし見て……それだけじゃなくって、あたし、ここじゃ、古い裏階段ばっかし、のぼったりおりたりさせられるんです。すごいぐるぐる曲がる階段で、何周して、自分がいまどこにいるのか、さっぱしわかんない。

ときどき、あたし、怖すぎて死ぬんじゃないかって！」

「怖すぎて死ぬ？　こんなにすてきなお城でかい？　ここに住めるなんて、きみはとても運がいいんだよ。そう考えてごらん」

「運がいい！」信じられない、という口調だ。「友達はみんな、メイドになるなんて馬鹿だって。あたしのこと、笑ってんですよ！　あたし、誰にも会えないし。外にも行けない。いとこはみんな、工場で働いてる。あたしだって、工場に行きたかった――でも父さんがだめだって！　父さんは好きじゃないって。女の子は工場に行くと、すれちゃうって。だから、ここに一年住みこみで働いて、家事とか礼儀作法とか覚えろって。いちねん！　あたし怖くて死んじゃうよ、絶対。でなきゃ、恥ずかしくて死んじゃう。すごい古くさいドレス着せられて、ちっちゃい帽子もつけさせられるんだもん！　先生、もうやだ！」

少女はぐっしょり濡れたハンカチーフを丸め、喋りながら床に投げ捨てた。

私はかがんで、それを拾った。「やれやれ、癇癪《かんしゃく》屋さんだな……一年なんてすぐに過ぎるよ。歳を取れば、一年なんてあっという間だ」

「だって、あたしはいま、年寄りじゃないもん！」

「きみは何歳？」

「十四。こんなとこに閉じこめられたら、九十の年寄りみたいになっちゃう！」

私は笑った。「まさか。さて、どうしようかな？　とにかく、私は往診代を稼がないと。エアーズさんたちに、何か言ってほしいかい？　あの人たちだって、きみに辛い思いをさせたいわけじゃないはずだよ」

「あの人たちは、ただあたしに仕事させたいだけだもん」

「ふうん、じゃあ、きみのご両親に話してみようか？」

「ばっかばかしい！　母さんなんか、一日の半分、どっかの男と一緒にいるんだから。あたしがどこにいたって気にしてないし。父さんは、全然、役にたたないし。できることって、がみがみ怒鳴ることだけだもん。いちんちじゅう怒鳴ったりわめいたり。それに飽きたら、母さんを探しにいって連れ戻すんです、毎日！　あたしをメイドにしたのも、母さんみたいになったら大変だからって、それだけです」

「じゃあ、どうして実家に帰りたいのかな？　ここにいる方がいいみたいじゃないか」

「実家に帰りたいんじゃないってば。あたしはただ――とにかく、もういやなの！」

　まじりけのない憤懣で、少女の顔は険悪に歪んでいた。もはや子供というより、獰猛な獣の子に近い。私の視線に気づくと、癇癪の火は消えていった。そして、また自己憐憫に浸り始めた――不幸せそうにため息をつき、泣き腫らした眼を閉じる。私たちはしばらく無言でじっとしていた。私はこの陰気な、半地下の部屋を見回した。その純然たる静けさは、息が詰まるほどだった。すくなくとも、この点に関しては少女の言うとおりだ。空気はひんやりとしているが、妙に重たい。なぜか、この上にそびえている巨大な領主館そのものの存在を――それどころか、その向こうにはびこる刺草と雑草の混沌とした庭さえもずっしりと感じる。

　母のことを思い出した。たぶん、母が初めてハンドレッズ領主館に奉公にあがったのはベティよりも幼いころだろう。

私は立ちあがった。「なあ、きみ、残念だけれど、人というのはときどき我慢というものをしなければならない時があるんだよ。それが人生ってものだ。それにつける薬はない。でも、こうしてみたらどうかな？　今日はこのまま寝ていればいい、休みの日ということにしよう。仮病のことはお嬢様には秘密にするよ。それから、胃薬でもあげよう――きみはその瓶を見て、自分が盲腸を切られるところだったことをいつも忘れるんじゃないよ。でも、きみがここでもう少し楽しく暮らせるようにできないか、お嬢様に頼んでみよう。だから、きみもこのお城にもう一度、チャンスをくれないかな。どうだい？」

少女はあの底なしに深い瞳で私を見つめてくると、うなずいた。そして、悲しげに囁いた。

「ありがとうございます、先生」

部屋を出る間際、少女がベッドで寝返りを打った。白いうなじと、華奢な背中の飛び出したような尖った肩胛骨がこちらを向く。

通路に出ると誰もいなかったが、ドアを閉める音でさっきのように犬が吠え始めた。慌しく床をこする爪の音がしたかと思うと、厨房から犬が飛び出してくる。が、さっきよりは落ち着いていて、すぐに興奮はおさまり、私がなでて耳をちょいと引っぱってやると喜んでいた。キャロラインが厨房の戸口に現れ、ふきんで手を拭いている――指の間を素早くぬぐう様は、いかにも主婦らしい手つきだ。彼女の背後の壁には、まだあの呼び鈴やワイヤーのおさまった箱がついていた。使用人を地上の大いなる王国に呼び出すために設計された、尊大な機械。

「どうでした？」私と犬が歩み寄ると、彼女は訊いてきた。

私は躊躇なく答えた。「ちょっとした消化不良ですね。たいしたことはありませんが、呼んでくださって正解でした。胃腸には注意しすぎるということはありませんから、特にこの陽気では。あとで処方薬を出しますから、あの子には一日二日、楽な仕事をさせてやってください……それと、もうひとつ」私は彼女のそばにたどりつき、声をひそめた。「どうも、あの子はかなり重度のホームシックのようです。お気づきになりませんでしたか？」

キャロラインは眉を寄せた。「別に、普通にしているように見えましたけど。まあ、ここに慣れるのに時間はかかるかもしれませんが」

「夜はあの地下室で寝ているんですね、ひとりきりで。ずいぶん寂しいんじゃないんですか？裏階段のことも言っていましたよ、不気味で怖いとか――」

彼女の眉が晴れ、おもしろそうな表情になった。「ああ、それが問題なんですか？　あの子はそんなくだらないことを言う子じゃないと思ってたのに。うちに来た時、ずいぶんしっかりした子だと思ったんですけど。でも、田舎の子ってわからないから。肝《きも》が据わっていて、鶏をしめるのをまかせられる子もいれば、グスターみたいにちょっとしたことで大騒ぎする子もいるし。あの子はきっと変な映画をたくさん見すぎたんでしょう。この館は静かですけど、不気味なことは何もないですよ」

私は少し考えて、答えた。「あなたはこの家に生まれた時からずっと住んでおられる。しかし、もう少しあの子を安心させてあげられませんか？」

キャロラインは腕を組んだ。「寝る前に枕元でお伽噺を読んでやるとか?」

「あの子はまだ子供なんですよ、エアーズさん」

「わたしたちはあの子に対して、ひどい扱いはしていませんよ、言っておきますけど! お給金は十分過ぎるくらい払ってるし。わたしたちと同じ食事を食べさせてるし。ええ、ある意味、あの子はわたしたちよりも、いい扱いを受けていますよ」

「はい」私は答えた。「弟さんもそんなようなことを、言っていました」

私がそっけなくそう言うと、キャロラインは顔を赤らめたが、それはあまり魅力的ではなかった。血の色が咽喉をさかのぼり、乾燥したような頬をまだらにじわじわと染めていく。ふいと視線をそらした彼女は、癇癪を抑えようとしているようだった。次に口を開いた時、その声はいくらかやわらいでいた。

「ベティを喜ばせるために、できるだけのことをしましょう、ええ、本当に。実情を言えば、あの子を手放すわけにはいかないんです。通いの家政婦ができるだけのことをしてくれていますけど、この領主館はとても使用人がひとりだけでは足りないんです。でも、ここ二、三年、メイドを雇うことが本当になかなかできなくて。ここはバス路線からはずれてますし、いろいろ不便な場所で。最後に辞めたメイドは三日しかもたなかったわ。一月のことですけど。ベティがうちに来るまで、わたしはずっとこの家のことをほとんどひとりでやってたんです……でも、あの子が深刻な病気じゃないとわかって、本当によかったわ」

頬から血の色は薄れてきたものの、その顔はどことなく落ちくぼんで、疲れているように見えた。肩越しに厨房のテーブルを覗くと、さっきの野菜は洗って皮がむいてあった。そして彼女の両手を見て、それがどんなに荒れているのか、初めて気づいた。短く切った爪は割れ、手の甲は真っ赤になっている。もったいない。形のよい手なのに。

私の視線の先に気づいたに違いない。彼女は、意識したように私に背を向け、ふきんを丸めると、厨房のテーブルに向かって正確に投げた。ふきんは泥だらけの盆の横に落ちた。「どうぞ、上階にいらして」これで私の訪問はおしまい、という口ぶりだった。私たちは無言で石段をのぼった——犬は、足にまとわりつきながら、ため息のような大きな息をついて一緒にのぼってきた。

階段を回ると、テラスに続く裏口のドアの前で、ちょうどはいってきたロデリックに会った。「母さんが呼んでるよ、姉さん」彼は言った。「お茶はまだかいって」そして、私に向かって軽くうなずいた。「ああ、ファラデー。診断できました?」

〝ファラデー〟と呼び捨てにされて、思わずむっとした。ロデリックは二十四歳で、私は四十近くだ。けれども、私が答える前に、キャロラインが彼に近づき、両腕を投げかけていた。「ファラデー先生ったら、わたしたちを暴君だと思ってらっしゃるの!」まつ毛を震わせて言う。「ベティに煙突掃除までさせてるとか、思ってるみたいよ」

ロデリックは笑みを浮かべた。「いい考えだね、それ」

私は言った。「ベティなら大丈夫です。ちょっとした消化不良ですよ」

「伝染するようなものじゃないんですか?」

「全然」

「でも、わたしたちはあの子のベッドに、朝ごはんを運んであげなきゃならないのよ」キャロラインが続ける。「何日も何日も、甘やかしてやらないとだめなんですって。わたしがお料理できて、本当にラッキーだったわねえ？　それはそうと——」キャロラインはわたしに向き直った。「逃げないでくださいな、先生。時間がおありでしたら、お茶を召しあがっていってください、ぜひ」

「ええ、ぜひ」ロデリックも言った。

彼の口調はあいかわらず頼りなかったが、姉の方は本心から言っているように思えた。たぶん、ベティの件で対立したことを埋め合わせたかったのだろう。私もまた、埋め合わせをしたかったこともあり——とはいえ、いちばんの気持ちは、お茶をここでいただくとなればこの領主館の中をもっと見られることに気づいたからだと白状しよう——お言葉に甘えさせていただきます、と答えた。するとふたりは道をあけて、私を先頭に歩かせた。最後の数段をのぼりきると、そこは小さながらんとした廊下で、そしてあのベージュのカーテンに隠れたアーチ天井の一角は、一九一九年に私がパーラーメイドに案内してもらった場所だ。ロデリックがゆっくりと階段をのぼってくる間、姉は彼の肩に腕を回していたが、上まで来ると、弟から離れて、無造作にカーテンを開けた。

その奥に続く廊下は薄暗く、不自然なほど何もなかったが、それ以外は記憶のままで、扇形に領主館は広がっていた——天井はさらに高くなり、砂岩敷石の床は大理石になり、むき出してかてか光る壁は絹とスタッコ塗りにおおわれている。すぐに、どんぐりをもぎ取った、あの縁飾りを探した。暗がりに眼が慣れてくると、私の最初の襲撃以来、少年の大群に襲われたかのような石膏細工の状態に愕然とした。かたまりがあちこち落ちて、残っている部分はひび割れ、褪色している。壁のそれ以外の部分も、似たり寄ったりだった。上等な絵画や鏡が数枚残っているものの、かつて額縁がかかっていたことを示す正方形や長方形の黒ずんだ跡が、一面に残っている。水彩で描いた絹のパネルは破れていたが、誰かの手によって靴下のように継ぎを当てられ、つくろわれていた。

キャロラインとロデリックを振り返ってみた。恥ずかしがっているのではないか、いや、むしろ申し訳ない気持ちでいるかもしれない、と思ったが、ふたりとも、この惨状をなんとも思っていないように、さっさと私を奥に案内していく。右手に延びる廊下を進むと、そこは窓のない内側の廊下で、片側の部屋の開いた扉からもれる光だけが頼りだった。そして、通り過ぎるほとんどの部屋の扉が閉まっているので、よく晴れたこの日でさえも、深い影の沼がいくつもできていた。例の黒いラブラドルが影の中を次々に通過していくと、まるで消えたり出現したりするように思えた。廊下はまた九十度曲がった――今度は左に――そして、ようやくたどりついた扉はほんの少し開いていて、不恰好な楔形の日光がもれていた。キャロラインによれば、一家はこの部屋で一日の大部分を過ごすそうで、何年も前から〝小さな居間〟と呼ばれているらしい。

もちろんすでに承知していることだが、〝小さな〟というのは、ハンドレッズ領主館における相対的な言葉だ。その部屋は奥行きが十メートル、幅が六メートルもあり、内装はなかなか賑やかで、天井や壁を細かい石膏細工が飾り、大理石の暖炉は堂々としている。けれども廊下と同じく、あちらこちらの細部が欠けたり、ひびがはいったり、完全に失われたりしていた。歪んできしむ音をたてる床には、ぼろぼろのラグが何枚も敷かれている。沈んだソファは格子柄の毛布で半分隠されている。擦り切れたベルベットの袖付き安楽椅子が暖炉のそばに並び、そのひとつの横の床には、ごてごてと飾りのついたヴィクトリア朝のおまるが、犬用の飲み水をなみなみと入れて置かれていた。

それなのに、この部屋の本質的な美しさは隠れることがなかった。色褪せた容貌の奥にある、形のよい骨のように。部屋を満たす香りはすべて夏花の芳香。スィートピー、木犀草、ストック。部屋を照らす明かりはやわらかく、ほのかに色を帯びているようで、そして、淡い壁と天井にまるで抱かれているような、そう、まさに抱きしめられて、包みこまれている気がする。

開け放たれたフランス窓の外には、やはり梯子のような石段がテラスに続き、南の芝生が広がる領主館の横に出られる。私たちがはいっていった時に、ちょうどこの石段のてっぺんで庭用のサンダルを脱ぎ捨てて、ストッキングをはいた足を靴に押しこんでいたのが、エアーズ夫人だった。つばの大きな帽子をかぶり、明るい色の絹のスカーフを帽子の上にかけて顎の下でゆるく結んでいる。その姿を見た息子と娘は大声で笑いだした。

「大昔のドライブのファッションだな、それ」ロデリックが言った。

「ほんと」キャロラインも言う。「でなきゃ、養蜂家ね！　あら、本当だったらいいのに。そしたら、蜂蜜食べ放題じゃない？　そうそう、こちら、ファラデー先生――グレアム先生のパートナーで、リドコート村から来てくださったの。ベティの診察が終わったから、お茶をさしあげようと思って」

エアーズ夫人は進み出ながら、帽子を脱ぎ、スカーフを肩にはらりと落として、片手を差し出してきた。

「ごきげんよう、ファラデー先生。ようやくお目にかかれて嬉しいですわ。いまはちょっと庭の手入れをしていたんですの――この荒れ野原が庭と呼べればですけれど――ですから、こんな日曜日のような恰好をしていても、ご容赦くださいましね。でも、おかしなものですこと」額に手の甲を近づけ、髪の房を払いのける。「わたくしが子供のころは、日曜の装いといえばいちばんいい服でおめかしするという意味でしたのに。白いレースの手袋をつけて、ソファに坐って、息も止めていなければならないくらいでしたのよ。それがいまは、日曜といえば掃除屋みたいに働く日で――そういう服装をする日だなんて」

夫人がにっこりすると、高い頬骨がハート形の顔の中でより高くくっきりと浮き出て、魅力的な黒い瞳に悪戯《いたずら》っぽい光がきらめいた。掃除屋になど、まったく見えない。連想さえできない。着古したリンネルのドレスを着て、長い髪をピンでゆるくまとめ、優美なうなじをあらわにしたその姿はすばらしく品がある。五十歳を過ぎているはずだが、いまも身体の線は美しく、あの日、私に連邦祝日の記念メダルを手渡してくれた日と同じくらい、髪は黒々としている。夫人はどこか――たぶんスカーフか、それともドレスの型か、でなければ細い腰の動きのせいだろうか——とにかく、どこかフランス風の雰囲気をまとっていて、子供たちの英国人らしい浅黒い外見とは、どこか異質な感じがした。夫人は私を暖炉のそばの安楽椅子に坐らせ、向かい側のもうひとつの椅子に腰をおろした。坐る時に、彼女が先ほど足を入れた靴が眼にはいった。クリーム色の縞模様がはいった黒い型押しレザーのその靴は、戦前に作られたとは思えない上等な品で、洒落た婦人靴はどれもそうだが、男の眼には馬鹿馬鹿しいほど凝っていて——どうでもいいこまごました飾りとか——そして、心をざわめかせる。

夫人の椅子の横にあるテーブルには、古風なずっしりした指輪がいくつも並んでいたが、いま彼女はひとつひとつ、それを指にはめていた。そうして腕を動かすと絹のスカーフが肩から床に落ち、まだ立っていたロデリックが、ぎこちない動きでかがんで拾いあげ、母親の首にかけ直した。

「お母様は〝野兎と犬〟の兎だから（野兎になった人が紙片をまきながら逃げ、その他大勢が猟犬になって追いかけるゲーム）」そうしながら、彼は私に言った。「どこに行くにも、いろんな物を撒き散らしていくんですよ」

エアーズ夫人はスカーフをもう少ししっかり肩に落ち着かせると、瞳をまたきらめかせた。

「ひどいでしょう、ファラデー先生、この子たちがどんなにわたくしに意地悪をするか。きっとわたくしは将来、ベッドの中に放置されて飢えて孤独死を迎える老婆の仲間入りをするんですよ」

「大丈夫、ときどき骨を食べさせてあげるから」ロデリックはあくびをすると、ソファに向かった。彼が腰をおろした時、その動作がぎこちないのがはっきりと見てとれた。眼を凝らすと、彼の口元に皺が寄り、頬が少し白くなるのが見える——この時、初めて気づいた。脚の傷がどれほど彼を苦しめているのか、そして、どんなに苦労してそのことを隠そうとしているのか。キャロラインはお茶の支度をするために、犬を連れて部屋を出ていった。エアーズ夫人はベティの容態を訊ねたあと、たいしたことがないと知って、ほっと胸をなでおろしていた。

「本当につまらないことでお呼び立てしてしまって」夫人は詫びた。「こんな遠くまでわざわざ。先生はもっと重病の患者さんでお忙しいんでしょうに」

私は答えた。「私はただの家庭医ですから。患者のほとんどは、ちょっと湿疹ができたとか、指を切ったとか、そんなものです」

「まあ、ご謙遜を……でも、患者さんの病気の重さで、お医者様の価値をはかるというのも、おかしな話ですこと。価値をつけるなら、もっと別の方法がよろしいのに」

私は微笑した。「まあ、医者なら誰でも、大きな難しい仕事に挑戦したいと思うものです。戦時中は、ラグビーにある陸軍病院の病棟でずいぶん長い間、仕事をしました。いまは懐かしい気がしますよ」私は夫人の息子を見やった。彼はいま、刻み煙草の缶と巻紙の束を取り出し、紙巻煙草を作っていた。「そういえば、そこで私は筋肉のリハビリの治療をしていました。電極などを使って」

ロデリックは唸った。「ぼくもその治療を受けろと言われました、事故のあとで。だけど、家のこともあるし、そんなことをしてるひまなんかないですよ」

「それは残念ですね」

エアーズ夫人は言った。「ロデリックは空軍にいたんですのよ、先生。ご存じでしょうけれど」

「ええ」彼の反応は？　緊張している？

ロデリックはぐいと頭をそらして顎を突き出し、傷痕をわざとさらした。

「この傷を見たら、勇敢だと思うでしょ？　でも、ぼくはほとんど諜報活動で飛びまわってたんで、華々しい名誉を誇れるわけじゃないんです。南部の沿岸でちょっとした不運で撃墜されることになっただけで。仲間はもっと不運でしたけどね。そいつと航空士は最悪の結果になって。ぼくはこのすてきなチャームポイントを増やして、膝を砕いただけですんだんですが」

「お気の毒に」

「いや、先生は病院でもっと大変な患者をたくさん見てるでしょう――ああ、失礼、お客さんに煙草もすすめないで。一本どうです？　ぼくはこのろくでもない代物を一日じゅう吸ってるもんで、吸ってることすら忘れるんですよ」

彼の巻きあげた紙巻――かなり不恰好な、医学生だったころに仲間たちとよく作り〝棺桶の釘〟と呼んでいたものそっくりのそれを見た私は遠慮することにした。ポケットにはきれいな紙巻がはいっているが、それを出して彼に恥をかかせるのも悪い。だから私はただかぶりを振った。もともと、彼は話題を変えるためだけに煙草をすすめてきたのだと思う。

彼の母親もそう思ったのだろう。戸惑い顔で息子を見ていたが、私に向き直って笑顔になった。「戦争がはるかむかしのことに思えますこと。たった二年しかたっていませんのに。そうそう、この領主館も一部が陸軍の宿舎として使われたんですよ。庭に変な物をたくさん残していきましたわ。有刺鉄線とか、鉄板とか、もう全部、錆びてぼろぼろですよ、大昔の遺物みたいに。この平和がいつまで続くか、神のみぞ知るというところですけれどね、もちろん。ニュース番組を聞くのもやめてしまいました、もう、恐ろしくて。爆弾をおもちゃに遊んでいる小学生みたいな科学者や軍人ばかりが、この世界をいいようにしているみたいですもの」

ロデリックがマッチを擦った。「この領主館にいれば平和だよ」きつくくわえている煙草の巻紙が、傷ついたくちびるのすぐ近くで、ふわっと炎をあげる。「むかしのままの静かな時間が残っているんだ、世界からはずれたハンドレッズ領主館では」

彼の言葉が終わらないうちに、廊下の大理石の床をジップの爪がひっかく算盤の珠をかちゃかちゃいわせるような音と、キャロラインの平たいサンダルのぺたぺたいう音が聞こえてきた。犬が鼻でドアを押し開けた——始終、やっていることなのだろう、戸枠は犬の身体のこすれる部分が黒ずみ、優美な古い扉は下の部分が傷だらけで、ジップやその前に飼われていた歴代の犬たちが何度も木をひっかいた跡がある。

キャロラインが重そうなお茶の盆を持ってはいってきた。ロデリックがソファの肘掛けをつかんで、姉を手伝うために立ちあがりかけたが、私は素早く言った。

「ああ、手伝いましょう」

彼女は感謝のまなざしを向けてきた——自身の感謝というより、弟に対する感謝なのだろうと思った——が、口に出してはこう言った。「いいえ、おかまいなく。慣れてますから、そう言ったでしょう?」

「じゃあ、それを置く場所を片付けるだけでも」

「いいえ、わたしにやらせてくださいな! そうしたら、いずれどこかの喫茶店で生活費を稼がなきゃならなくなっても上手にできるでしょう――ジップ、足元でうろうろしないの、ほら」

そういうわけで、私は坐り直し、キャロラインは散らかったテーブルの本や書類の間に盆を置いて茶を注ぐと、カップを配った。ティーカップは上等な古いボーンチャイナで、うち二客ほどは、持ち手が接いであり、修繕してあるカップは家族に渡しているのが見えた。続いてケーキの皿が配られた。フルーツケーキがあまりにも薄く切られているので、乏しい蓄えから精一杯のご馳走をしてくれたのだろうと思った。

「ああ、スコーンと、ジャムと、クリームがあればいいのに!」皿を受け取りながら、エアーズ夫人が嘆息する。「本当においしいビスケットでもよろしいですけれど。わたくしたちのためではなく、ファラデー先生、あなたのためにね。宅ではむかしから誰も、甘いものがたいして好きではなくて。ですけど、そもそも――」夫人はまた悪戯っ子のような表情になる。「――乳製品がなかなか手にはいらないご時世ですもの、バターなんて貴重品、うちにはありませんしね。でも、この配給の貧しさのせいで、お客様のおもてなしが思うようにできないのが、本当に情けなくて」

夫人はため息をついてケーキを小さく割ると、ミルクを入れていないお茶に上品に浸した。気がつくと、キャロラインは自分のケーキを半分に折って、ふた口で食べてしまっていた。ロデリックは自分の皿を脇にどけたまま、煙草を吸い続けていたが、オレンジピールやレーズンをめんどくさそうにほじくったあと、残ったケーキをジップに投げてやっていた。

「ロディ！」キャロラインが非難の声をあげた。食べ物を粗末に扱ったことを怒っているのかと思ったら、悪い前例を作ったことに対してらしい。彼女は犬の眼を見た。「ほら、どうするのよ！　おねだりはさせないって決めたでしょ！　あの目つきを見てください、ファラデー先生。本当にずるい子なんだから」キャロラインはサンダルから片足を抜いて、脚を伸ばすと――よく見えるようになったその脚は、素足のままで、日焼けしていて、無駄毛をまったく剃っていない――足の指で、犬の尻をぎゅっと押した。

「かわいそうだねえ」ひどく惨めそうな顔の犬に、礼儀として声をかけてやる。

「騙されちゃだめですよ。この子はどうしようもない大根役者なんだから――ねえ、悪い子ちゃん？　欲張りのシャイロックちゃん！」

キャロラインは足でもうひと押しすると、今度はごしごしと足の裏でなで始めた。犬は最初のうちは押されてバランスを崩さないように踏ん張っていたが、とうとう屈したように、どこか諦めた老人に似た空気を漂わせて彼女の足元に横になると、四肢をあげて引っくり返り、胸と腹の灰色の毛を大胆に見せた。キャロラインは足をもっと動かした。

エアーズ夫人が娘の毛深い脚を見やる。

「ねえ、ちょっと、せめてストッキングでもはきなさい。ファラデー先生に野蛮な家だと思われるでしょう」

キャロラインが笑った。「ストッキングなんて、暑くてはけないわ。だいたい、ファラデー先生がいままでに一度も女の素足を見たことがなかったら、それこそ驚きじゃない！」

それでも、すぐに脚を引っこめて、少しはしとやかに見せようと努力はしていた。犬はがっかりして、しばらくは引っくり返ったままの姿勢でいた。が、くるりと腹ばいになり、ぺちゃぺちゃと前足をなめ始めた。

ロデリックの煙草の煙が、むっと暑く動かない空気の中で、青くゆらゆらとたゆたっている。庭で一羽の小鳥が、やけにはっきりとした声を震わせて鳴いているので、私たちは皆、そちらを振り向き、耳を傾けた。私は再びこの部屋を見回し、崩れかけた美しい細部をよく見直した。椅子に坐ったまま身体をさらにひねったとたん、はっと驚き、喜悦が溢れてきた。開かれた窓からの景色を、この時初めてまともに見たのだ。領主館から三、四十メートル先まで広がる伸び放題の芝生は花壇で縁取られ、さらに錬鉄の柵で仕切られている。が、柵の外には草地が、そのさらに外には庭が一キロほど先まで広がっている。その端に、ハンドレッズ領主館の塀がかろうじて見えたが、塀の向こうは牧草地で、耕した畝《うね》や小麦畑がそのまま続き、視界を邪魔するものは何もなく、どこまでも続く景色は淡い色にぼやけ、空の霞の中に溶けこんでいる。

「当家の景色がお気に召しまして？」エアーズ夫人が訊いてきた。

「はい、とても」私は夫人を振り向いた。「この領主館はいつ建てられたんでしょう？　一七二〇年代でしょうか、三〇年代ですか？」

「まあ、博識でいらっしゃいますこと。一七三三年に完成したんですよ」

「なるほど」私はうなずいた。「これを建てた建築家の考えがわかるような気がしますよ。薄暗い廊下から部屋にはいると、大きく明るい空間が広がる」

エアーズ夫人は微笑んだ。が、キャロラインは私を見直して、嬉しそうに言った。

「わたしもそこが気に入ってるんです。みんなはうちの陰気な廊下がつまらないと思ってるみたいだけど……でも、冬のこの館を一度、見てほしいわ！　冬の間は窓を全部、煉瓦でふさいでしまうんですよ。去年は二ヶ月間、一家全員がほとんどこの部屋で冬ごもりをしてたんです。ロディとわたしは部屋からマットレスをここに持ってきて、浮浪者みたいにここで寝て。水道管は凍るし、発電機は壊れるし、外を見れば一メートルもあるつららがぶらさがっているし。串刺しにされるのが怖くて、外になかなか出られなくて……先生は診療所の上階に住んでらっしゃるんでしょう？　もとのジル先生のお宅に？」

私は答えた。「そうです。最初にパートナーとして居候させてもらって以来、あの部屋にずっと住んでいます。まあ、寝るだけの何もない部屋ですが。それでも、患者さんには私があそこにいると安心してもらえますし、男やもめにはちょうどいい大きさですし」

ロデリックが煙草の灰を落とした。

「ジル先生というのは、変人じゃなかったですか？　まだ子供のころに、一回か二回、あの診療所に行ったことがありますよ。大きいガラス鉢が部屋にあって、あれにむかしは蛭《ひる》を飼ってたって言われて、そりゃもう死ぬほど怖かったなあ」

「なんでも怖がるんだから」私が答えるより先に、彼の姉が言った。「あなたを怖がらせるのって、むかしっから簡単だったわね。子供のころに、うちの厨房で働いてた、ものすごく大きいメイドを覚えてる？　お母様は覚えてる？　なんて名前だった？　メアリ？　身長が百八十九センチあって、妹は百九十センチあったんですって。お父様が一度、自分の靴をはかせてみたの。マクロイドさんと賭けをしたのよ、お父様の靴は小さくてはいらないって。そのとおりだったわ。でも、なんといっても、すごいのはあの手だった。洗濯絞りのローラーよりもずっときっちり洗濯物を絞れたのよ。でも指はいつもすごく冷たくて——もう、お肉の貯蔵庫から出したてのソーセージみたいに、ひやっとしてて。わたし、よくロディに、あのメイドはあなたが寝てる間に部屋に忍びこんできて、毛布の下にこっそり手を入れて指を温めてるわよって言ってたんです。そしたら、この子、すぐに泣くの」

「鬼だよな、まったく」ロデリックが言った。

「なんて名前だった？」

「たしかミリアムですよ」少し考えたあと、エアーズ夫人が言った。「ミリアム・アーノルド。その妹はマージェリー。でももうひとり、そんなに大柄ではない妹もいたわ。タプリーの家の男の子と結婚して、よその州にある領主館に運転手と料理人としてはいったの。たしか、ランドールさんの領主館じゃなかったかしら。でも、奥様とそりが合わなくて、二ヶ月もたたないうちに辞めてしまったみたい。そのあとの消息はどうなったんでしょうねえ」

「死刑執行人にでもなったかな」ロデリックが言った。

「サーカスにはいったかも」キャロラインが言った。「本当にいたのよね、うちから逃げ出してサーカスにはいったメイドが」

「サーカスの団員と結婚したんですのよ」エアーズ夫人は言った。「それで、その子の母親は心臓が破れるほどショックを受けて。その子のいとこも心臓が破れそうになったんです、そのいとこは——ラベンダー・ヒューイットは——同じ男に恋していたものだから、駆け落ちされたあとは、何も食べなくなって死んでしまいそうになったんですって。でも、その子の母親の話では、兎に助けられたそうですよ。どんな食べ物も咽喉を通らないのに、お母さんの兎シチューだけは大好物で食べずにいられなかったって。それでしばらくの間、その子の父親に、うちの庭にフェレットを連れてこさせて、好きなだけ兎をつかまえさせてやりましたわ。その兎のおかげで、命拾いしたって……」

物語は続き、キャロラインとロデリックがそれに補足していった。ふたりは私に向かってというよりも、むしろ互いに話をしていて、つまはじきにされた形になった私は、母親と娘と息子を観察しながら似ている部分を見つけていた——長い四肢や、高い位置の眼といった外見ばかりではなく、彼らの間に通じるちょっとした仕種や話しかたのくせを。そんな彼らに、ちらりと苛立ちを——黒い感情がかすかに波立つのを感じて、この美しい部屋の愉しい空気がほんの少し損なわれてしまった。たぶん、私の中の庶民の血が騒いだのだろう。しかし、ハンドレッズ領主館は、いままさに彼らが笑っているような人々の手によって造られ、維持されてきたのだ。二百年の時が流れる間に、その人々は自分たちの仕事から手を引き始め、領主館への信頼を失っていき、いま、この館はカードで作った家のように崩れつつある。それなのに、一家はここに坐って、のんびりと上流階級ごっこをしているのだ、スタッコの欠けた壁に囲まれ、擦り切れたトルコ絨毯の上で、接いだ陶器を使いながら……

エアーズ夫人はまた別の使用人の記憶を掘り出した。「ああ、あの娘は馬鹿だったな」ロデリックが言った。

「馬鹿じゃないわよ」キャロラインがとりなした。「まあ、血のめぐりはよくなかったけど。一度、封蠟《シーリングワックス》ってなんですかって訊かれて、天井《シーリング》に塗る特別なワックスだって教えたの。それで、脚立にのぼらせて、お父様の書斎の天井にちょっと塗らせたのよ。そしたら、ひどいことになっちゃって、かわいそうに、ずいぶん気の毒な目にあわせちゃったわ」

そう言うと、ばつが悪そうに首を振ったが、すぐにまた笑いだした。そして、私と眼が合った。たぶん、私が冷ややかな表情をしていたのだろう、彼女は笑いを消そうとした。

「ごめんなさい、ファラデー先生。不愉快にさせてしまったみたい。ええ、先生が正しいんです。ロッドもわたしもどうしようもない子供でしたから。でも、いまはもっと親切な人間ですよ、ふたりとも。たぶん、あのかわいそうな小さいベティのことをお考えなんでしょう」

私は茶をひと口飲んだ。「いいえ、まったく。私が考えていたのは母のことです」

「お母様？」繰り返す声に、笑いの名残がある。

続く沈黙を破るように、エアーズ夫人が言った。「そうそう、先生のお母様はむかし、うちで子守りをしてくださっていたんでしたね。そううかがったことがありますわ。いつごろ働いてらしたのかしら。わたくしが嫁いでくる少し前のことではなくて？」

夫人がごく自然に優しく言ったので、むしろ恥ずかしくなった。私の口調の鋭さがやけに目立ってしまった。少し声の調子を落とした。「母は一九〇七年ころまで、こちらにお世話になっていました。父とは、ここで出会ったそうです。父は食料品屋の使い走りの小僧でした。〝裏口のロマンス〟と、あなたがたが呼ぶ出会いですよ」

キャロラインはどう答えればいいのかわからないようだった。「おもしろいお話ですね」

「ええ、そうでしょう?」

ロデリックは無言のまま、煙草をはじいて灰を落とし続けている。しかし、エアーズ夫人は考えこみ始めた。

「ひょっとすると」夫人は立ちあがった。「きっと――当たっているかしら?」

そう言いながら部屋を横切るように近づいたテーブルには、家族の写真を入れた写真立てがいくつも並んでいた。その中からひとつを取りあげると、夫人は腕を伸ばして、かざすようにじっと見つめ、そして、かぶりを振った。

「眼鏡がないと」夫人は私にそれを持ってきた。「間違っているかもしれませんけれど、でも、たぶんここに、ファラデー先生、あなたのお母様が写っていると思うんですよ」

それは鼈甲の写真立てにはいった、エドワード時代の小さな写真だった。セピア色にくっきりと細かい部分まで写し出されたそれを見て、すぐにこの領主館の南面を撮ったものだとわかった。いま、私たちがくつろぐこの部屋の広いフランス窓が写っていて、それはちょうど今日と同じく、午後の陽射しを迎えるように大きく開かれている。その前の芝生に集まっているのは、当時の当主一家で、一家を囲む大勢の使用人たちは――家政婦、執事、従僕、厨房のメイド、庭師たち――普段着のままで、あまり乗り気には見えなかった。まるで、写真家が突然、彼らも一緒に写したらと提案したので誰かが走りまわって、仕事をしている使用人たちを無理やり集めてきた、といった風情だ。当主一家は完全にくつろいでいるようで、領主館の女主人――キャロラインとロデリックの祖母にあたるビアトリス・エアーズ夫人――はデッキチェアに腰を落ち着け、彼女の夫は傍らに立ち、片手を妻の肩にのせ、もう片方の手は皺の寄った白いズボンのポケットに無造作に入れている。ふたりの足元でどこかだらしなく坐りこんでいる、ほっそりした十五、六歳の少年は長じてのちにエアーズ大佐となる息子で、いまのロデリックにとてもよく似ている。彼の横に敷いた格子縞の敷物の上には、弟妹たちが坐っていた。

私はその子供たちをじっと見つめた。ほとんどはそれなりの歳だったが、末の子はまだ赤ん坊で、金髪の子守り女の腕に抱かれている。赤ん坊はカメラのシャッターがおりる瞬間に、腕から脱け出そうと暴れたらしく、子守り女は振りまわす腕に殴られないように、頭をのけぞらせていた。そのせいで、子守り女の視線はカメラからはずれ、顔がぶれていた。

キャロラインは坐っていたソファを離れて近づいてくると、私と一緒に写真をじっと見つめた。私の隣に立って身を乗り出し、ぱさついた栗色の髪の房を指でひねりながら、静かに言った。「あなたのお母様ですか、ファラデー先生？」

「たぶん。しかし――」そのおどおどした顔の娘の背後に、やはり金髪で同じお仕着せのメイド服とキャップをかぶった娘がいるのに気づいた。私は決まり悪さを隠すように笑った。「こっちのメイドかもしれません。ちょっとわからないですね」

「お母様はまだご存命ですか？　この写真を見せたら、わかるかしら？」

私はかぶりを振った。「両親とも亡くなりました。母は私が十五の時に。その二年後に父も心臓発作で」

「まあ、それは」

「いや、もう大昔のことです……」

「先生のお母様のここでの暮らしが幸せでしたらいいのですけれど」エアーズ夫人が私にそう話しかける間に、キャロラインはソファに戻った。「お母様は幸せでしたかしら？　ここのお話をされまして？」

一瞬、答えに詰まった。領主館での生活について、母の語った事柄を思い出す――たとえば、毎朝、立ったまま両手を前に突き出し、家政婦に爪を点検されたこと、ビアトリス・エアーズ夫人が始終、抜き打ちでメイドの寝室に現れ、持ち物の箱を引っくり返しては私物をひとつひとつあらためていったこと……やっとのことで、私は答えた。「母はこちらで大勢の友達を作ったようです、ほかのメイドたちと仲良くなって」

エアーズ夫人は喜んだようだった。安心したのかもしれない。「まあ、よかった。当時はもちろん、使用人たちとは隔たりのある生活をしていたでしょうし。使用人同士の遊びや、スキャンダルや、愉しみがあったわけですもの。クリスマスには、自分たちのクリスマス・パーティーを開いたり」

この言葉が、一家のさらなる記憶を呼び起こしたようだった。私は写真を見つめ続けていた――意志の力でどうにか、さりげないふうに視線を落としていたが、さっき軽い調子で言ったものの、実は母の顔と思いがけずに対面して――あれが本当に母の顔であるとすればの話だが――正直に言えば、思ってもいないほど感動していた。が、ついに私は椅子の横にあるテーブルに写真を置いた。私たちは領主館や庭について語りあい、ここがもっと栄えていた時代について話し続けた。

それなのに、私は何度も写真にちらちらと眼を向けていたので、たぶん、上の空で話を聞いていたのは傍目にも明らかだったのだろう。お茶を飲み終え、しばらく間をおいて、やおら私は置時計を見て、そろそろ行かなければと言った。私が立ちあがると、エアーズ夫人が優しく言った。「その写真はどうぞお持ちになってください、ファラデー先生。ぜひ先生に持っていていただきたいわ」

「持っていく?」私は仰天した。「いえ、そんな、いただけません」

「どうぞ、お持ちになってくださいな。そのまま、写真立てごと」

「ええ、持っていってください」私が辞退し続けると、キャロラインも言った。「ベティが治るまで、わたしが家事をしなければならないことを忘れないでください。埃をはらわなければならない物がひとつ減ったら、とても嬉しいんですから」

そんなわけで、私は「ありがとうございます」と、顔を赤らめ、しどろもどろに礼を述べた。

「本当に、ありがとうございます、こんな――本当に、こんな、どうもありがとうございました」

一家が、何かを包んでいた茶色い紙を見つけて、写真をくるんでくれたので、私はそれを鞄の中にしっかりとしまいこんだ。エアーズ夫人に別れの挨拶を述べ、犬の温かな黒い頭を軽くなでた。キャロラインはすでに立ちあがって、車まで私を送ろうとしていた。けれども、ロデリックが進み出た。「いいよ、姉さん。ぼくが先生を案内する」

彼は苦労してソファから立ちあがりながら、顔をひどく歪めていた。キャロラインはそんな弟を気づかって見つめていたが、ロデリックはどうしても私を送るつもりでいるようだった。それで彼女は諦めて、再び握手をするために、荒れた形のよい手を差し出してきた。

「さよなら、ファラデー先生。その写真があって、本当によかった。それを見る時には、わたしたちのことを思い出してください」

「そうします」

ロデリックに続いて部屋を出たわたしは、暗がりの中に再びはいることになって、何度も眼をぱちぱちさせた。曲がり角で右側に折れると、閉じた扉はいっそう多くなったが、廊下はすぐに明るく、広くなり、領主館の玄関ホールらしきところに出た。

そして、ここで私は立ち止まって、見回さずにはいられなかった。このホールはあまりにも美しい。床は桃色と茶褐色の大理石が、チェッカーボードのように敷き詰められている。壁は淡い色合いの木の羽目板で、床の色を映してほんのり赤らんで見える。そのすべてを支配しているのはマホガニーの階段で、優美なやわらかい四角の螺旋を描いて三階までたちのぼり、よく磨かれた蛇の頭の装飾がついた手摺りは途切れることなく、ひとつながりに続いている。この階段は四、五メートルもの幅があり、高さは優に二十メートルも上までそびえている。そして、真上の天窓の乳白色のガラスドームから、涼しげで心地よい光が降って、吹き抜けの階段を照らしていた。

「なかなかいい効果でしょう？」私が見あげているのに気づいて、ロデリックが声をかけてきた。「もちろん、灯火管制の時には、あの天窓は厄介も厄介でしたけどね」

彼は大きな玄関扉を引いて開けた。扉は湿気のせいでわずかに歪んでおり、動かされると大理石にこすれて恐ろしい音をたてた。私は踏み段のてっぺんで彼の隣に立ち、まわりから包みこんでくるような熱気を浴びた。

ロデリックは顔をしかめた。「まだ暑いな。リドコート村まで帰るのは大変だ……どんな車に乗ってるんですか？　ルビー？　どこで手に入れました？」

車はごく普通の型で、とりたてて魅力があるわけではない。しかし、ロデリックは車そのものに興味を持つタイプの青年らしく、私は彼を車の前に連れていって、二、三、特徴を示し、さらにはボンネットを開けてエンジンを見せることになった。

ボンネットを閉め直しながら、私は言った。「このあたりの田舎道のおかげで、車がずいぶん傷みました」

「でしょうねえ。毎日、どのくらい車に乗るんです？」

「あまり忙しくない日ですか？　十五回から二十回くらいですかね。多い日は三十回以上ですよ。ほとんどが地元の患者さんですが、バンベリーにもふたりほど、私費診療の患者さんがいます」

「先生は忙しいんですね」

「ときどき、忙しすぎると自分でも思いますよ」

「それが全部、湿疹と切り傷程度なんですか——ああ、そうだった」彼はポケットに手を入れた。「ベティの往診料はおいくらです？」

私は彼から金を受け取りたくなかった。彼の母親が家族の写真をくれた気前のよさを思うと。再度、訊ねられて、私はあとで請求書を送ると答えた。しかし、彼は笑って言った。「いや、先生、ぼくなら金は差し出された時に受け取りますよ。往診の料金はいくらなんです？　四シリング？　もっとですか？　ほら、言ってください、慈善事業じゃないんでしょう」

そこで私はしぶしぶ、往診と処方薬で四シリングいただく、と答えた。ロデリックは温かい小銭をわしづかみにして取り出すと、数えながら私のてのひらに落とし始めた。そうしながら姿勢を変えた時に、身体に痛みが走ったのだろう、頬にまた皺が現れ、今度はつい、苦痛を口に出しそうになった。けれども、煙草の時のように、彼に恥をかかせたくなかったので、私は何も言わなかった。ロデリックは腕を組んだまま、いかにもどこも具合が悪くないといった風情で、私が車のエンジンをかけるのを見守り、車が走りだすと、ひょいと片手をあげ、きびすを返して館に戻っていった。しかし、私はバックミラーで彼の姿を追い続け、ロデリックが玄関に続く踏み段を、痛みをこらえるような動きでのぼっていくのを見ていた。脚を引きずりなながら、玄関ホールの薄暗がりに消える彼は、まるで館にのみこまれたように見えた。

ここで、車路は伸び放題の茂みの間を曲がり、車体が大きく跳ねて、揺れて、領主館は見えなくなった。

＊

その夜は、それまでも日曜日にはしばしばそうしていたように、デイヴィッド・グレアムや奥さんのアンと夕食をとった。グレアムの急患は、いくつか危険な要素があるとはいえ経過は良好ということで、食事の間はほぼその話題で持ちきりだった。そして、焼いたアップルプディングを食べ始めた時にようやく、彼の代理でハンドレッズ領主館に行ってきたことを話した。たちまち、グレアムは羨ましそうな顔になった。「へえ。あそこはいまどんなふうだい？もう何年も呼ばれてないな。あの領主館がだいぶひどいことになってるとは聞いてるけど。もう、ぼろぼろだってほんとかな」

私は自分の見た領主館や庭園の様子を話し聞かせた。「胸が痛むよ」私は言った。「あんなに変わってしまったのを目の当たりにすると。ロデリックはあれで管理しているつもりなんだろうか。とても、そうは見えない」

「かわいそうなロデリック」アンが言う。「いい子なのよ、前から思ってたけど。あの子には同情しないでいられないわ」

「大怪我をしているから？」

「あら、それも少しはあるけど。むしろ、あの子は精一杯やってるのに力量不足っていうところによ。ロデリックは早くおとなにならされたの。まあ、あの年代の男の子はみんなそうよね。でも、ロデリックは戦争のことだけじゃなくて、ハンドレッズ領主館のことも考えなきゃならなかったでしょう。それに、あの子はお父さん似じゃないから」

「その点は」私は言った。「むしろロデリックにとっては、ありがたいことかもしれない。あの大佐はかなり暴力をふるう人だったろ？　子供のころに見たことがあるよ、大佐が車に馬を脅かされたって、ドライバー相手に大爆発してたのを。最後には鞍から飛び降りて、車のヘッドライトを蹴り割ってた！」

「たしかに、癇癪持ちだったな」グレアムが焼いたりんごをスプーンですくう。「むかしながらの領主タイプだ」

「言い換えれば、むかしながらの暴君ってことか」

「まあ、おれは彼の仕事を羨まないね。起きてる間は金の心配ばかりで気が狂いそうだったんじゃないか。大佐が相続した時にはもう、あの荘園は収入がなくなってたと思うよ。たしか二〇年代に、土地を全部売ってたな。おれの親父は、沈みかけた船からシャベルで水をかいだすようなもんだって言ってたよ。大佐が死んだあとの相続税は、それこそ天文学的だったたってさ！　あの一家がどうやっていままで暮らしてきたのか、本当に謎だね」

私は言った。「ロデリックの怪我は？　脚がかなり悪いように見えたな。電気治療をしばらく続けてみたらどうだろう――させてくれたらの話だが。あそこでブロンテ姉妹のように誇り高く住んでいるのは結構だけど、自分たちの傷や痛みをああやって悪化させていくのはとても見ていられない……いいかな？」

グレアムは肩をすくめた。「ああ、いいよ。さっきも言ったとおり、おれはもうずっと呼ばれてないから、いまも主治医を名乗っていいのかどうかもわからないしね。あの怪我か。ひどい骨折が、きちんとつながらなかった。火傷はもう見たままだ」彼はまた少し食べて、考えこんだ。「少し精神的にも不安定だったんじゃないかな、たしか、ロデリックが戦地から帰還したばかりのころは」

初耳だった。「本当かい？　じゃあ、それはたいしたことなかったんじゃないか。いまはもう、落ち着いているよ」

「家族にとっちゃ、心配していろいろ世話を焼きたくなる程度には、ぴりぴりしてたんだろう。けど、まあ、どこの家族もそのくらい心配はするものだ。奥さんは看護婦を雇わなかったくらいだし。自分でロデリックの世話をして、戦争が終わるころにはキャロラインを実家に呼び戻して、手伝わせるようになったんだ。キャロラインはなかなか優秀だったらしいよ、海軍婦人補助部隊、いや、空軍の方だったかな？　ものすごく頭のいい女性だよ、もちろん」

グレアムは〝頭のいい〟という単語を、人々がキャロライン・エアーズを描写する時に言うような調子で口にしたので、彼もまた、皆と同じく〝不器量〟という言葉の婉曲表現として使ったのだと知った。私はそれに答えず、皆揃って無言のまま、プディングを食べ終えた。アンがスプーンを自分の深皿に置き、椅子から立ちあがって窓を閉めにいった。遅い夕食だったので、テーブルで蠟燭を灯していたのだが、日が暮れて蛾が炎のまわりをはたはたと飛び始めたのだ。席に戻って、腰をおろしながらアンは言った。「領主館のいちばん最初の娘さんを覚えてる？ 亡くなった、スーザンって小さい女の子。お母さんそっくりでかわいい子だった。七歳の誕生日に呼ばれていったことがあるわ。ご両親が本物のダイヤのついた銀の指輪をプレゼントしてね。もう、あの指輪が羨ましくて、羨ましくて！ それから二ヶ月くらいで亡くなったのよ……はしかだったかしら？ なんか、そんなような病気だったわ」

グレアムはナプキンで口を拭いていた。「ジフテリアじゃなかったかな？」

アンは眉を寄せて考えこんだ。「そうそう、そうだわ。かわいそうに……お葬式も覚えてる。小さい棺とお花がたくさん。本当に、お花畑みたいにいっぱいだった」

言われて、私もその葬式を覚えていることに気づいた。リドコート本通りを棺が通り過ぎるのを、両親と並んで立って見送った。若いエアーズ夫人が黒いベールで顔をすっかりおおっているのを見て、死人《しびと》の花嫁のようだと思った。母は声を殺して泣いていた。父は片手をわたしの肩にかけていた。まだぱりっと新しい、私の学校の制服と制帽のつんとした匂いも、その色さえも蘇ってくる。

なぜか必要以上に気持ちが沈んだ。アンとメイドが皿を片付ける間、グレアムと私はテーブルで仕事のあれこれについて話しあったが、気持ちは沈むばかりだった。グレアムは私より若いのに、ずっと繁盛している。彼は医者の息子として、財力とうしろ盾に守られてこの業界に足を踏み入れた。私はといえば、グレアムの父親のパートナー、ジル博士の――ロデリックがいみじくも〝変人〟と呼んでいた――弟子のようなものとしてこの道にはいった。ジルは実際とんでもない怠け者で、私の保護者のふりを装い、陰では長く辛い薄給の年月の間に、彼の事業の権利を少しずつ買い取らせた。戦争の前にジルは引退し、ストラトフォード・アポン・エイヴォン近郊の、木の梁が美しい煉瓦造りの家で暮らしている。私が利益をあげ始めたのは、つい最近のことだ。そして、新しい公立病院が巨人のように立ちあがろうとしており、個人診療の医者稼業は引導を渡されつつある。そうなれば、私の患者の中でも貧しい人々は選択肢を得て、早晩、私のもとを去るだろうから、収入が激減するのは目に見えている。そのことで、私はもう何日も眠れない夜を過ごしていた。

「いまに私の患者はひとりもいなくなる」テーブルに両肘をついたまま、グレアムにそう言って、私は顔を力なくこすった。

「馬鹿なことを言うなよ」グレアムは答えた。「きみがそうなら、おれだってそうなるだろ――シーリィも、モリソンも」

「モリソンは咳止めも胃薬も、患者の欲しがるだけ処方するんだ」私は言い返す。「だから、患者に好かれてる。シーリィは上品だし、ご婦人たちに受けがいい。きみは汚れのない良家の出身だから、それだけでも患者が喜ぶ。だけど、私は患者に好かれない。好かれたことなんかない。私は誰にも認められていない。私は狩りもしない、ブリッジもやらない、ダーツも、フットボールもやらない。上流階級《ジェントリ》の医者になれる器じゃないんだ――いや、庶民の医者にさえなれる器でもないな。患者ってのは、医者を尊敬したいんだ。自分たちの同類と思いたくはないんだよ」

「馬鹿だなあ。患者が求めるのは、ちゃんと仕事のできる医者だよ！　その点、きみはずばぬけて優秀だ。きみのだめなところは、まじめすぎるってところさ。くよくよ悩む時間が多すぎるんだ。結婚しろよ、それで問題は解決するから」

私は笑った。「冗談だろう！　自分ひとり食べていくのもやっとなのに、妻子を養っていけるわけがない」

グレアムには同じ愚痴をもう何度もこぼしているのに、辛抱強く聞いてくれた。アンがコーヒーを持ってきたので、そのあとは十一時ごろまで喋って過ごした。もっと長居をしたいのはやまやまだったが、夫婦水入らずの時間がそれほどないのを思えば、辞去するしかなかった。私の家は彼らの家とは反対側の村の端の、歩いて十分ほどの距離にあった。夜はまだまだ暖かく、風もない。ゆっくりと遠回りをし、立ち止まって煙草に火をつけ、上着を脱ぎ、ネクタイをゆるめ、ワイシャツ姿で歩き続けた。

我が家は、一階が診察室と調剤室と待合室に占領され、二階が台所と居間、屋根裏部屋が寝室となっている。キャロライン・エアーズに話したとおり、ここは本当に寝るためだけの何もない部屋だった。部屋を少しでも明るくする時間も金もあったためしがなく、私がここに引っ越してきた時のままだ――芥子色の壁、櫛で塗ったような塗装、狭苦しい不便な台所。通いの家政婦のラッシュ夫人が、掃除洗濯、料理をしてくれている。患者を相手にしていない時間はほとんど階下で処方薬を作ったり、机であれこれ読んだり、書き物をしたりして過ごす。今夜はまっすぐ診察室にはいって、翌日の予定表を見直し、診察鞄の中身を調えることにした。鞄を開けて、茶色い紙でくるんだ包みを見て初めて、ハンドレッズ領主館でエアーズ夫人のくれた写真のことを思い出した。包みを開き、再び写真をじっくりと見る。それでも、この金髪の子守り女が母かどうかははっきりせず、ほかの写真と比べてみようと階上に持っていった。寝室の戸棚のひとつには古いビスケットの空き缶があり、家族に関係する書類や思い出の品が両親の手でおさめられている。空き缶を発掘した私は、ベッドに持っていって中をかきまわし始めた。

この缶はもう何年も開けたことがなかったので、何がはいっていたのかほとんど忘れていた。どれを見ても驚くばかりの、私の過去のかけらだ。私の出生証明書が洗礼の証書らしい紙と一緒にしまわれていたり、けばだった茶封筒から私の乳歯が二本と、赤ん坊だった私の頭から切り取った信じられないほどやわらかい金髪がひと房出てきたり、ボーイスカウトや水泳でもらった古いバッジや、卒業証書や、成績表や、賞状がいっしょくたにされていたり――中身の順番はめちゃくちゃで、医大の卒業生の名が載った新聞の破れた切り抜きが、高校の校長が〝熱烈に〟レミントン・カレッジの奨学生として推薦してくれた手紙の上にのっていたりする。びっくりしたことに、あの若き日のエアーズ夫人からハンドレッズ領主館で贈られた、連邦祝日の記念メダルもあった。ちり紙で丁寧にくるまれたそれが、てのひらにたしかな手ごたえと共に転がり出てきたのを見ると、色鮮やかなリボンは傷みがなく、ブロンズの表面はいくらか曇っているとはいえ、まったく変色していない。

しかし、初めてわかったのだが、両親に関する思い出の品は驚くほど少ない。単に、保存しておくほどの物がなかったのだろう。丁寧に、一生懸命に、間違いだらけの綴りで書かれた、戦時中の見舞いはがきが二枚ほどあった。穴を開けて紐を通したお守りのコインがひとつ。紙細工のすみれが一束――それで全部だ。何枚か写真があったと思ったのだが、一枚しかない、はがきサイズの写真は色褪せて、四隅がまるまっている。それは地元の〝農家の臨時雇い募集市〟で、まだ交際していたころの父と母が写真屋のテントで撮った写真だった。アルプスの山を描いた背景の前で熱気球に見立てた、ロープをかけた洗濯物の籠の中で大げさなポーズを取っている。

私はこの写真をハンドレッズ領主館の集合写真の隣に置いて、交互に見比べた。〝気球乗り〟の母は、垂れ下がった帽子の羽根ごと頭をかかえていて、結局、見比べる前と結果は変わらず、とうとう私は諦めた。この祭りの写真もまた、私の胸を刺し始めた。もう一度、私の学業達成の記録の切り抜きを見つめ、両親がこれを保存した時の喜びと自慢の気持ちを想像して、恥じ入らずにいられなかった。父は私の学費を稼ぐために借金に借金を重ねた。あの借金が父の健康を損なったのだろう。そして当然、母の身体を弱らせたはずだ。その結果がどうだ？　私は普通のよい医者となった。別の環境にあれば、もっと繁盛する医者になれたかもしれない。しかし、私は自分の借金を背負った状態からスタートし、開業して十五年近く、小さな田舎の同じ診療所に居続け、食べていくのがやっとという有様だった。

自分が不満の多い男だと考えたことはなかった。忙しくて、ゆっくり不満をかこつ時間などなかった。それでも、ときどき自分の人生の先がすべて見えた気がして、不出来な木の実のように苦く、中身がなく、つまらないものにしか思えず、気持ちが暗く落ちこんで、とことん惨めになる時がある。そしていま、まさにその鬱な気分に襲われていた。自分の仕事におけるたくさんのささやかな成功を忘れ、すべての失敗を思い出した。治療の失敗、失ってきたさまざまな機会、臆病と失望にたたられたいくつもの瞬間。そして、戦時中の自分の不甲斐なさ——私がウォリックシャーで時を過ごしている間、年下の同僚のグレアムとモリソンは英国軍医団に従軍していた。誰もいない下の階の虚無をひしひしと感じる夜は、医大にいたころに恋焦がれた娘を思い出す。バーミントンの良家の娘だった彼女は、両親が私を結婚相手にふさわしいと認めてくれず、最後には私を捨てて別の男を選んだ。失意に突き落とされたことで、私は恋愛に背を向けるようになり、その後、何人かと交際したものの、心ここにあらずという体たらくだった。当時のまったく心のこもらない抱擁を、その時の機械的な身体の動きまで細かく思い出す。自己嫌悪の波に襲われつつ、関係を持った女性たちに悪いことをしたという後悔が押し寄せてくる。

屋根裏部屋にこもる熱気は息が詰まりそうだった。ランプを消し、煙草に火をつけ、ベッドの上に広げた写真や思い出の品々をそのままに寝そべった。窓は開けたまま、カーテンも閉めない。月のない夏の落ち着かない夜闇は、ちらちらと何かが動き、音をたてるのが苛立たしい。その闇の中を凝視すると、見えてきたのは——一日の出来事の奇妙な残像で——ハンドレッズ領主館だった。涼しく芳しいその空間を満たす光は、グラスの中のワインを思わせる。あそこに住む人々は、いまごろどうしているのだろう。ベティは自分の部屋にいる。エアーズ夫人とキャロラインもそれぞれの部屋だろう。ロデリックも……

私は長い間、眼を開けて、じっと動かずにそのまま横たわっていた。指の間で煙草がゆっくりと燃え、灰に変わっていった。

2

気鬱の波はひと晩で去っていた。朝になると、鬱々としていた事実さえ忘れていた。この日はグレアムと私にとって、短い繁忙期の始まりでもあった。陽気が暑くなると、この地方ではあちこちで伝染病の小火《ぼや》が起こるが、いままた、村の周辺で悪い夏風邪がはやり始めている。身体の弱い子供がひとり、すでに重体になっており、私は日に二度、三度と、全快するまで往診を続けた。とはいえ、まったく儲からない。〝会員〟患者なので、その兄弟姉妹も、一年間はほんの数シリングの治療費で診なければならない。だが、私は両親をよく知っているばかりか家族ぐるみのつきあいで、一家が回復するのを見るのは我がことのように嬉しいし、両親もこちらが恐縮するほど喜んでくれる。

そんな往診を繰り返す最中に、ハンドレッズ領主館にベティの処方薬を届けていないことを思い出したが、エアーズ夫人からも彼女からも、催促の連絡は来なかった。館の塀の前を通りながら、その向こうに広がる、手入れをされていない草ぼうぼうの庭や、その中心に建つ、世間から見放され、静かに朽ちていくばかりのかわいそうな領主館を、あいかわらず郷愁に似た気持ちと共に考えていた。真夏の真っ盛りの折り返し地点を過ぎ、夏が少しずつ衰えを見せ始めても、私はそのくらいにしか考えていなかった。エアーズ一家の館を訪問したことは、すでに本当のことのような気がしなくなっていた――鮮明な、しかし、起きるはずのない夢のように思えた。

ところが、八月末のある晩に――ベティを診察しにいってからひと月以上がたっていた――リドコート村の外を通る道のひとつで車を走らせていると、大きな黒い犬が土の匂いを嗅いでいるのが見えた。七時半ごろだっただろう。陽はまだ高かったが、空は薄紅色に染まりつつある。私は夕方の外来診察を終えて、近くの村の患者を往診しにいく途中だった。車の音を聞きつけた犬は吠えだし、顔をあげると、こちらに向かってきた。ところどころに灰色の毛がまじっているので、ハンドレッズ領主館の老いたラブラドル犬、ジップだと気づいた。その直後、キャロラインが見えた。道端の日陰の中にいたのだ。帽子もかぶらず、素足のまま、道からおりて生垣にはいりこむように――いばらの中を歩いていたので、ジップがいなければ、彼女がいることにまったく気づかなかった。キャロラインは犬に、静かにするように注意していた。私の車に顔を向け、フロントガラスに反射する光に眼をすがめている。胸の前に斜めがけにした鞄の紐が見える彼女は、ディック・ウィッティントン（童話『ディック・ウィッティントンとねこ』の主人公。ロンドン市長にもなった実在の人物）のように、水玉模様の古ぼけたハンカチーフを丸めて持っていた。すぐ近くで私はブレーキを踏み、開いた窓から呼びかけた。

「家出してきたんですか、エアーズさん？」

そこでようやく私だと気づいて、彼女は笑顔になり、生垣の中から出てきた。慎重に、髪がいばらにからまないように片手で押さえ、舗装していない道路にぽんと飛びのった。スカートをなでつけながら――前回、会った時に着ていた、身体に合っていない綿の服だ――彼女は言った。「母のおつかいで村に行ってきたんです。でもここの生垣に誘惑されて。ほら」

キャロラインが慎重に包みを開き、はじめて気づいたのだが、ハンカチーフの水玉模様と思ったのは、実は紫色の染みだった。大きな草の葉を敷いた上に、ブラックベリーがどっさりのっている。彼女は、いちばん大きな実をつまみ出し、軽く吹いて埃を飛ばすと、渡してくれた。口に入れ、それが舌の上ではじけて、血のように温かい汁が溢れ、うっとりするような甘みが広がるのを味わう。

「おいしいでしょう?」私が飲みこむのを待って、もうひとつくれると、自分でもひとつつまんだ。「子供のころ、弟とよく摘みにきてたんです。州いちばんのブラックベリー摘みの穴場なんですよ、どうしてかわからないけど。ほかのところだとサハラ砂漠並みに乾燥しちゃうのに、ここだけはいつもみずみずしくておいしいの。泉か何か、とにかく水があるんでしょうね」親指を口の端に当て、濃い色の果汁が垂れるのを防いだあと、顔をしかめるふりをした。

「でも、これはエアーズ家の秘密だから、口外しちゃいけなかったのに。口封じに先生の命をいただかなくちゃならないかしら。それとも、誰にも言わないと誓ってくれます?」

「誓いますよ」

「名誉にかけて?」

私は笑った。「名誉にかけて」

彼女はゆっくりと私にもうひと粒くれた。「そうね、先生を信用しなきゃいけないでしょうね。お医者さんを殺すのはかなりマナー違反だもの。アホウドリ（国際保護鳥）を撃ち殺すのより、一、二ランク低いくらいには。それに、人殺しの方法はあなたの方がよく知っているでしょうから難しそうだし」

髪をうしろにはらいのけ、車の窓から三十センチほど離れて立った長身の彼女は、毛深い足をむき出しにしたまま、楽しそうに喋っていた。エンジンの音が気になったこともあるが、アイドリングでガソリンを無駄にしたくなかったので、エンジンを止めた。車は解放されたのを喜んで、地面に沈みこんだ。この時私は、ようやく夏の空気のどろりとした重さと鬱陶しさに気づいた。草地の向こうから、熱気と距離で弱まっているものの、農場の機械が唸ったりはじけたりする音と、大声で呼んでいる声が聞こえてきた。八月の終わりの明るい夜には、農家の人々は十一時過ぎまで収穫を続けている。

キャロラインはさらに実をつまんだ。そして、首をかしげた。「ベティのことは訊かないんですか」

「いま訊こうと思っていました」私は答えた。「その後、どうです？　まだ問題が？」

「全然！　一日ベッドで過ごしたら、ものすごくよくなって。あれから、ベティがもう少し居心地よく暮らせるように努力してますよ。裏階段を使いたくないなら、もう使わなくていいと言いましたし。ロディはラジオを手に入れてきました。そしたら、ものすごく喜んで。ベティの家にはラジオがあったのに、喧嘩か何かで壊れてしまったんですって。いまじゃ、週に一回、充電するために、家族の誰かがリドコートまでおつかいに行くはめになりましたけど、そうする価値はあるんです、ベティがうちの暮らしを楽しいと思えるなら……そうそう、本当のことを教えてください。先生が送ってくださった薬、あれはただの粉でしょう？　あの子は病気だったんですか？」

「お答えできませんね」私はすまして言った。「医者の守秘義務というやつがありますし。それに、あなたに誤診で訴えられるかもしれない」

「まっ！」キャロラインは悲しそうになった。「安心してくださいな。わたしたちには弁護料を工面することはできませんから――」

そこで、ジップが鋭く二、三度吠えたので、彼女は振り向いた。私たちが喋っている間、ジップは道沿いの草むらを嗅ぎまわっていたのだが、道をはさんだ生垣でばたばたっという音がすると、生垣の隙間から中にはいっていった。

「鳥を追いかけてったんです」キャロラインは言った。「しょうのない子ねえ。このへんの鳥は、むかしはうちの獲物だったんですけど、いまはミルトンさんのものなのに。ジップがウズラを獲ったら、また文句を言われちゃう――ジップ！　ジッポー！　おいで！　ほら、おいでったら、もう、お馬鹿さん！」

ブラックベリーの包みを慌しく私の手に押しつけると、キャロラインは犬を追いかけていった。私は彼女が身をかがめて生垣の中を覗きこみ、いばらの枝をかきわけて、犬を呼ぶ様を見ていた。彼女は蜘蛛《くも》もいばらの刺も恐れていないようで、その栗色の髪がまた枝にからまりそうになっていた。数分後、ようやくジップは戻ってきたが、彼女につかまって、小走りに車の方に戻ってきた様子は、ひどく喜んでいるようで、口をだらりと開けてピンクの舌を垂らしていた。それを見ているうちに、私は患者のことを思い出し、そろそろ行かなければ、と言った。「じゃあ、少しブラックベリーを持っていかれたら」私がエンジンをかけ直すと、キャロラインは親切に言ってくれた。しかし、彼女が実を取り分けるのを見るうちに、自分がハンドレッズ領主館の方向に向かっていることや、ハンドレッズ領主館はここから三、四キロ離れていることに思い至り、乗っていきませんか、と申し出てみた。実は、そうするのには迷った。迷惑に思われるかもしれないということもあったが、何よりも、この埃っぽい道路をふらふらしている姿が、まるで浮浪者か何かのように、あまりになじみすぎていたこともある。キャロラインもまた、私の申し出に迷っているようだ——と思ったのだが、単に熟考していたらしい。腕時計をちらりと見て、彼女は言った。「そうしていただけると本当に助かります。ただ、うちの正門ではなくて、農場に続く道で降ろしていただけると、とてもありがたいんですけれど。弟がそっちに行ってるんです。あの子にまかせとくつもりだったんですけど、手伝いにいけば喜ぶでしょう。いつもそうだから」

喜んで、と私は答えた。助手席のドアを開けて、ジップを奥の座席に入れてやる。犬が後部座席で向きを変え、ごそごそと動く短い間に、彼女は倒した助手席を直して私の隣に腰をおろした。

キャロラインが坐ると、車が傾いてきしんだ音をたてたことで彼女の体重を感じ、この車がこんなに小さく、古ぼけていなければよかったのに、と思ってしまった。彼女は気にしていないようだが。膝に肩掛け鞄をぺたりとのせて、ブラックベリーの包みを上に置き、坐ることができてほっとしたように、満足そうなため息をついている。あいかわらず、平たい男物のようなサンダルをはいていて、素足には毛が生えたままだ。その毛の一本一本が土埃を含んで、マスカラを塗ったまつ毛のようになっている。

私が車を動かすと、キャロラインはまたブラックベリーをすすめてきたが、今度は首を振った。せっかく彼女が集めたものなのだ。彼女がひと粒口に入れたあと、私は母親と弟の近況について訊いてみた。

「母は元気ですよ」キャロラインは飲みこんでから言った。「お気にかけてくださって、ありがとうございます。あの時、先生と会えて、とても喜んでいました。母はこの州の有名人とお近づきになるのが好きなんです。わたしたちはむかしみたいに、あちこち出歩かなくなりましたし、家があんな状態ですから、お客様もおいそれとは招きづらくて、母は世間から取り残された思いをしてるみたいです。ロディは――まあ、いつもどおりです、働きすぎて、食欲がなくて……脚がとにかく悩みの種みたい」

「そう、私も弟さんの脚が気になってました」

「どのくらい、どんなふうに悪いのか、わたしにはよくわからないんです。ずいぶん辛いんじゃないかと思ってますけど。あの子は、治療する時間なんてないって言うんです。本当は、お金がないっていう意味だと思います」

彼女が金について口にするのは二度目だったが、この時には声に悲しそうな色はなく、単なる事実を述べる口調だった。曲がり角でギアチェンジしながら、私は言った。「そんなに経済状態が悪いんですか？」すぐにキャロラインが答えなかったので、私は言い添えた。「お気に障りましたか？」

「いいえ、全然。ただ、どうお答えすればいいか考えていて……正直に言えば、とても悪いです。どの程度、悪いのかはわかりません、帳簿は全部、ロッドが管理してますし、あの子は秘密主義ですから。ただ、なんとか切り抜ける、としか言わないんです。弟もわたしも、母にはなるべく隠してるんですが、それでも、領主館がもとには戻らないことは、母も気づいてるでしょう。まず、土地を手放しすぎました。農場だけが、いまのわたしたちの唯一の収入源です。それに、いまは時代が変わってしまったでしょう？　だから、わたしたちはどうしてもベティを手放したくないんです。母の精神状態がどんなに違うか、言葉にできないほどなんですよ。お湯の水差しを取りに、えっちらおっちら厨房までおりていかずに、むかしのようにベルを鳴らしてメイドを呼べるってことが。そういうことって本当に大切ですもの。戦争が始まる直前まで、館には大勢、使用人がいたのに」

また、彼女は淡々と事実を述べるように言った。まるで、自分と同じ階級の人間に話すように。不意にキャロラインは動きを止め、そして、慌てたようにまったく違った口調で言った。

「まあ、わたしたちのこと、なんて底の浅い人間だとお思いでしょうね。ごめんなさい」

私は答えた。「いいえ、全然」

しかし、キャロラインの言葉の本意は間違えようがなく、彼女があからさまに気まずそうにしているることが、かえって私の気まずさをあおった。ちょうど私たちがいま走っている道というのが、一年のこの時節に、少年の日の私が何度も行き来した道で——ハンドレッズ荘園の収穫作業にかりだされた母の兄弟たちのために、昼の〝おやつ〟としてパンとチーズを届けにいったのだ。当時の伯父たちは、まさか三十年後に、りっぱな医者となった私がこの道を、自分の車の助手席に領主様のご令嬢を乗せて領主館に送っていくとは夢にも思わなかっただろう。馬鹿げているが、急に私は戸惑いと罪悪感に似た気持ちがせりあがってくるのを感じた——まるで、作男の伯父たちが突然、私の前に出現して、ペテン師を見るような眼でこちらを見て、げらげら笑っているような。

そんなわけで、私はしばらく何も喋ることができず、キャロラインも無言になり、さっきまでの気安い雰囲気は消えてしまった。残念なことだった。生垣は、野いばらや真っ赤な鹿《か》の子《こ》草《そう》や乳白色の花独活《はなうど》がこんもりと茂り、彩り鮮やかでかぐわしい香りを放っている。その生垣が切れたところにある門のずっと奥に畑が見えていて、すでにその一部は刈り取られ、土になり、深山烏《みやまがらす》にほじくられるばかりになっていたが、まだ小麦が実っている畑は、淡く光る穂の波の中にポピーの朱色が映えている。

ハンドドレッズ荘園の農場にはいる小径の入り口が近づいてきたので、私は道を曲がろうとスピードを落とした。が、キャロラインは降りる準備をするように、ぴんと背筋を伸ばした。

「いいえ、農場まではいらなくて結構です。すぐそこですから」

「いいんですか？」

「ええ、本当に大丈夫」

「そうですか、では」

きっと私とはもう一緒にいたくないのだと思った。彼女を責めることはできない。ブレーキを踏んで、エンジンをかけたまま車を停めると、彼女はドアのレバーに手を伸ばしたが、そこに手をかけたまま動きを止めた。そして、半分だけ振り向いた恰好でぎこちなく言った。「送ってくださって、本当にありがとうございました、ファラデー先生。さっきは失礼なことを言って、すみません。きっと、先生もたいていの人たちと同じことを考えてらっしゃるでしょう、いまの領主館をご覧になって。わたしたちは頭がおかしいって。いまもむかしのような生活を通そうとしながら、あの家に住み続けるなんて、本当ならもうとっくに……諦めてしまえばいいのにって。本当のことを言えば、わたしたちはあの領主館に住まわせてもらえることがどんなに運のいいことか、よく知っているんです。だから、その契約の対価として、わたしたちはあの領主館を維持していかなければならないんです。ときどき、重圧に押しつぶされそうになりますけど」

キャロラインの口調は淡々として、真心に溢れていて、ふと気づかされたが、その声音は心地よかった。低音で、歌のように響き——暖かな黄昏の車内で声だけを聞くと、たいそうな美女のようで、私はそのことに感銘を受けた。

私の複雑だった気持ちがほぐれてきた。「頭がおかしいなんて、これっぽっちも思っていませんよ、エアーズさん。あなたのご家族の重荷が少しでも軽くなるように、何か手伝うことができればと思うだけです。たぶん、医者の性分というものでしょう。たとえば、弟さんの脚ですが。ずっと考えていました、もし、よく診せていただけたら——」

彼女はかぶりを振った。「ご親切にありがとうございます。でも、わたしがいま、治療費がないと言ったのは誇張でもなんでもないんです」

「もし、治療費が無料になるとしたら?」

「まあ、それは本当にありがたいことですけれど! でも、弟はそんなふうには思わないでしょう。あの子は、そういうことに関して、プライドが高いですから」

「なるほど」私は言った。「しかし、抜け道があるかもしれないんですよ……」

ハンドレッズ領主館に行ったあの日から、頭の奥にずっと、この考えは漠然とあった。いま、話しながら、それは具体的に固まってきた。私はキャロラインに、彼女の弟の症例によく似た筋肉の障害を、電気を使った治療で軽減することに何度も成功したと話した。電気誘導コイルはごく専門の病院以外で利用されることはめったになく、そのような場所では怪我をしたての患者ばかりが相手にされるが、私はこの治療法がもっと広い範囲の患者にも有効だと考えている。

「専門医ばかりでなく、一般の医師を納得させるためには」私は言った。「証拠が必要です。私はこの治療用の装置を持っていますが、ちょうど条件に当てはまる患者というのは、すぐに見つかるわけではない。もし条件に合う患者がいれば、治療しながら論文を書けるので——つまり、患者さんは私の論文を仕上げる手伝いをしてくれるわけです。協力者に治療費を請求するなんて考えられません」

キャロラインは眼をすがめた。「なんだかとてもすてきな取り決めに思えるんですけど」

「そのとおりですよ。弟さんは私の診療所に来る必要もない。この装置は持ち運びが簡単ですから、領主館に私が持っていきます。もちろん、必ず効果が出るとお約束はできませんよ。でも、この装置を弟さんに、そうですね、週に一度のペースで二、三ヶ月ほど使ってみたら、ひょっとすると、効き目を実感してもらえるかもしれない……どうでしょう?」

「まあ、すてき!」本心から喜んでいるようだ。「でも、お時間を無駄にしてしまうかもしれないのに、いいんですか? だって、もっとそれが必要な患者さんがいるんでしょう?」

「弟さんこそ、これがとても必要な患者さんだと思いますよ」私は保証した。「時間を無駄にするとおっしゃいましたが――あなたに正直に言えば、このたぐいの試験的な治療を率先しておこなっていると知られることで、州の病院における私の立場が悪くなるとは思えませんね」

まったく本当のことだった。だが、もし真実、彼女に正直になっていたなら、地元の名士たちに見直してもらえるかもしれないという期待があったことも、言うべきだっただろう――ロデリック・エアーズの治療で成功をおさめたことを聞いた人々が、この十五年間で初めて、私に診察してほしいと、使いをよこすようになるかもしれない……。車のエンジンをかけたまま、私たちはその案について話しあい、だんだん興奮してきた彼女はとうとうこう言った。「先生、一緒に農場に来て、ロディに直接、話してくれません?」

私は腕時計を見た。「ですが、約束した患者が待っているので」

「あら、少し待ってもらっちゃだめですか？　患者《ペイシエント》って待つことが得意ですよ。だから、〝忍耐強い《ペイシエント》〟って呼ばれてるんでしょ……ほんの五分だけ、あの子に説明する時間だけ。いま、先生がわたしに言ってくれたことを話すだけ。いけません？」

キャロラインは陽気な女学生のように喋っていて、どうにも逆らいがたかった。「いいでしょう」小径に車を乗り入れ、短いがたがた道を進むと、砂利を敷いた農場に着いた。私たちの前にはハンドレッズ荘園の農場の、ヴィクトリア朝の威風堂々とした建物があった。左手には牛舎と搾乳所。乳搾りが終わる頃合いに来たようで、牛舎から連れ出されるのを苛々と不満そうに待っている牛たちは、あまり残っていない。残りは——五十頭ほどだろう——農場の一角にある、牧場の囲いの中だ。

私たちは車を降りて、ジップと共に砂利だらけの地面を歩き始めた。骨の折れる仕事だった。農場の地面は悪いと相場が決まっているが、ここは特に歩きづらく、土と泥水が蹄でこねまわされ、わだちででこぼこだらけになり、長く乾いた夏の陽にさらされ、かちかちに焼き固められている。牛舎にたどりついてみると、そこはかなり荒れ果てた木造の納屋で、牛糞とアンモニアの臭いがむっとこもって、ガラス張りの温室のように暑い。搾乳機のたぐいはなく、腰かけとバケツがあるばかりで、いちばん手前のふたつの柵の中では、農夫のマキンズと彼の大きなせがれが、牝牛たちの乳搾りをしている。マキンズは二年ほど前によその州から移り住んできたのだが、五十代になったばかりで、細面の顔に皺を刻んだその外見は、まさしく苦労してきた農夫のイメージそのものだった。キャロラインが声をかけると、彼は会釈してきたが、不思議そうに私を見た。そのまま歩き続けると、驚いたことにロデリックがいた。私は彼が、あのヴィクトリア朝の家にいるか、でなければ、農場のほかの場所で働いていると思っていたのだが、彼はここで農夫たちと並んで乳を搾っていた。暑さと奮闘で顔を真っ赤にして、細く長い脚を折り曲げ、額を牝牛の土だらけの茶色い脇腹に押しつけながら。

顔をあげたロデリックは、私を見て眼をぱちくりさせた――こんなふうに働いているところを見られて、おもしろく思っていないようだが、うまく感情を隠し、気軽に挨拶してきた。眼は笑っていなかったけれども。「握手できませんが、許してくださいよ！」そして、彼は姉を見た。「どうしたの？」

「どうもしないわ」キャロラインは答えた。「ファラデー先生があなたにお話ししたいことがあるんですって。それだけ」

「じゃあ、この牛だけ、すぐ終わるから――おい、こら、動くなってば」

彼が乳を搾っていた牝牛は、私たちの声に苛立ったように、動き始めていた。キャロラインが私をうしろにさがらせた。

「知らない人が近づくと、すぐに怖がるんです。わたしのことは知ってるんですけど。弟を手伝って、かまいませんか？」

「どうぞ、どうぞ」私は答えた。

彼女は牛の柵の中にはいると、ゴム長靴をはき、汚れたキャンバス地の前掛けをして、待っている牛たちの間をごく自然に歩いていき、そのうちの一頭を納屋の中に引いてくると、弟が仕事をしていた牛の隣につないだ。半袖なので、腕まくりをせずにそのまま、給水用のパイプで洗った両手を消毒液ですすぐと、腰かけと亜鉛のバケツを持ってきて、牝牛の横に置き――そうしながら牝牛を肘で突いて、ちょうどいい位置に移動させ――仕事を始めた。私は、ほとばしる乳が空のバケツに当たる大きな音を聞きながら、リズミカルな素早い腕の動きを見ていた。一歩、脇にずれると、牛の広いうしろ足の間から、白いまるでゴムにしか見えない牛の乳首を引っぱる彼女の手がちらちらと見える。

キャロラインは弟が仕事を続けている間に、その牛の乳を搾り終えると、また別の牛に取りかかった。ロデリックは自分の牛を放してやり、バケツの中で泡立つ牛の乳を、ぴかぴかに磨いたスチールの大きな桶にあけて、前掛けで指を拭き拭き、顎をぐいと突き出して近づいてきた。

「それで、お話というのは?」

私は仕事の邪魔をしたくなかったので、自分の考えを簡潔に話した。私の方から頼んでいるように、重要な研究に協力してもらえると本当にありがたい、という含みで……伝えたつもりなのだが、なぜか車の中で彼の姉に話した時ほど説得力があるように聞こえず、ロデリックは終始うさんくさそうな表情で聞き、私がその機械が電気を使うと言うと、ますます渋い顔になった。「悪いんですが、うちは昼間に発電機を回す余裕がないんです」話は終わりだ、というように首を振った。けれども、私はこの装置は乾電池で動かすから大丈夫だ、と保証した……キャロラインがこちらを見ているのがわかったが、彼女は二頭目の牝牛をすませてしまうと、歩いてきて、私の説得に加勢した。ロデリックは姉が喋っている間、待っている牛たちを心配そうにちらちら見ていたが、とうとう、私たちを黙らせるためだろう、その計画に同意した。そしてすぐに、不自由な脚で柵に向かって、次に乳を搾る牛をつかまえにいってしまい、私が領主館に行く日取りなどは、キャロラインが決めた。

「ちゃんと治療を受けさせますから」彼女は囁いた。「大丈夫です」そして、ふと思いついたように言った。「また、お茶を召しあがっていってくれます？　母が喜びますから」

「はい」私は嬉しくなった。「ぜひ。ありがとうございます、エアーズさん」

すると、彼女はわざとらしく、傷ついた表情を見せた。「あら、キャロラインと呼んでください。これから何年も何年も、エアーズさん《ミス・エアーズ》と呼ばれるたびに、自分がオールドミスなんだって思い知らされちゃう……でも、わたしはあなたを先生とお呼びしますね。専門の先生方との距離を軽々しく飛び越えるのは、ちょっと気がひけます」

にこにこしながら、彼女は温かな、牛乳の匂いのする手を差し出してきた。そして私たちは、牛舎の中で、取引を成立させるふたりの農夫のように握手をした。

*

約束は、次の日曜日だった。当日になってみると、またからからに乾いた気だるい日で、空は土埃と粉塵で鬱陶しくかすんでいた。だんだん近づいてくる領主館の正方形の赤い正面は、白っぽくぼやけて妙に現実感がなかったが、砂利道に乗り入れて、ようやく輪郭がはっきりしてきた気がした。こうして再び、領主館の古ぼけた細部を最初の訪問時よりもさらにはっきりと見た私は、この館は不思議なバランスを保っていると思った。最近までの栄光に満ちたかつての姿と、いままさに廃墟になりつつある姿を、痛々しいほどに同時に見ることができる。

今回は、私が来るのをロデリックが見つけたに違いない。玄関の扉がきしんだ音と共に開かれると、欠けた踏み段のいちばん上で、私が車から降りるのを待っていた。片手に医者鞄、片手に電気誘導コイルをおさめたすっきりした木のケースを持って歩み寄ると、彼は眉を寄せた。

「これがその装置ですか？　もっとずっしりした物を想像してた。これじゃ、サンドイッチがはいってる箱みたいだ」

「あなたが思ってるより、ずっとパワーがあるんですよ」

「まあ、先生がそう言うなら……じゃ、ぼくの部屋に行きましょうか」

彼はまるで、今度のことに同意したことを後悔しているような口ぶりだった。が、領主館の中に引き返しつつ、私を招き入れると、前回とは違って階段をのぼらずに、その右側の、やはりひんやりした薄暗い廊下を進んでいった。並んでいるうちのいちばん奥のドアを開けると、もごもごと言った。「すみません、散らかってて」

彼に続いて部屋にはいり、荷物をおろし、あたりを見回して驚いた。〝ぼくの部屋〟と彼が言った時、もちろん私は普通の寝室を思い描いていたのだが、この部屋はばかでかかった――すくなくとも、当時の私にはばかでかく思えた。私はまだハンドレッズ領主館の大きさに順応していなかった。羽目板の壁、格子細工をほどこした石膏の天井、ゴシック様式の縁に飾られた、石造りの大きな暖炉。

「ここは遊戯室だったんですよ」私の表情を見て、ロデリックが言った。「曾祖父が作ったんです。貴族か何かのつもりだったんじゃないかな。だけど、ビリヤードの道具はもう何年も前になくなっちまったし、ぼくが空軍から戻った時には——つまり、病院から戻った時には——その、階段をのぼったり、いろいろできるようになるまで時間がかかったもので、母と姉が、ここにぼくのベッドを置いたらどうかって思いついてくれたんです。それで、すっかり慣れたもんだから、もう上階に戻る気がしなくて。仕事も全部、この部屋でしてるんですよ」

「なるほど」私は答えた。「そうなんですか」

気づいてみると、ここは七月に来た時に外から覗いた部屋だ。あの時よりもさらに散らかっている気がする。部屋の角は、恐ろしげな鉄枠のベッドが占領し、脇にナイトテーブルが、その隣には骨董品のような洗面台と鏡がしつらえてある。ゴシック様式の暖炉の前には、古い革張りの肘掛け椅子が二脚あった。美しい椅子だが、どちらもずいぶん擦り切れ、縫い目がほつれている。カーテンで閉めきられたふたつのガラス扉のひとつは、三色昼顔に埋もれかけた階段に続き、そこからテラスに出られる。もうひとつのガラス扉の前に、すてきな広々とした視界を遮るように、ロデリックの机と回転椅子が置かれていた。察するに、北側の日の光を最大限に利用するために、こんな位置に机を置いたのだろうが、そのおかげで、スポットライトを浴びたような机の表面は——とはいえ、書類や、帳簿や、紙ばさみや、専門書や、しぶだらけの紅茶茶碗や、溢れそうになっている灰皿に埋めつくされているが——訪問者の視線が、室内のほかの場所ではなく、そこに引き寄せられずにいられない磁石になっていた。机はロデリックにとっても、別の意味で磁石になっているらしい。私と話している間にも、机に近寄って、混沌の中から何かを発掘しようとかきまわしている。ようやくちびた鉛筆を一本見つけた彼は、ポケットを探って紙切れを取り出し、数字らしき文字を台帳のひとつに書き写し始めた。

「どうぞ、坐ってください」肩越しに、彼は言った。「すぐにすみますから。農場から戻ったらすぐに、このめんどくさい数字を書いとかないと、絶対、忘れちまうんで」

私は腰をおろし、二分ほど待った。けれども、彼がこちらに来る様子がなかったので、装置の準備をしておこうと思い、それを持ってきて擦り切れた肘掛け椅子の間におろし、ケースの留め金をはずして中身を取り出した。私にしてみれば、この機械はもう何度となく使いなれた、コイルと乾電池と金属板の電極を組みあわせただけのごく単純な装置でしかないが、電極やワイヤーだらけの見かけが恐ろしげであるのも事実で、ひょいと顔をあげると、ロデリックが机を離れて、いやそうな顔でそれを見おろしていた。

「なんだか怪物みたいだな」彼は口を尖らせた。「いますぐ、これを取りつけるんですか?」

「ええと」からまったコイルを両手に持ったまま、私は動きを止めた。「そのつもりだったんですが。もし、いやなら――」

「いえ、いや、全然。せっかく来てくれたんだから、やりましょう。脱ぐんですか? それは、どんなふうに?」

私は、ズボンの裾を膝上までまくってくれれば十分だと思う、と答えた。彼は私の前で脱がなくてすむことを喜んでいるようだったが、ゴム底のズック靴と、つくろいだらけの靴下を脱ぎ、ズボンもまくりあげてしまうと、腕組みをして、心もとない顔になった。

「なんだかフリーメーソン入会の儀式でもやってるみたいだ！　誓いの言葉を言ったりしなくてもいいんですか？」

私は笑った。「とりあえずは、そこに坐って私に診察させていただければ。すぐにすみます」

彼が肘掛け椅子に腰をおろすと、私は前にしゃがんで、傷ついた脚をそっと手に取り、まっすぐに伸ばそうとした。筋肉が緊張してくると、ロデリックは痛そうにうめいた。

「辛いですか？」私は訊ねた。「すみませんがもう少し動かしますよ、傷の具合を診たいので」

手の中の脚は細く、黒いもじゃもじゃの毛におおわれていた。肌は黄ばんで、血行がよくないのが見てとれ、脛《すね》やふくらはぎのあちこちに、毛のないピンクの盛りあがりや溝がある。膝は奇妙な木の根の瘤のようで、異様に白く、恐ろしく強張っている。ふくらはぎの筋肉は薄く、硬く、硬化した組織でぼこぼこだ。足首の関節は——上の部分が動かないのを補おうと、ロデリックがひどい無理をかけているせいで——腫れて、炎症を起こしている。

「ひどいもんでしょう？」私が脛や足をいろいろな角度に動かすと、彼はさらに痛みをこらえている声でそう言った。

「拝見したところ、血行があまりよくないのと、それと、あちこち癒着がありますね。たしかに良好とは言えませんが、もっと症状の重い傷を診たことがある……こうすると、どうです？」

「痛い。いたたた」

「じゃあ、こうしたら？」

ロデリックの身体が跳ねた。「あうぁっ！　先生、なにやってるんですか、脚をねじ切る気ですか？」

私は脚を持ち直して、自然な位置に戻すと、今度はふくらはぎの強張った筋肉を温めてほぐすために指で軽くマッサージをした。そうしてから、彼にワイヤーを取りつける作業にはいった。ガーゼを塩水に浸し、電極につけて、脚のあちこちにゴムバンドで留めていく。私がそうするのを、彼は前よりも興味をひかれたように、前かがみになって、しげしげと見つめている。装置の最後の調節をしていると、彼はどこか子供っぽい無邪気な口調で言った。「それがコンデンサーですね？　なるほど。で、それが電流を遮断するやつだ……ええと、先生、これの免許は持ってるんですよね？　ぼくの耳から火花が噴き出すとか、そういうことにならないですよね？」

私は言った。「まあ、大丈夫でしょう。ただ、最後に私がこれを使った患者さんはいま、美容院でパーマを当てる金を、まるまる節約できているそうですよ」

彼は眼をぱちくりさせた。私の口調から、まじめなことを言っていると思ったらしい。そして、私と眼が合って――たぶん、この日初めて、いや、ことによると出会って以来初めて眼が合って、ようやく〝私〟を見て――彼はくすりと笑った。その笑みは、彼のたるんだ表情に張りを与え、傷さえも眼にはいらなくさせた。こうして見ると、ロデリックは母親と似ている。

私は言った。「心の準備はできましたか?」

彼はいっそう子供っぽく、顔をしかめてみせた。「たぶん」

「じゃあ、いきますよ」

私はスイッチを入れた。ロデリックが叫び声をあげた瞬間、脚がひとりでにぴょこんと前に飛び出した。彼は笑いだした。

私は訊いた。「痛くないですか?」

「いや。ちょっとぴりぴりするだけで。なんだか熱くなってきた! これ、いいんですか?」

「完璧です。もし、熱さを感じなくなってきたら教えてください、もう少し、出力をあげますから」

それから十分ほど、彼の脚がずっと熱を感じている、つまり、血行が最大限によくなった状態になるのを待った。そのあとは装置にまかせて、私は残る革張りの肘掛け椅子に腰をおろした。ロデリックはズボンのポケットを探って、刻み煙草と巻紙を取り出そうとした。しかし、私は彼があのみっともない痩せた〝棺桶の釘〟を巻くのを見るのが耐えられず、自分の煙草ケースとライターを取り出し、彼にも一本すすめた。ロデリックは深く長く煙を吸いこむと、眼を閉じ、細いうなじをそらして、背もたれに頭をあずけた。

私は気づかって声をかけた。「疲れてるんですね」

すぐに、彼は元どおり、背筋を伸ばそうとした。「いや、大丈夫です。今朝、六時に起きたからですよ、乳搾りをしたし。いまの季節なら、そんなに苦じゃないんですが、冬はもう……

マキンズを雇ってるくらいじゃ、全然、役にたたないし」

「おや、どうしてですか？」

ロデリックはまた姿勢を変えると、のろのろと言った。「まあ、文句を言っちゃいけないんでしょうがね。あいつも大変だった、この馬鹿みたいな熱波のせいで、乳は出ない、牧草は枯れる、牛たちには冬になる前にたらふく食わせてやらなきゃならないし。マキンズは無理難題を千も持ってくるんですが、どうすれば解決できるのか、自分じゃ全然思いつかないらしい。結局、ぼくが全部なんとかしなきゃ」

私は訊いた。どんな仕事を？ 彼は変わらない物憂い声で答えた。「マキンズのすばらしいビッグアイディアは、水道の本管から給水管を延ばせってことですがね。ついでに電気も引けと。それから、井戸の水がまた溜まっても、ポンプが使えないから修理しろって。ああ、乳搾りに使ってるあの牛舎も危険だって。取り壊して煉瓦造りのを建てたいと。煉瓦の牛舎と電気で動く搾乳機があれば、基準品質を保証された牛乳を出荷できるから、もっと利益が出るはずだって、そんなことばっかり言うんだ」

彼は脇にあるテーブルの、すでに芋虫のような吸殻で溢れ返っている灰皿に向かって手を伸ばした。私も身を乗り出して、自分の煙草の灰をその中に落とした。「まあ、牛乳に関しては、マキンズの言うとおりでしょうね」

ロデリックは笑った。「わかってますよ、ぼくだって！ いや、あいつの言うことは全部正しい。あの農場はもうぼろぼろもいいところだ。でも、ぼくにどうしろと？ マキンズは、資産を少し放出したらどうかって、言い続けてるんですよ、どこの雑誌で見つけた気に入りの文句か知らないけど。ぼくはもう正直に、ハンドレッズ荘園には放出できる資産はこれっぽっちもないって言ってるんですけどね。信じてもらえない。このごりっぱな大邸宅に住んでるのを見てるもんだから、ぼくらが金の延べ棒の上であぐらをかいてると思ってるんです。ぼくらが夜は蠟燭やランプを持って、館の中をうろうろしてるなんて知らない。発電機のガソリンを買えないってことも。姉が床を磨いたり、冷たい水で皿洗いしたりしてるところも見ていない……」不意に手で机を指し示した。「ぼくはもうずっと、銀行に手紙を書いたり、建築許可の申込書を書いたりしてるんです。昨日は水道管と電気の件で州の役人と話しました。あまり期待するなと言われましたよ。うちがあまりに辺鄙な場所に建っているので、コストを考えるととても見合わない。それに何より、申請するには、あらゆる書類を準備しなきゃならないんですよ。設計図やら、測量技師の報告書やら、何やらかにやら。で、そのあとは役所の窓口を十もたらいまわしにされたあとでようやく、正式に拒否されるんでしょうね……」

最初はしぶしぶ話し始めたロデリックだが、まるで、いつのまにか身体の奥から泉の水が湧いたかのように、言葉が次々に流れ出てきた。彼が話している間、その傷ついた端整な横顔がひくひくと動き、両手がせわしなくあがったりさがったりするのを見ているうちに、デイヴィッド・グレアムに言われたことを急に思い出した。ロデリックが例の事故のあと、少しばかり〝精神的に不安定〟になった、という話を。私はずっと、彼がくつろいでいるのだと思っていた。しかしいま、くつろいだように見えているのは、まったく事実ではないと気がついた。疲れているか、不安を追い出そうとわざと虚勢を張っているか、でなければ本当は緊張しているのに、それがあまりに日常的なものだから、緊張しているように見えないかなのだ。

私が考えこみながらじっと見つめる視線に気づいたらしい。ロデリックは黙りこみ、また煙草を深々と、何度も吸っていた。そして、まったく違った口調で言った。「ぼくにばかり喋らせるのが悪いんですよ。ぼくの話は退屈だから」

「いえ、全然」私は答えた。「もっと聞いていたいです」

けれども、彼にはもうその話題を続けるつもりはなく、私たちはそれから十分ほど、別のことを話した。話している間に、私は何度も椅子から立って彼の脚の様子を確かめ、筋肉の具合はどうかと訊ねた。「大丈夫です」と、そのたびに彼は答えるのだが、顔がだんだん赤くなってきているので、多少は辛いのだろう。まもなく、実は肌がかゆくなってきたのだとわかった。彼は電極の縁のあたりを掻いたりこすったりし始めた。やっと私がスイッチを切って、電極板を取りはずすと、ロデリックは解放されてほっとしたように、脛をかきむしった。

施術した肌は期待どおりに熱を持って、汗ばみ、真っ赤になっていた。私は汗を拭き、タルカムパウダーをはたいて、またしばらく指で筋肉をマッサージした。けれども、機械にワイヤーでつながれるのと、眼の前にしゃがんだ私の粉をまぶした温かい手に脚を揉まれるのは、まったく勝手が違うらしい。その間そわそわと身体を動かし続けていた。ようやく私は彼を立ちあがらせた。ロデリックは靴下とゴム底の靴をはき、まくっていたズボンの裾をおろす間、ずっと無言だった。が、二、三歩足を踏み出した彼は、私を振り返って、驚きと喜びの入り混じった声で言った。「先生、なんか違う。いい感じですよ、ほんとに」

私は、自分がどんなにこの治療の成功を願っていたのかということに初めて気づいた。「もう一度、歩いてみてください……ああ、前よりもだいぶ、動きが自然だ。でも、無理しすぎないでください。幸先はいいですが、ゆっくり焦らずにやっていきましょう。とりあえずいまは、その筋肉をずっと温かい状態に保ってください。湿布薬はありますか？」

彼はどうだろう、という顔で部屋を見回した。「たしか、戦地から帰った時に塗り薬みたいなのをもらったと思うけど」

「ああ、いいです。新しいのをあげましょう」

「いや、それは。もう、これ以上、親切にしていただくのは」

「言ったでしょう？　親切にしてもらっているのは、私なんですよ」

「でも――」

こうなるのはわかっていたので、私は鞄に薬をひと瓶入れてきていた。彼がそれを受け取って、立ったままラベルを見ている間に、私は装置の方に戻った。使ったガーゼを片付けていると、ドアをノックする音がして、私はどきりとした。まったく足音が聞こえなかった。この部屋には大きなガラス扉がふたつあるけれども、壁の羽目板のせいで外界から閉ざされたような、まるで遠洋定期船の船室にでも閉じこめられたような気がする。ロデリックが返事をすると、ドアが開いた。ジップがするりと部屋にはいりこむと、まっすぐ私に駆け寄ってきた。そのうしろから、少し遠慮がちな足取りで、キャロラインが現れた。今日は透けるようなエアテックスのブラウスを着て、その裾を形崩れした綿のスカートの中に適当に押しこんでいる。

「もうお料理されちゃったの、ロディ？」

「焼かれたよ」彼は答えた。

「それが機械？　怖いわ。フランケンシュタインの何かみたいじゃない？」

彼女は私がそれをケースにしまうのを見ていたが、弟がぼんやりと筋肉を伸ばしたり、脚を曲げたりしているのに気づいたらしい。彼の姿勢とリラックスした表情から、施術の効果を認めたのだろう、キャロラインは心から感謝している顔を私に向けてきた。治療の成功よりも、むしろそのことを私は喜んでいた。が、不意に、彼女は興奮したことに恥ずかしくなったのか、私に背を向けて、床に散らばっている紙を拾い、心ここにあらずといった体でロデリックのだらしなさに小言を言い出した。

「まったく、この部屋を整理整頓しておける機械があればいいのに！」

ロデリックは塗り薬の瓶の蓋をはずして、鼻先に持っていった。

「たしか、うちにはそんな機械がひとつあったはずだよ。ベティって名前の。でなきゃ、なんのために給金を払ってるんだい？」

「この子の言葉なんて聞かないでください、先生。絶対、ベティを部屋に入れないくせに」

「無断ではいってるぞ、あいつは！」ロデリックは言い返した。「しかも、あちこち物を移動させるもんだから、どこに何があるのか見つけられなくなる。それなのに、自分は触ってないって言い張るんだ」

彼はもう上の空で、例の磁石のような自分の机に引き寄せられて瓶を置き、足のことも忘れているようだった。縁の折れたマニラ紙の紙ばさみを開き、眉間に皺を寄せて中を見ながら、無意識に刻み煙草と巻紙を取り出そうとしていた。

キャロラインがそれを見て、また真剣な表情になる。

「そのいやらしい物をいいかげんにやめてほしいわ」彼女は壁に歩み寄り、楢《なら》材の羽目板にてのひらをすべらせる。「ほら、見てごらんなさい、このかわいそうな壁を。煙のせいでだめになっちゃってるじゃないの。ワックスをかけるとか、油を塗るとか、何かしないと」

「ああ、この館全体が何かしないとだめだろ」ロデリックはあくびをした。「何もなしで何かをする方法を知ってるんなら――つまり金なしでさ――どうぞ、ぼくに断らないでどんどんやってくれよ。それに――」彼はぐいと頭をあげて私の眼を見ると、また無理に明るい口調で言った。「――この部屋で煙草を吸うのは男の義務ってもんでしょう、ねえ、ファラデー先生？」

彼は格子細工の天井を指差した。私はその象牙色は歳月を経て黄ばんだのだと思っていたが、いまになって、それが半世紀もの間、ビリヤードを愉しんでいた紳士たちがふかした葉巻のせいで、ニコチンがあちこちむらになりながら黄色く染みついているのだと気づいた。

すぐにロデリックは書類に顔を向けてしまったので、キャロラインと私は彼の意図を汲み、外に出た。それでも彼はぼんやりした口調で、もう少ししたらお茶を飲みにいく、と言った。

姉は首を横に振った。「何時間も出てきませんよ」そう囁いて、戸口を離れた。「少しは私にも仕事を分担させてくれればいいのに、絶対に……あの子の脚は本当に、よくなっていましたね。あんなに治していただいて、もう、なんてお礼を申しあげたらいいか」

「ご自分でも治療はできますよ」私は答えた。「正しい運動をすることで。あとは、毎日、簡単なマッサージを続ければ、筋肉がだいぶ楽になります。少し、湿布薬を置いてきました。ちゃんと使うように、気をつけてあげてください」

「ええ、気をつけます。でも先生もお気づきでしょう、あの子ったら、本当にずぼらっていうか、気をつけないっていうか」彼女は歩調を落とした。「先生はあの子のことをどう思いますか、正直に？」

私は言った。「基本的に、とても健康だと思いますよ。余談ですが、魅力的な青年ですね。しかし、あの部屋の中があんなふうなのは残念だ、自分のものより、仕事のものばかりじゃないですか」

「そうなんです。父も荘園経営の仕事は、うちの書斎でしてました。ロデリックが使ってるのは、父の仕事机なんですが、あのころは机があんなにぐちゃぐちゃだったことはなかったわ、いまみたいに、経営する農場がたったひとつでなくて、四つもあったのに。でも、当時はエージェントも手伝ってくれてましたしね。マクロイドさんが。戦時中に、うちから離れなければならなくなって。自分のオフィスを守らなくちゃならないでしょう？　この館のこちら側は、いわば〝男の城〟だったんですよ、いつも人が大勢で賑やかで。いまは、ロデリックの部屋以外、館のこの部分は存在しないも同然なんですけどね」

キャロラインの口調は当たり前の日常を語るかのようだったが、私にはまるで物語の中の世界のように珍しく、閉めきって忘れてしまえる部屋がいくつもあるような領主館で育つというのは不思議にさえ思えた。私がそう言うと、キャロラインはあの悲しげな笑い声をたてた。

「もの珍しさなんて、すぐになくなりますよ！　退屈で厄介な親戚みたいなものだわ、完全に縁を切ることはできないのに、事故だとか病気だとかでお金をどんどんむしりとっていくような、むしろお金をやって追いはらった方がずっと安あがりの親戚みたい。残念だわ、だってうちには本当にすばらしい品物がいろいろと残っているんだもの……よろしければ、領主館の中をご案内しましょうか？　いちばんひどい場所からは眼をそらすって約束してくださるなら。六ペニーのガイドツアーはいかが？」

キャロラインは、義理ではなく本心からそうしたいと思っているようなので、私は、もしお母さんをあまりお待たせしないなら、ぜひお願いしたいと答えた。すると彼女は答えた。「いいえ、母は骨の髄までエドワード時代の人間なんですよ。四時前にお茶をいただくなんて野蛮だって思ってますから。いま何時ですか？」三時半を過ぎたところだった。「あら、時間はたっぷりありますね。じゃあ、館の正面から始めましょうか」

彼女は指を鳴らして、先に行ってしまったジップを呼び戻すと、弟の部屋の前を通って廊下を引き返した。

「玄関ホールはもちろん、もうご覧になりましたね」そこにたどりついて、私が装置と鞄をおろすと、キャロラインは言った。「床の大理石はカララ産で、厚さは十センチ――だから、この下の部屋はアーチ形の天井になってるんです。もう磨くのが大変。階段は、これが造られた当時は技術の粋を集めた傑作と言われてたみたい。上まで広い吹き抜けになっていてすばらしいでしょう、当時はこんなのがほとんどなかったんですって。父は、デパートみたいだってよく言ってました。祖母はこの階段を絶対に使わなかったわ、眩暈《めまい》がするからって……そっちは、わたしたちがむかし、昼に使っていた居間ですけど、そこは見ないでいきましょう。中は何もありませんし、本当にみすぼらしいだけですから。そのかわり、こっちをどうぞ」

　キャロラインがドアを開けた部屋は薄暗かったが、彼女が中にはいり、窓のよろい戸を開けて陽の光を入れると、そこは実に居心地のよい、大きな図書室だとわかった。書棚のほとんどは埃よけの布におおわれ、見たところ調度品がいくつか持ち出されている。キャロラインは網細工の扉付き書棚に手を入れて慎重に二冊取り出し、これは当家でいちばんいい本だと説明してくれた。が、この部屋がかつての面影をもはや残していないのは明らかで、これ以上、見るべきものはたいしてなさそうだった。彼女は暖炉に近づいて煙突を見あげ、火格子に煤が落ちてこないかどうか確かめていた。やがて、もう一度、よろい戸を閉めると、隣の部屋に案内してくれた――さっきキャロラインの言っていた、先代が仕事に使っていたという書斎で、ロデリックの部屋と同様に羽目板張りで、やはりゴシック様式なのが見てとれた。隣が彼女の弟の部屋で、さらに向こうに、地下に続く階段を仕切るカーテンがある。その前をそっと通り過ぎると、〝物置〟らしき部屋を見つけた。かびくさい小部屋には、レインコートや、ぼろぼろのゴム長靴や、テニスラケットや、クローケーの木槌などがぎっしり詰めこまれていたが、キャロラインの話では、かつて厩舎を経営していた時代には更衣室として使われていたらしい。室内にあるドアの内側の、風変わりなデルフト焼きの便器は一世紀以上もの間、彼女曰く〝紳士のため息〟として親しまれてきたそうだ。

キャロラインはまた指を鳴らしてジップを呼び、先に進んだ。

「退屈じゃありません？」彼女が訊いてきた。

「いいえ、全然」

「私はちゃんとガイドできているかしら」

「あなたはすばらしいガイドですよ」

「でも、ああ、このへんはちょっと見ないで、眼をそらしててください。あら、やだ、笑ってる！　恥ずかしいって言ったのに、ひどい！」

私は笑っている理由を説明しなければならなかった。彼女の言っている壁は、大昔に私が石膏のどんぐりをもぎ取った壁だったのだ。私はおそるおそるその話をした。どんな反応が返ってくるか、内心びくびくしていた。けれども、彼女は興奮したように眼を大きく見開いた。

「まあ、おもしろい！　母が先生にメダルをあげたんですか？　アレクサンドラ王妃様みたいに？　母は覚えてるのかしら」

「いや、お母様には話さないでください」私は言った。「覚えてらっしゃいませんよ。当時の私は、膝小僧の汚い小僧っ子五十人のうちのひとりでしたから」

「でも、そのころからこの領主館がお好きだったんでしょう？」

「略奪したいと思うほどに」

「まあ」キャロラインは優しく言った。「あの石膏の飾りは、略奪したいと思うのが自然ですよね。まさにもぎ取ってくれって言わんばかりの細工なんだもの。先生が始めた略奪ですけど、ロディとわたしですっかり終わらせてしまいました……でも、不思議ですよね。弟やわたしよりも先に、先生は領主館を見てるんですもの」

「たしかに」言われてみれば、そのとおりだ。

壊れた石膏飾りをあとにして、私たちはガイドツアーを続けた。キャロラインは肖像画の短い列を私に示した。どことなくくすんだ絵は、重々しい金色の額縁におさめられている。これは、由緒ある領主館を揶揄するアメリカ映画によく登場するような、いわゆる〝家族のアルバム〟なのだそうだ。

「ここには名画も価値のある絵もありません、残念ですけど。価値ある絵は全部、いちばんいい家具や何かと一緒に売ってしまいました。でも、おもしろい絵ばかりですよ、光線の加減がよくないですが」

キャロラインは一枚目を指した。「この人はウィリアム・バーバー・エアーズ。この領主館を建てたご先祖様です。エアーズ一族らしい、いい領主様だったけど、ちょっとけちくさかったみたい。建築家から送られた手紙が何通も残ってるんですよ、未払いの料金を払ってくれないと荒っぽい連中を取り立てに向かわせるとか……その隣はマシュー・エアーズです。ボストンに軍を率いていったものの、不名誉な帰還を果たした人。アメリカ人の妻を連れて帰国後、三ヶ月で亡くなりました。この奥さんに毒を盛られたんだろうって一族は思ってますけど……

こっちはラルフ・ビリントン・エアーズ。マシューの甥です——一族きってのギャンブラーで、ノーフォークにもうひとつあった荘園を、ジョーゼット・ヘイヤーの小説みたいに、たった一度のカードの勝負でまるごと失ったんですって……そして、この人はキャサリン・エアーズ。彼の義理の娘で、わたしの曾祖母にあたります。アイルランド出身の競走馬牧場の女相続人で、エアーズ家の財政を立て直してくれた人です。彼女は馬のそばに近寄れなかったんですって、馬が怖がるかもしれないから。わたしの顔が誰の遺伝か、よくわかるでしょう?」

そう言いながらキャロラインは笑った。というのも、肖像画の婦人は驚くほど醜かったのだ。けれども、実際、キャロラインはほんの少しだけれども、たしかに似ていた——それに気づいて、わずかにショックだった。ロデリックの傷痕のように、私はいつしかキャロラインの不似合いに男らしい容貌に慣れていたのだ。私は礼儀正しく、そんなことはないという否定の身振りをしたが、彼女はすでにこちらを向いていなかった。あとふたつ、見せたい部屋がある、とキャロラインは説明した。いちばんの見所は〝最後のお愉しみ〟だそうだ。しかし、次に連れていかれた部屋でさえ、十分に心奪われるものだった。東洋趣味《シノワズリ》の食堂は、青っぽい手描きの壁紙に彩られ、よく磨かれたテーブルを見れば、からみあう枝にいくつもの受け皿を止まらせた金箔張りの燭台がふたつ輝いている。けれども、彼女は廊下の中央に引き返し、別の扉を開いて、私をその部屋の戸口で待たせると、ひとりで部屋の暗がりを突っ切り、窓に歩み寄ってよろい戸を開けた。

ここの廊下は南北に延びていて、部屋はどれも西に面している。午後の陽射しはまばゆく、光の刃はすでによろい戸の隙間から暗闇を切り裂いていて、彼女が錠をあげる前からすでに、私たちのいる場所が実に大きく、なにやらわくわくする、布をかけた調度品があちこちに置かれた部屋であることはわかった。けれども、キャロラインがきしむよろい戸を開けて、部屋のすみずみまで命が吹きこまれたとたん、私は驚きすぎて笑いだした。

その部屋は八角形のサロンで、幅は四十フィートほどだった。まっ黄色の壁紙と緑がかった縞柄の絨毯に、疵《きず》ひとつない真っ白な大理石の暖炉、たっぷりと石膏飾りがほどこされた天井の中央からは、金メッキとクリスタルの巨大なシャンデリアがぶらさがっている。

「きらっきらの悪趣味でしょ?」キャロラインも笑っていた。

「目が覚めるようだ!」私は言った。「ほかの部屋からは想像もつかない——どこも落ち着いているのに」

「まったく、もともとの建築家は、将来どんなことになるか知ってたら、さぞ嘆いたでしょうね。この部屋を造ったのはラルフ・ビリントン・エアーズ——覚えてます? ほら、ばくち打ちの?——まだ財産を失くす前に、この部屋を一八二〇年代に建て増したんです。当時は部屋を黄色くするのが大流行だったみたいですね。どうしてか知らないけど。壁紙は当時のものです、わたしたちはなるべくもとのままに保存しようとしてるんですよ。でも、ご覧のとおり——」骨董ものの壁紙が垂れ下がっている場所を何ヵ所か指差した。「——壁紙の方は、もとのままでいようって気があまりないみたい。発電機を動かせないので、残念ですけどシャンデリアは、むかしの華やかな姿をお見せできません。あれも、当時のものなんですけど、両親が結婚した時に電球にしたんです。両親はたくさんパーティーを開いたんですよ、この家でまだ、そういうことができた時代には。絨毯は小さいのを敷き詰めてあります。ダンスフロアにする時は床からはずすんです」

キャロラインはいくつかの調度品を示し、埃よけの布を持ちあげてその下の、上等な背の低い摂政時代風の椅子や戸棚やソファを見せてくれた。

「これはなんですか？」ひとつ、変わった形の調度品を見つけた。「ピアノですか？」

キャロラインはキルティングのカバーの端をめくった。「フランドルのハープシコードです。この領主館よりも古いんですよ。先生は、お弾きになれますね？」

「いえいえ、とんでもない」

「わたしも。残念だわ。本当は弾いてもらいたいのにね、かわいそうに」

淡々とそう言いながら、彼女は楽器の装飾されたケースの上に、ごく事務的に手をすべらせると、再びカバーをはらりとかけて、よろい戸を開けた窓のそばに歩いていった。私も彼女の隣に立った。窓といっても、正確にはロデリックの部屋にあったような大きなガラス扉で、ここから梯子のような石の踏み段をおりるとテラスに出られる。近づいてよく見ると、この石段は崩れ落ちていた。いちばん上の段だけがなんとか残っていたが、ほかの段は一メートル以上下の砂利の上に散らばって、黒ずみ、風雨にさらされたようになっているのを見れば、だいぶ長いことそのままになっているのだろう。そんなことにはおかまいなしに、キャロラインはガラス扉の取っ手を握って、大きく開け放った。私たちはその狭い崖っぷちに立って、やわらかく暖かい、香気に満ちた風を浴びながら、西の芝生を見おろした。かつてはおそらく、よく刈りこまれて平らな庭だったのだろう。ここでクローケーでもしたのかもしれない。いまはもぐらの穴だらけで、でこぼこの地面にはアザミがはびこり、雑草が膝丈まで伸びている。形の崩れた生垣は、紫色が美しいけれども育ち放題にぼうぼうのぶなの林に続いている。その向こうの、剪定をされていない二本の大きな楡《にれ》の木は、太陽が低くなるにつれ、芝の上に巨大な影を伸ばしてきていた。

右の方にはガレージやいまは使われていない厩舎といった離れ屋がある。厩舎の扉の上には、大きな白い時計が見えた。

「八時四十分だ」凝った形の時計の針を見ながら、私は微笑した。

キャロラインはうなずいた。「あの時計が壊れた時、ロディとわたしとで、あの時刻に針を合わせたんです」私がきょとんとしているのに気づいて、彼女は言い添えた。「『大いなる遺産』のミス・ハビシャムの時計が八時四十分で止まっていたから。あの時には、すごくおもしろいことをしてると思ったんだけど、いまになってみれば、そうでもないですね……厩舎の向こうには古い庭園がいくつかあります——キッチンガーデンとか、いろいろ」

庭の塀がここから見える。館と同じ、不揃いだがやわらかな色合いの赤煉瓦の塀に開いたアーチ形の入り口から覗くのは、燃え殻を敷き詰めた小径や、伸び放題のボーダー花壇や……あそこの木はマルメロか、それとも花梨《かりん》だろうか。塀に囲われた庭園が好きな私は、あの庭を見てみたい、と考えるより先に口にしていた。

キャロラインは腕時計を見て、陽気に言った。「そう、あと十分くらいありますね。ここから行くのがいちばん早いですよ、あそこは」

「ここから？」

彼女はガラス扉の枠に手をかけて、前かがみになり、膝を折った。「飛び降りるの」

私は彼女を引き戻した。「冗談じゃない。私はもう、そんなことのできる歳じゃないですよ。また別の機会に見せてください」

「いいんですか、それで？」

「いいんです、それで」

「そう、なら」

彼女は残念そうだった。きっとこのガイドツアーで気持ちがはしゃいだのか、それとも単に彼女の若さが現れたのか。しばらくそのまま私の隣に立っていたが、やがて室内を回って、家具に埃よけの布がきちんとかかっているのを確かめ、絨毯の角をめくってシラミや蛾の幼虫がいないかどうか見ていた。

「さよなら、かわいそうな、忘れられたサロンさん」彼女が窓を閉め、よろい戸の錠をおろすと、私たちは暗がりに慣れない眼で廊下を目指した。キャロラインの言葉がため息まじりに聞こえたので、彼女が部屋の鍵を回すのを見ながら、私は言った。「案内していただいて、本当に嬉しかったです。とても美しい領主館ですね」

「本当にそう思います？」

「あなたは思わないんですか？」

「まあ、そんなに悪いあばら家じゃないとは思うけど」

急に、その小学生のように子供っぽい口調が神経に障った。「こらこら、キャロライン、ふざけないで」

これが、初めて彼女の洗礼名を口にした瞬間で、たぶんそのことと、私がいくらかたしなめるような口調だったことによるのだろう、キャロラインは恥ずかしくなったようだ。らしくもなく頬を染め、陽気さが消えた。私の眼を見て、素直な口調で答えた。「ええ、おっしゃるとおりです。ハンドレッズ領主館は美しいわ。でも、これは美しい怪物！　とにかく貪欲なんです、お金と重労働っていう餌をたくさん食べさせなきゃならないの。そして、彼らが――」彼女は陰気な肖像画に向かって顎をしゃくった。「――肩のうしろから見おろしてるのを感じる時には、ものすごく重たい荷物を背負わされている気がして……ロッドがいちばん重圧を感じてるはずです、あの子は当主を継いだことで、特に責任を負わされているから。みんなを失望させたくないんですよ」

キャロラインは自分から話題をそらしたのだ、と私は気づいた。「弟さんはできるかぎりのことをしていると思いますよ。あなたも」けれども、私の言葉にかぶせるように、領主館のどこかで時計が明るい音を速く四つ鳴らすと、彼女は私の腕に触れ、晴れ晴れとした顔になった。

「行きましょう。母が待ってます。この六ペニーのガイドツアーは飲み物付きなの！」

そんなわけで、私たちは次の廊下が始まる場所に移動すると、小さな居間にはいっていった。

エアーズ夫人は書き物机で、小さな紙切れに糊をつけているところだった。私たちに気づいて、ばつが悪そうに夫人が顔をあげたので、どうしたのかと思った。やがて、さっきの紙切れが実は、消印が押されずに届いた切手をはがしたものだとわかった。

「まあ、たぶん」夫人は切手を封筒に貼りながら言った。「違法なんでしょうね。でも、いまは法律なんてあってないような時代ですし。わたくしを引き渡したりなさらないでしょう、ファラデー先生？」

「それどころか、犯罪に手をお貸ししますよ。よろしければ、リドコートの郵便局に手紙を持っていきましょう」

「そうしてくださいます？　まあ、嬉しい。最近の郵便配達人ときたら、本当にあてにならなくて。戦前はウィルズというのがうちの玄関口に、一日に二度、来てくれたのに。いま、このあたりを回っている配達人は、うちの玄関が特別、奥まった場所にあるせいで、余計に歩かされるって文句ばかり言っていますよ。車路《くるまみち》の入り口に郵便物を置き去りにされないだけ、感謝しなければ」

夫人はそう言いながら部屋を突っ切ると、指輪のはまった細い手で小さく優美に手招きをした。私は夫人のあとについて、暖炉前の椅子に向かった。夫人は、私が最初に訪問した時と同じような皺だらけの黒い麻のドレスを着て、咽喉に絹のスカーフを結び、この前とはまた別の男心をくすぐるぴかぴかの靴をはいている。私の顔を温かいまなざしで見つめて、夫人は言った。「キャロラインから聞きました、ロデリックのためにお手をわずらわしていただいて。あの子を気にかけてくださって本当に感謝していますわ。この治療でずいぶん違ってくるものなんでしょうか？」

私は答えた。「いまのところ順調です」

「順調なんてものじゃないわ」キャロラインは、どすんとソファに腰をおろしながら言った。「ファラデー先生は謙遜してらっしゃるの。本当にものすごくよくなったのよ、お母様」

「あら、まあ、嬉しい！ロデリックは本当に一生懸命に働いてくれているんですよ、先生。かわいそうな子。でも、土地に関しては、あの子は父親とは違いますの。土地に全然、愛情や未練を持っていませんから」

それはそのとおりだと私も思う。けれども、いまは土地に愛着を持っていようがいまいが、あまり変わらない時代だろうし、農場を経営していくのはずいぶん大変だろうからそんなことも言っていられないのでは、と無難に答えた。すると、魅力的な人の例にもれず、夫人は打てば響くように、すぐに愛想よく答えた。「ええ、そうなんです。きっと先生の方がわたくしよりも、そういう事情をのみこんでくださっていますのね……そうそう、キャロラインがこの家の中をご案内しました？」

「ええ、いろいろ見せていただきました」

「先生はここを気に入られまして？」

「とても」

「まあ、嬉しいこと。もちろん、ここに残っているのはもう、大昔の栄光の名残だけですけれど、それでも、子供たちがいつも言っているように、わたくしたちはこの領主館に住み続けていられて本当に幸運ですわ……わたくしは十八世紀に建てられた家がいちばんすてきだと思っていますの。とても文化の洗練された時代ですもの。わたくしの育った家は、もう見るからに鬱陶しい、大きなヴィクトリア朝風の領主館だったんですの。そこはいま、ローマンカトリックの寄宿学校になっていて、シスターたちは喜んでいるようですけれど。あの中で暮らす小さい女の子たちがかわいそうで。陰気な廊下と曲がりくねった階段がたくさん。わたくしが子供のころ、あの領主館には幽霊がいる、とよく言っていたものですわ。本当はいなかったと思いますけれど。でも、いまはいるかもしれませんね。あの館で亡くなった父は、ローマンカトリックを心の底から嫌っていましたから……そうそう、スタンディッシュ館でいろいろあったのを、お聞きになっていまして？」

私はうなずいた。「はい。断片的にですが、患者さんたちから」

スタンディッシュ館とは近隣の領主館で、エリザベス朝風のその領主館の持ち主、ランドール一家は、南アフリカで新たな生活を始めるために去っていったのだった。領主館は二年間、無人のまま放置されていたが、最近になって買い手がついた。買ったのはロンドンのピーター・ベイカー＝ハイドという、コヴェントリーで建築の仕事をしている男で、辺鄙な田舎に建つその館に、〝とっぴな魅力〟を感じて惚れこんだらしい。

私は言った。「たしか、奥さんと小さいお嬢さんがいて、高級な車が二台あって、馬や犬はいないとか。ご本人は華々しい戦歴を誇っていて――イタリアではかなりの英雄らしい。たんまり報奨金をもらったんでしょう。あの領主館の修繕に、かなりの金をつぎこんでいるようですよ」

私の言葉にはいくらか刺があった。スタンディッシュ館に新たに舞いこんだ富はまったく私に流れてこない。ちょうどこの週、私はベイカー＝ハイド夫妻が地元の商売敵であるシーリィ医師をかかりつけに選んだことを知らされた。

キャロラインが笑った。「たしか建築家でしょう？　いつかスタンディッシュ館を取り壊して、ローラースケートリンクでも造るかも。でなければ、あの領主館をアメリカ人に売るとか。ウォリック小修道院みたいに船で運んで組み立てるの。アメリカ人になら、どんな古い真っ黒の材木でも売れるそうじゃない、これは『お気に召すまま』の舞台になったアーデンの森の木だとか、シェイクスピアのくしゃみがかかった木だとか言えば、もうなんでもかんでも」

「まあ、あなたは皮肉屋さんだこと！」母親が言った。「ベイカー＝ハイドさんはいいご一家ですよ、きっと。近頃、このあたりにはすてきなかたがあまり残っていないんですから、スタンディッシュ館に移り住んでくれたことを喜ばなくては。知っている領主館が全部、いまはどうなってしまったかを考えると、わたくしひとりが取り残された気分になりますよ。たとえば、主人のお父様がよく狩りに出かけていたアンバースレイド館は、いまは秘書のオフィスになっているでしょう。ウッドコート館は無人だし、メリデン館も同じだし。チャールコート館もコフトンも民間に下げ渡されて……」

ため息まじりのその口調は、次第に深刻に、嘆きにも似た響きを帯びてきた。そしてほんの一瞬、彼女は年齢相応に見えた。が、ふいと首を振ると、その表情は一変した。

私と同じく、廊下から陶器とティースプーンがかすかに触れあう音が聞こえてくるのに気づいたのだ。夫人は片手を胸に当て、不安半分、冗談半分で囁いた。「息子の言う〝骸骨ポルカ〟が聞こえてきましたよ。ベティはもう、カップを落とす天才ですの。うちには陶器がそんなに――」かちゃかちゃという音が大きくなって、夫人は眼をつぶった。「ああ、心臓が止まりそう！」彼女は開いたドアに向かって叫んだ。「足元に気をつけて、ベティ！」

「気をつけてます、奥様！」憤慨した答えが返ってきて、次の瞬間、少女が戸口に現れた。真っ赤な顔を歪めて、巨大なマホガニーの盆を必死に運んでいる。

手伝おうと、私は立ちあがったが、同時にキャロラインも立っていた。彼女はベティの手から上手に盆を取りあげて、置いてからじっくりと見た。

「一滴もこぼれてない！　きっと先生がいらっしゃるからだわ。ほら、ベティ、ファラデー先生よ。この前、あなたに奇跡の治療をしてくださったお医者様。覚えてる？」

ベティは頭を下げた。「はい、お嬢様」

私は笑顔で声をかけた。「具合はどうかな、ベティ？」

「大丈夫です、ありがとうございます、先生」

「それはよかった、ああ、元気そうだね。こうして見ると、りっぱなメイドさんだ！」

私は何も含むことなく、素直に言っただけなのだが、少女の表情は少し険しくなった。まるで、私にからかわれたのかと思ったかのように。それで私は、少女がエアーズ一家に着せられている〝古くさい服と帽子〟のことで文句を言っていたのを思い出した。事実、少女はずいぶん古風な趣の衣装を着ていた。黒いワンピースに白いエプロン。糊のきいた袖と襟のせいで子供っぽい手首や咽喉がいっそう華奢に見える。頭にのっているフリルがひらひらしたキャップは、それこそ戦前にウォリックシャーの領主館の客間で見て以来、とんとお目にかかったことがない代物だ。けれども、この古めかしい、朽ちかけつつも優美な舞台においては、これ以外の衣装を身につけたメイドを想像することは難しかった。

彼女は十分に健康そうで、カップとケーキの皿を配る様を見れば、メイドの仕事も、なかなか板についてきたようだ。配り終えると、不完全ながらも膝を折ったお辞儀らしきものさえした。エアーズ夫人が声をかける。「ありがとう、ベティ、もういいわ」少女はうしろを向いて、引き返していった。地下に戻っていくベティの硬い靴底が床を叩き、こする音が遠ざかっていく。

キャロラインは犬のために水をついだボウルを置きながら言った。「かわいそうなベティ。パーラーメイドには向いてないわね（食堂支配人がわりのメイド。客をもてなすのが仕事。見た目で選ばれるので美人が多い）」

しかし母親は寛容だった。「まあ、あの子にはもっと時間をあげなさいな。ひいおばあ様がよくおっしゃっていましたよ、いい領主館は牡蠣《かき》のようなものだと。娘たちは家にごみのかけらとしてはいってきて、十年後には、真珠になって出ていくのだと」

彼女はキャロラインばかりではなく、私に向かっても言っていた——明らかに、私の母も夫人の曾祖母の言う〝ごみのかけら〟のひとりだったことを、この瞬間には忘れているのだろう。

たぶん、キャロラインさえ忘れていたのだと思う。ふたりとも、それぞれの椅子にゆったりとおさまり、お茶とケーキを楽しんでいた。そのお茶もケーキも、ベティが用意して、不器用に一生懸命運んできて、切り分けて配って、あとで呼び鈴が鳴ればすぐさま駆けつけて、カップと皿を片付け、洗わなければならないのだ……けれども、この時、私は何も言わなかった。私もまた、ゆっくり坐って、お茶とケーキを愉しんでいた。もしもこの領主館が牡蠣のように、不思議な力で少しずつ、少しずつ、ベティを磨き、生まれ変わらせつつあるのなら、たぶんその力で私もまた、すでに変わりつつあったのだろう。

＊

キャロラインの予言どおり、その日、弟はもう現れなかった。しばらくして、車まで見送ってくれたのはキャロラインだった。そして、このまままっすぐリドコート村に帰るのかと訊いてきた。私は別の村の患者を訪ねるつもりだと答えた。くだんの村の名を口にすると、彼女が言った。「あら、それなら、うちの庭を突っ切って、反対側の門から出た方がいいわ。わざわざ来た道を戻って、ぐるっと迂回するよりもずっと近いもの。ただ、うちの車路は全部、ここと同じくらい道が悪いですから、タイヤをとられないように気をつけて」そして、ふと思いついたように言った。「でも、そうだわ。もし、うちの庭をいつも通れたら便利ですか？　患者さんたちの往診をしてまわる時に近道できたら？」

「それは」私は考えた。「はい、助かります、とても」

「なら、いつでもお好きな時に通ってくださいな！　ごめんなさい、いままで思いつかなくて。門は針金で留めてありますけど、これはただ、あの戦争から、うちの敷地に勝手にはいりこむ人が増えたからなんです。通ったら、針金を留め直してさえくだされば結構です。鍵はかけてありませんから」

「本当にいいんですか？　その、お母様も、弟さんも、気にされませんか？　そんなことをおっしゃると、私はそれこそ毎日、ここに来てしまいますよ」

彼女は微笑んだ。「そうしてくださると、嬉しいわ。ね、ジップ？」

私は領主館の北面に沿って車を走らせ、車路の出口を探した。初めての道のことで、ゆっくり進んでいくと、偶然、ロデリックの部屋の窓の前を通った。向こうは車に気づかなかったようだが、通り過ぎる私には、彼の姿がはっきり見えた。ロデリックは机の前に坐り、頬杖をついて、書類や開いた帳簿を見つめていた。どうしようもなく困惑し、何もかもに疲れ果てたかのように。

3

それからは、日曜日にハンドレッズ領主館を訪ねて、ロデリックの脚を治療してから、彼の母と姉とお茶をいただくのが習慣になった。往診で近道をするために、庭を通らせてもらうようになると、私は始終、そこを訪れていた。訪問は愉しみだった。無味乾燥な日常とは、まったくかけ離れた世界。庭園にはいり、門を閉め、そして草ぼうぼうの車路《くるまみち》を走りだすと、小さな冒険を始めるような、わくわくした気持ちにならずにはいられない。あの朽ちかけた赤い領主館にたどりつくたびに、まるで平凡な日常がわずかに傾いて、私はどこか別の不思議な、そしてすばらしい王国に迷いこんだような気がする。

私はまた、エアーズ家の人々を好きになり始めていた。いちばん顔を合わせる機会が多いのはキャロラインだ。彼女はほぼ毎日、荘園のどこかをさまよっているのか、あの見間違えようのない、脚の長い、腰の張った姿がジップを伴って、丈の高い草むらをかきわけて歩いているのをよく見かけた。近くを通りかかれば車を停めて窓を開け、時間の許すかぎりお喋りをした。彼女はいつも何かしらの家事雑事の最中のようで、必ず袋やバスケットを持っており、果物や、きのこや、薪にする枝を山盛りに運んでいた。むしろ農家の娘のようだ。ハンドレッズ荘園の実情を知るにつれて、彼女の生活が弟のそれと同じく、仕事ばかりで愉しみがほとんどないとわかり、いっそう同情せずにいられなかった。ある日、近所の人が、息子のひどい百日咳をすっかり治した礼にと、自宅で収穫した蜂蜜を二瓶くれた。領主館を訪問した最初の日に、キャロラインが蜂蜜をとても欲しがっていたのを思い出し、ひと瓶だけおすそ分けした。私はごく軽い気持ちで渡したのだが、彼女はその贈り物に驚嘆し、感激して、陽の光に透かし、母親に見せていた。

「まあ、そんなことなさっちゃいけません！」

「どうしてです？」私は言った。「こんな年寄りの男やもめが、たくさん持っていても仕方ないのに」

するとエアーズ夫人は優しく、何かたしなめるような口調で言った。「あなたはわたくしたちに親切すぎますわ、ファラデー先生」

しかし、実際、私の親切はとても些細なことばかりなのだ。ただ、この一家はとても孤独で、頼るあてのない暮らしをしているので、幸運にしろ悪運にしろ、ほんの少し袖をかすめただけで、人並み以上に大げさなものに感じてしまうのだろう。たとえば、九月中旬の、私がロデリックの治療を始めてからひと月近くがたった、長い長い夏がついに崩れた日のこと。雷の轟く嵐は気温を下げ、二、三日の大雨をもたらした。ハンドレッズ荘園の井戸は満ち、数ヶ月ぶりに牛の乳の出がよくなった。それだけで、ロッドが大仰に安堵する様子は、見ていて痛々しいほどだった。彼の機嫌は見違えるほどよくなった。机の前にいる時間が減り、農場のあちこちを修繕しようかと、ほとんど明るいといっていい口調で話し始めたものだ。彼は農場の手伝いをふたり増やした。すでに伸び放題の芝生が、夏が終わって再び勢いを取り戻すと、彼は荘園の雑用係のバレットに、大鎌で草を刈るように命じた。刈りたての羊のように、さっぱりした芝生のみずみずしい緑が現れると、領主館はいっそう心に響く姿となった——もともとあるべき姿に近づいた、というのか、それとも私が子供のころに——三十年も前に見た姿に、戻ったというべきなのだろうか。やがて、近くのスタンディッシュ館に、ベイカー＝ハイド夫妻が引っ越してきた。夫妻の姿は、頻繁に近所で見られるようになった。エアーズ夫人は、珍しくレミントンの街に買い物に出かけた時に、夫人のダイアナと偶然行き合い、願っていたとおり、とても感じのいい女性であることを知ったらしい。この邂逅に後押しされたのだろう、実際、エアーズ夫人はハンドレッズ領主館で〝小さなパーティー〟を開いて、新しいご近所さんを歓迎しようと考え始めていた。

　これがたしか九月下旬のことだった。ロッドの脚の治療を終えて、夫人やキャロラインと一緒にくつろいでいる時に、当の夫人が私にそう言った。この領主館が見知らぬ人間たちのために開放されると思うと、私の心はざわついたが、その気持ちがきっと顔に出たのだろう。

「あら、むかしはうちで年に二、三回、パーティーを開いていたんですのよ」夫人は言った。

「戦時中でさえ、わたくしはうちに駐留していた兵隊さんたちに、ちゃんとしたお夕食をきちんと出し続けていたんですから。たしかに、あのころよりも、ずっと厳しくはなりましたけれど。でも、いまはベティがおりますもの。メイドがひとりいると、パーティーらしくなりますし、あの子ならデカンタを持って歩かせても安心です。ちょっとした飲み物だけのパーティーにしたいと思っていますの、そうね、せいぜい十人程度の。デズモンドさんのご夫婦に、ロシターさんの……」

「もちろん、来てくださいね、ファラデー先生も」キャロラインは、母親の声が途切れると、そう言った。

「ええ」と、エアーズ夫人も言った。「もちろん、いらしてくださいな」

温かい口調とはいえ、ほんの少し躊躇があった。が、責める気はしない。こうして足繁く通ってきてはいるものの、私を一家の友人とは認めがたいだろう。それでも招待してしまったので、夫人は果敢にも、そういう方向で検討を始めた。私が唯一自由な夜は日曜日だけで、いつもグレアム夫妻と過ごしている。エアーズ夫人は、日曜でも問題ないと言うと、手帳を取り出し、いくつかの日付をあげた。

その日はそれで終わった。次に訪問するとパーティーの話が一切出なかったので、結局、立ち消えになったのだろうと思った。数日後、庭園を近道させてもらうと、キャロラインが歩いているところに出くわした。彼女は、母親とダイアナ・ベイカー＝ハイドとの慌しいやりとりの末に、ようやくパーティーの日取りが三週間後の日曜日に決まった、と教えてくれた。その口ぶりが妙に淡々としているので、言わずにいられなかった。「あまり、嬉しそうじゃないですね」

キャロラインは上着の襟を立て、顎に縁をすりつけた。

「ええ、わたしはもう諦めてるだけ。たいていの人は母のことを夢見がちで頼りないと思っているけど、母は一度こうと決めたら、誰にも耳を貸さないの。ロッドは、あんな状態の領主館でパーティーを開くなんて、サラ・ベルナールに片脚でジュリエットを演じさせるようなものだって言ってる。ええ、情けないけど、あの子の言うとおりよ。当日の夜はもう、ジップと一緒に、ラジオを持って居間に引きこもっていたいわ。ろくに知りもしない、たいして好きになれそうもない人たちのために、わざわざ家じゅう飾りつけるより、ラジオを聴いている方がずっと愉しいもの」

そわそわして話す口調はどうもしっくりこない。その後も愚痴をこぼし続けたが、どうやら彼女なりにパーティーを愉しみにしていることは明らかだった。それから二週間というもの、キャロラインは領主館を磨き、整えることに没頭し、ターバンで髪をまとめてベティや通《かよ》いの家政婦のベイズリー夫人と一緒に四つんばいになって働いていた。領主館を訪ねるたびに、違う絨毯が外で埃を叩かれ、何もなかった壁に絵画が現れ、調度品が物置から少しずつ運び出されていた。

「国王陛下がいらっしゃるわけじゃあるまいし！」ある日曜日、ロッドの治療に必要な食塩水を作るために厨房におりていくと、ベイズリー夫人は言ったものだ。その日、彼女は特別に手伝わされていた。「この大騒ぎったら、ないですよ。ベティなんか、かわいそうに、手がたこだらけになって！　ほれ、先生に指を見せてごらんな、ベティ」

ベティはテーブルの前に坐り、ありったけの銀器を磨き粉と目の粗い白布できれいにしていたが、ベイズリー夫人に声をかけられると、すぐに布を置き、両のてのひらを私に見せた——

注目されて嬉しいのだろう。子供のようだったベティの手は、ハンドレッズ領主館で三ヶ月を過ごしたことで、なるほど、硬くなり、染みがついている。私は一本の指の先をつまんで、軽く振った。

「問題ないね」私は言った。「畑仕事をやれば、この程度のたこはできる――工場でも。これはいい田舎の手だよ」

「田舎の手！」ベイズリー夫人が叫ぶと、ベティは傷ついた顔で、銀磨きの仕事に戻った。「だって、あのたこはガラスのシャンデリアを磨いてて、できたんですからね、先週、お嬢様の命令で、ガラスのひと粒ひと粒、まったく、あんな、あほくさい！――あら、失礼なこと言っちゃって、すみませんね、先生。だけど、あのシャンデリアなんか、とっととおろしちゃえばいいんですよ。どうせ何年もたたないうちにバーミンガムに持ってって、質に入れちゃうんだから。あたしたちにこんなに無駄な仕事させて」家政婦は続ける。「たった二、三杯のお酒をご馳走するだけで、別に食事を出すわけでもないのに。ただのロンドンもんを呼ぶだけじゃないのさ、ねえ？」

けれども、準備は続けられた。そして私は気づいていたが、ベイズリー夫人は誰にも負けない働きぶりだった。結局、目新しいことがあれば、没頭せずにはいられないのだ。このような厳しい配給の時代にあっては、たとえ小さな内輪のパーティーにしろ、浮き浮きする愉しみなのだから。私はまだベイカー＝ハイド夫妻とは面識がなかったので、会うのが愉しみだった――そしてまた、ハンドレッズ領主館がかつての栄光の日々の姿を取り戻すのが。自分でも驚いたことに、私までそわそわと不安になっていた。このパーティーで、皆の期待を裏切ってはいけないと責任を感じつつも、いまひとつ自信がなかったのだ。とりあえず、パーティーの前の金曜日に、私は散髪した。土曜日になると、我が家の家政婦のラッシュ夫人に礼服を出すように頼んだ。夫人は縫い目にびっしり衣蛾《いが》のついた上着と、あちこち擦り切れたシャツを見つけ出した。シャツがあまりに擦り切れているので、夫人はその裾を切って当て布にしなければならなかった。衣装戸棚の扉裏の、曇った細長い鏡に自分の姿をなんとか映してみてわかったが、一時しのぎに、どうにか見られるように手を尽くしたものの、結果は芳しいものではなかった。最近、薄くなってきた髪は、散髪したてということもあり、こめかみが禿げあがって見える。夜はずっと往診に出ているので、寝不足で顔がどんよりしている。まるで父親そっくりだ、と気づいて愕然とした。私の父が夜会服を持っていたとすれば、きっとこのとおりに見えただろう。むしろ商人の茶色い上っ張りと前掛けを着ている方がずっとましに見える。

　グレアムとアンは、私が日曜の夕食をいつものように一緒にとらずに、エアーズ家に親しく招待されると知って嬉しがり、パーティーに行く前に一杯やりに寄っていってくれと言ってきた。おずおずと顔を出すと、思ったとおり、グレアムは私を見て盛大に笑った。アンは親切にも私の上着にブラシをかけてくれると、ネクタイを締め直してあげるからほどきなさい、と言った。

「ほら。まあ、とってもハンサムよ」すっかり終わると、親切な女性が醜男《ぶおとこ》を慰める口調でそう言った。

グレアムが言った。「ベストを着てくれればよかったのに！　たしか一昨年、モリソンが夜にハンドレッズ領主館へ行って、人生でいちばん寒い夜だったたって言ってたぞ」

実際、暑い夏は不安定な秋に場を譲り、この日は肌寒く、小雨が降っていた。リドコート村を出るころには土砂降りになり、埃っぽい田舎道は泥水の流れる小川になった。庭園の門を開けるために、毛布を頭からかぶって車から走らなければならなかった。どろどろの車路から砂利を敷いた車回しにたどりついた私は、ハンドレッズ領主館を見あげて感動せずにいられなかった。この日まで、これほど遅い時間に訪問したことはなかった。不規則な輪郭のせいだろうか、領主館はまるで、あっという間に暗くなる空の中に血を流しているように見える。私は急いで階段をのぼり、呼び鈴の紐を引いた——雨はもはやバケツを引っくり返したかのようだ。誰も呼び鈴に応じない。帽子が耳のまわりに垂れ下がってきた。溺死したくなかった私はついに、鍵のかかっていない扉を開けて、中にはいった。

これもまた、ハンドレッズ領主館の不思議な魅力のひとつで、外と内ではまったく違う空気が流れている。うしろ手に扉を閉めると、雨音が遠ざかり、そして私は玄関ホールに電球の光が淡く灯り、磨きあげられた大理石の床をかすかに光らせているのを見た。すべてのテーブルに、秋の薔薇と赤みがかった黄色の小菊を生けた花瓶が置かれている。二階の淡い照明は、ここよりもさらに薄暗く、上にのぼる階段の先は暗がりの中に続いている。真上のガラスの丸天井は黄昏の最後の光を取りこんで、まるで暗がりに浮かぶ、半透明の巨大な円盤のようだ。まったくの静寂。濡れそぼった帽子を脱ぎ、肩の水滴をはらって、ひそやかに足を踏み出した私は、輝く床の中心でしばし、上を見あげて立ちつくした。

しばらくして、私はまた歩きだし、南に向かう廊下にはいった。小さな居間は暖かく、明るいが、誰もいない。さらに進むと、サロンに続く扉が開いていて、いっそう明るい光がもれていたので、そちらに向かった。私の足音を聞きつけて、ジップが吠え始めた。次の瞬間、犬は私に飛びかかって甘えてきた。その背後からキャロラインの声がする。「ロディなの？」

その声には緊張の響きがあった。私はさらに近寄って、おずおずと答えた。「すみません、私です、ファラデーです！　勝手にはいってしまいました。気を悪くされたら申し訳ありません。その、かなり早すぎましたか？」

笑い声がした。「全然。かなり遅すぎるのはわたしたちだもの。どうぞ、こっちに来てください！　わたしはいま、ちょっと手が離せなくて」

彼女はサロンの奥の壁際に置いた脚立のてっぺんで喋っているのだった。最初は、なぜなのかわからなかった。サロンのまばゆさに、文字どおり眼がくらんでいた。以前、薄暗がりの中、家具に埃よけの布をかぶせた状態で見せてもらった時でさえ、ここはとても豪華な部屋だと思ったのに、いまや繊細なソファや椅子の布はすべて取り去られ、シャンデリアは――察するに、ベティの手をたこだらけにしたシャンデリアのひとつだろう――燃え盛る炉のように輝いている。いくつも灯された、小さめのランプの光は、さまざまな飾り物の金縁や鏡や、何よりもいまなお色鮮やかな黄色い壁に反射している。

キャロラインは私が眼をしばたたかせているのを見て言った。「すぐに涙は止まりますよ、大丈夫。どうぞ、コートを脱いで、お好きに飲み物を取ってください。母はまだ着替えていて、ロッドは農場の問題を片付けなきゃって出てこないし。わたしはもう、ここはほとんど終わりましたけど」

彼女が何をしていたのか、ようやくわかった。片手いっぱいに押しピンを持って、部屋じゅうを見てまわり、黄色い壁紙が垂れ下がったり、壁から浮いたりしている部分を留め直していたのだ。私は部屋を突っ切って、手伝おうと思ったのだが、歩み寄った時にはすでに最後の押しピンが留められていた。私は手をさしのべて、おりてくる彼女を支えた。キャロラインはスカートの裾を持ちあげ、そろそろとおりなければならなかった。青いシフォンのイブニングドレスを着て、銀の靴に手袋。髪は頭の片側に模造ダイヤの髪留めでまとめている。ドレスは古く、正直に言えばあまり似合っていない。胸元が大きく開いているので、飛び出した鎖骨や咽喉の腱が丸見えになるうえ、身頃がきつすぎて胸まわりがはじけそうだ。目蓋にちょっと色をつけ、頰紅をさし、くちびるには驚くほど濃く、太く、たっぷりと紅を塗っている。実のところ、化粧っ気なしで、いつもの着古したスカートとエアテックスのブラウスを着ている方が、どんなに魅力的で彼女らしいだろうと思わずにいられなかった。いつものままの彼女でいてほしかった。しかし、私はこのまぶしい照明の中で、自分がどんなにみっともなく見えるかということが気になってしかたがなかった。無事に彼女が床におりると、私は声をかけた。「きれいですよ、キャロライン」

紅をさした頰が濃い桃色に染まった。私から眼をそらし、彼女は犬に話しかけた。

「先生ったら、まだお酒も飲んでないのに！　カクテルグラスの底を通して見る方が、わたしはずっときれいなのに、ねえ、ジップ？」

彼女は不安で落ち着かないのだ、と私は気づいた。きっと、この夜がうまくいくかどうか心配なのだろう。彼女は呼び鈴の紐を引いてベティを呼んだ。壁の中でワイヤーがかすかにこすれるような音がした。それから、キャロラインは私をサイドボードの前に案内した。さまざまな美しさの、古いクリスタルのカットグラスがずらりと並び、このご時世にしては、かなり豊かにいい酒が揃えられている。シェリー、ジン、イタリアンベルモット、風味付けのビター、そしてレモネード。私は土産として、ネイビー・ラムのハーフサイズボトルを持ってきていた。私たちがラムを小さいグラスふたつに注いだところに、呼び鈴に応じたベティが現れた。彼女もまた領主館のあらゆるものと同様に磨きあげられていた。袖口も襟もエプロンもまばゆいほど真っ白で、頭のキャップは普段のものよりお洒落で、アイスクリームサンデーにのったウェハースのように、ぴんと張りのある四角いフリルが立っている。けれども、ちょうど階下でサンドイッチの皿を用意していたベティは、火照ったような顔で少し苛立っているようだった。キャロラインが脚立を片付けるように命じると、ベティはさっさと上品とはいえない足取りで近寄り、持ちあげようとした。しかし、慌てたのか、重さを甘く見積もったのか、二、三歩歩きだしたとたん、それは床の上ですさまじい音をたてた。

キャロラインも私も飛びあがり、犬が吠えだす。

「ジップ、お黙り！」キャロラインはそう命じると、同じ口調でベティに言った。「何やってるの！」

「なんにもしてないです、あたし！」少女が勢いよく頭をあげたので、キャップがずり落ちた。「この脚立が勝手に飛んだだけで。この領主館って、なんでもかんでも勝手に飛ぶんだもの！」

「ああ、馬鹿なこと言うんじゃないわ」

「あたし、馬鹿なこと言ってません！」

「わかったよ」私は静かに言って、ベティに手を貸し、脚立をしっかり持たせてやった。「大丈夫。壊れてない。じゃあ、持っていけるかい？」

ベティは憎らしそうにキャロラインを睨んでいたが、無言で脚立を運んでいった――が、ひと悶着の余韻の中、ちょうど戸口に現れたエアーズ夫人にぶつかりそうになった。

「まあ、なんて騒ぎなの！」部屋にはいってきながら、夫人は言った。「いいかげんにして！」そして、私がいることに気づいた。「ファラデー先生、いらしてたんですの。まあ、先生、とてもすてきですこと。みっともないところをお見せしてしまって」

近寄ってくる間に、夫人は態度も表情も冷静さを取り戻し、私に手を差し出した。彼女は上品なフランスの未亡人のように、黒い絹のドレスをまとっている。スペイン風のベール《マンティラ》のように、黒い上等なレースのショールで頭をおおい、咽喉の前をカメオのブローチで留めている。シャンデリアの下を通ろうとして彼女は上を見た。眼をすがめたのか、高い頬骨がいっそう高くなる。

「まあ、ずいぶんこの明かりはまぶしいこと！　むかしはこんなに明るくなかったのに。きっとあのころは眼が若かったのね……キャロライン、ちょっと見せてごらんなさい」

キャロラインは脚立騒動のおかげで、緊張がほぐれたようだ。モデルのようにポーズを取ると、気取った声を出した。「どう？　お母様の基準に達してないのはわかってるけど」

「まあ、何を言ってるの」母親の口調は、アンが私を誉めた口ぶりを思わせた。「とってもきれいですよ。ちょっと手袋をまっすぐに直して、そうそう……ロデリックはまだ？　わざとぐずぐずしているんじゃないでしょうね。昼間に夜会服のことで文句を言っていたんですよ、あの子ったら、どれもこれもゆるすぎるって。夜会服があっただけ、ありがたいと思いなさいって叱ったんですけれど――まあ、ありがとうございます、ファラデー先生。では、シェリーを」

私は飲み物を手渡した。夫人はグラスを受け取りながら、どこか上の空で微笑みかけてきた。

「想像できまして？　この領主館でパーティーを開くなんて、もう何年もしていなかったものですから、わたくし、なんだか不安な気持ちですの」

私は答えた。「とてもそうは見えませんよ」

夫人は聞いていなかった。「隣に息子がいてくれたら、もっと安心できますのに。ときどき、ねえ、先生、わたくし思うんですの、あの子は自分がハンドレッズ領主館の当主であることを忘れているのかしらって」

この数週間、ロデリックを見てきた私としては、彼が忘れているとはまったく思えなかった。キャロラインを見ると、私とまったく同じことを考えているようだ。しかし、エアーズ夫人はおかまいなしに、うろうろと視線をさまよわせている。酒をひと口飲んでグラスを置くと、サイドボードに歩み寄り、シェリーの数が足りないかもしれないと心配している。それから、紙巻煙草の箱の数を確かめ、テーブルに置かれたライターをひとつひとつ、つけてみていた。突然、暖炉から煙が溢れてくると、今度は身をかがめて炉床を覗きながら、煙突を掃除していないだの、薪が湿気ているだのと気を揉みだした。

しかし、新しい薪を取ってくる時間はなかった。夫人が身を起こした時、廊下で声が反響するのが聞こえた。本物の客人の第一陣が到着したのだ。ビルとヘレンのデズモンド夫妻はリドコート村の住人で、面識があった。ロシター夫妻は、とりあえず見知っている。もうひとり、オールドミスのミス・ダブニーもはいってきた。一同はガソリンを節約するためにデズモンドの車にぎゅうぎゅう詰めになって来たのである。皆は天気のことで文句を言いながら現れ、ベティは彼らの濡れたコートや帽子を山ほどかかえていた。一同をサロンに案内してきたベティのキャップはまっすぐに戻っていた。癇癪《かんしゃく》はとりあえずおさまったらしい。眼が合って、私はウィンクした。彼女は一瞬、驚いた顔になったが、こくんとうなずき、子供のように、にこっとした。

夜会服を着た私の正体に、誰も気づかなかった。ロシターは引退した元判事で、ビル・デズモンドは大地主だから、もともと私と交際するような人々ではない。最初に私に気づいたのは、デズモンド夫人だった。

「まあ！」彼女は心配そうに言った。「どなたか、ご病気ですの？」

「病気？」エアーズ夫人は問い返し、そして、軽やかな社交的な笑い声をたてた。「まあ、いいえ。先生は今夜のお客様ですのよ！　ロシターさんはおふたりともファラデー先生をご存じでしょう？　ミス・ダブニーも？」

ミス・ダブニーを、私は二度ほど診察したことがある。健康に関して心配性の気があるので、医師にとっては、生活を保障してくれる上客だ。けれども彼女は旧態依然とした〝上流階級〟の人間で、しがない家庭医を見下すところがあり、私がハンドレッズ領主館でラム酒のグラスを片手に過ごしているのを見て、さぞ驚いたことだろう。しかしながら、その驚きも、到着したてのざわめきにのみこまれた。誰も彼もがサロンのあれやこれやを誉めたたえ、飲み物が注がれ、配られて、そしてここにはジップがいて、愛嬌たっぷりのジップはひとりひとりに鼻を押しつけて、かわいいかわいいとなでられていた。

おもむろにキャロラインが煙草をすすめると、客たちは初めて彼女を正視した。

「これは驚いた！」ロシター氏がすばらしい騎士道精神を発揮した。「こちらの美しいお嬢さんはどなたかな？」

キャロラインは頭をそらした。「口紅の下はただの不器量なキャロラインですよ、残念でした」

「まあ、何を言うの」ロシター夫人は、箱から煙草を一本手に取った。「あなたはとてもすてきですよ。あのお父様の娘さんですもの、お父様はとてもハンサムなかたでしたよ」そして、エアーズ夫人に話しかけた。「このサロンがこんなふうにすてきに蘇って、もし大佐がご覧になったら、きっとお喜びだったでしょうに、ねえ、アンジェラ。あのかたはとてもパーティーがお好きでしたもの。ダンスがお得意で、それはもう、本当に美しい踊り手でしたこと。ウォリックであなたが大佐と踊っていらしたのを、いまでも覚えていますけれど、もう見惚れてしまいましたわ、あなたはまるで、たんぽぽの綿毛のように軽やかで。最近の若い人たちは古風なダンスを知らないみたいですけれど、でも、いま風の踊りというのは――なんだか、わたくし、年寄りじみたことを言っていますわね、でも、いまの人たちの踊りは少し、品がないと思いますのよ。なんだかぴょんぴょん跳ねまわって、ダンスか何かわかりませんもの。ねえ、そう思いません、ファラデー先生？」

私は当たり障りのない返事をし、それからしばらくそのことについて語りあった。が、会話はすぐに、過去にこの州で催された大きなパーティーや舞踏会の話に戻り、私はほとんど参加できなかった。「あれは一九二八年でしたかしら、それとも次の年かしら？」ミス・ダブニーが、特別に輝かしい思い出の催しについて話している。私は、その当時の自分の人生を思い返してみた。バーミンガムのしがない医大生だった。過労でくたくたに疲れきり、いつもひもじさをかかえ、ディケンズの小説に出てくるような雨漏りのする屋根裏部屋に住んでいた。不意に、ジップが吠え始めた。部屋から走り出ようとする犬の首輪を、キャロラインがつかまえる。やがて、私たちにも廊下で誰かが喋っている声が聞こえてきた。そのひとりは明らかに子供だった――「わんわんがいるの？」――私たちの会話は途切れ、戸口に客の一団が現れた。スーツ姿の男がふたりと、派手なカクテルドレスの美女と、八、九歳のかわいい少女。

少女の存在に私たちは皆、仰天した。ベイカー＝ハイド夫妻の娘と紹介された少女は、名をジリアンといった。しかし、もうひとりの男が来ることは、すくなくともエアーズ夫人だけは知っていたらしい。私は彼のことなど何も聞いていなかった。彼はベイカー＝ハイド夫人の弟で、モーリーと名乗った。

「週末はこっちで、ダイアナとピーターの領主館で過ごすんですよ」彼は皆と握手しながら言った。「それで、こうしてくっついてきたわけで。ちょっとぼくたちは出だしでつまずいたみたいですね」そして、義理の兄に向かって大声で言った。「ピーター！　そんなんじゃ、ここの社交界から追い出されるぞ！」

彼は、自分たちのスーツのことを言っているのだった。ビル・デズモンドもロシターも私も昔風の夜会服を着ており、エアーズ夫人を筆頭にご婦人方は皆、床まで届くドレスに身を包んでいる。ベイカー＝ハイド一行は自分たちの気まずさを冗談の種にして、笑い飛ばすつもりらしかった。しかしなぜか、不適切な身なりをしている気分になったのは、私たちの方だった。ベイカー＝ハイド夫妻が慇懃無礼だったというわけではない。むしろその逆で、この夜の彼らはまったく感じのいい、礼儀正しい一家だと思った――が、彼らにしてみれば、これほどの正装が必要だとは想像もしなかったのだろう。だから、土地の人々がこの新参の一家のことを、地元の常識を知らないと考えるのも理解できる。少女もまた親たちと同類で、おとなと対等に喋りたがっていたが、基本的に中身は子供なのだった。たとえば、エプロンとキャップをつけたベティの姿をひどくおもしろがったり、ジップを怖がるふりをしたりした。飲み物が配られた時、少女にはレモネードが与えられたが、ワインが欲しいとしつこく騒ぐので、とうとう父親が自分のグラスから少し分けてやった。骨の髄までウォリックシャー者のおとなたちは、シェリーが子供のコップの中に落とされるのを、ぞっとした面持ちで見つめていた。

　ベイカー＝ハイド夫人の弟のモーリーに対し、私はひと目で反感を持った。歳のころは二十七、八というところか。長髪が顔にかかり、縁なしのアメリカ風眼鏡をかけた彼は、自分がロンドンの広告代理店で働いていて、いまは映画界で〝トリートメント《シナリオ》ライター〟として名を知られつつある、と、あっという間にその場の全員に知らしめた。彼はトリートメントの意味を私たちにわかるように教えてくれず、最後の方の会話がよく聞き取れなかったロシターは、私と同じく、何かの手当《トリートメント》てのことかとしばらく勘違いしていた。モーリーはその間違いに対して鷹揚に笑った。彼がカクテルを飲みながら、私を一瞥してすぐにつまらない人間と分類したことに気づいた。十分もたたないうちに、彼は私たち全員をつまらない人間と断定したようだ。それでもエアーズ夫人はパーティーの女主人として、彼を気持ちよくもてなそうと努力していた。「デズモンドさんご夫妻をご紹介しますわ、モーリーさん」夫人はそう言うと、彼をひと組ずつ、招待客と引きあわせ始めた。そのあと、彼が暖炉の前のロシターや私のそばに戻ってくると、彼女が声をかけた。「皆さん、どうぞ、こちらにおかけになって……あなたもどうぞ、モーリーさん」

　夫人は彼の腕を取ると、しばらくどこに坐らせようか躊躇しているようだったが、とうとう、あくまでごく自然に、モーリーを引きずってソファに向かった。そのソファは長椅子だった。モーリーは躊躇したものの、諦め顔でキャロラインの隣に腰をおろした。同時に、キャロラインは突然、ジップの首輪を調節しようとするように前かがみになった。その動きがずいぶん不自然だったので、内心、思わずにいられなかった。「かわいそうなキャロライン！」――どうにかして逃げ道を探しているように見えたのだ。しかし、姿勢を戻した時の表情は妙に気取っていて、彼女らしくもない女性らしい仕種で髪に手をやっていた。視線をキャロラインからモーリーに移すと、彼は妙にしゃちほこばっている。私は、今夜のために、一家がどれほど入念に準備をしてきたのか、思い返した。キャロラインのさっきまでの異様な緊張も、そして、なんのためにこのパーティーが開かれたのか、さらにはエアーズ夫人が、明らかにキャロライン本人もまた、その成功を望んでいることまでも、なぜか理不尽な裏切られた気分をもって理解した。

その瞬間、ロシター夫人が立ちあがった。

「お若い人同士でお話をさせてあげませんとね」悪戯《いたずら》っぽく、話のわかるおばさんという顔で、彼女は夫や私を見た。そしておもむろに、からになったグラスを差し出した。「ファラデー先生、本当に申し訳ありませんけれど、シェリーをもう少し注いできてくださる？」

私はグラスをサイドボードに持っていき、酒を注いだ。そうしながら、室内に何枚もある鏡のひとつに映っている自分の姿が、ふと眼にはいった。容赦ない光の中、酒瓶を持った私の姿は、髪の薄くなった食料品屋のおやじにしか見えなかった。グラスをロシター夫人に持っていくと、彼女は「本当にありがとうございます」と大げさに礼を言った。けれどもその笑顔は、私がエアーズ夫人のために酒を注いだ時と同じ笑顔で、礼を言いながらも視線はすでに私の顔からすべり落ちていた。そして、何事もなかったかのように夫との会話を再開した。

もしかすると、私の沈んだ気分のせいかもしれない。もしかすると、ベイカー＝ハイド一家が、比類ないほど洗練されているせいかもしれない。しかし、パーティーはまだほとんど始まってもいないのに、すでにその輝きが失せて見えた。スタンディッシュ館の客たちが来てからは、サロンそのものが、奇妙に縮んでしまったような気がする。パーティーの間じゅう、皆が一生懸命に摂政時代の装飾や、シャンデリアや、壁紙や、天井を称賛し、特にベイカー＝ハイド夫人がひとつひとつじっくりと時間をかけて眺めては誉めたたえるのを、私は見ていた。しかし、この部屋は大きく、長いこと暖房が入れられていなかった。暖炉の火床では十分に炎が燃え盛っていたが、肌に忍び寄る冷気と湿気が消えることはなく、彼女は一、二度、身震いしたあと、むき出しの両腕をてのひらでこすった。とうとう夫人は暖炉に近寄ると、その両脇に置かれている優美な金箔張りの椅子をもっとよく見たい、と言った。椅子に張られたタピストリが一八二〇年当時のオリジナルで、この八角形の部屋のために注文されたのだと聞いて、夫人は感嘆の声をあげた。「やっぱり、そうなんですか。まあ、これはきちんと保存されていてよかったですね！　わたしたちが越してきた時、スタンディッシュ館にもすばらしいタピストリがいろいろあったんですけど、どれもこれも虫に食われてしまっていて、処分するしかなかったんです。本当に残念でした」

「まあ、それは本当に残念ですこと」エアーズ夫人が言った。「あのタピストリは、とてもすばらしいものばかりでしたのに」

ベイカー＝ハイド夫人が、あら、というように振り返る。「あれを見たことがあるんですか？」

「ええ、もちろん」エアーズ夫人は答えた。いまは亡き大佐と共に、かつてはスタンディッシュ館に足繁く通ったはずだ。私でさえあの領主館には、使用人を診察するために、一度きりとはいえ、はいったことがある。だから、エアーズ夫人がいま、私たち皆と同様に、あの美しくも薄暗い部屋や廊下を、骨董的価値のある絨毯やカーテンを、ほとんどすべての壁をおおう雅やかなリンネルひだ飾りを思い浮かべ――ピーター・ベイカー＝ハイドのさらなる説明で――その半分近くが害虫の被害にあい、処分しなければならなかったと知り、痛ましく思っているのがよくわかるのだった。

「物を捨てるのは残念ですけれど」私たちの沈んだ面持ちに、ベイカー＝ハイド夫人は何か言わなければと感じたのだろう。「でも、なんでも永遠に持てるわけじゃありませんし、とっておけるものはちゃんと保存してありますから」

「まあ」夫が言った。「あと二、三年、放置されていたら、あの領主館は完全に修復不可能になっていましたよ。ランドールさんは、ただじっと坐して運命を待ち、新しい波を受け入れないことが愛国者の義務だと思っていたのかもしれないが、ぼくに言わせれば、領主館を維持する金がないなら、とっくのむかしにホテルにでもゴルフクラブにでもしてしまえばよかったんだ」彼は愛想よく、エアーズ夫人にうなずいた。「お宅はこの領主館をきちんと管理されていますね。農地のほとんどを売られたそうですが。いやあ、無理もない、我々もそうしようと考えてるんですよ。うちの庭園は好きですが」そして娘に言った。「好きだろう、おまえ？」

少女は母親の隣に坐っていた。「白いお馬さんを飼うの！」少女は明るく言った。「そしたら、ジャンプを習うの」

母親は笑った。「わたしもよ」手を伸ばして、娘の髪をなでた。手首の何本ものブレスレットが、ベルのように音をたてる。「一緒に習うのよね」

「乗馬はなさらないの？」ヘレン・デズモンドが訊ねる。

「ええ、全然」

「オートバイを勘定に入れなければ、ね」モーリーが、ソファのさっきの場所から、話に割りこんできた。キャロラインに煙草を渡した彼は、ライターを手にしたまま身体をひねって、彼女に背を向けてこちらを見ている。「バイク友達がいましてね。ダイアナがバイクでぶっ飛ばすところを、皆さんに見せたいな！　もうワルキューレも真っ青ですよ」

「ちょっと、トニー！」

ふたりは明らかに身内だけに通じる冗談で笑っていた。キャロラインは髪に手をやり、模造ダイヤの櫛飾りを少しずらした。ピーター・ベイカー＝ハイドがエアーズ夫人に声をかけた。

「ひょっとして、お宅も馬を飼っているんですか？　このあたりでは誰でも飼ってるみたいですが」

エアーズ夫人はかぶりを振った。「わたくしはもう馬に乗る歳ではございませんもの。キャロラインはリドコート村のパットモアさんのところで、ときどき馬を借りていますわ、あの厩舎もむかしとはだいぶ変わってしまいましたけれど。主人が存命だったころ、あの厩舎はわたくしたちのものでしたの」

「とてもすばらしい厩舎でしたよ」ロシターが言い添える。

「でも、あのあと戦争もあって、維持するのも大変になってきて。息子が怪我をしてからは、もう手放してしまうことにしましたの……ロデリックは英国空軍におりましたのよ」

「ああ」ベイカー＝ハイドはうなずいた。「いやいや、そりゃ存分に誇ってください、なあ、トニー？　何に乗ってたんです？　へえ、モスキートですか。いいですねえ！　一度、友達に乗せてもらいましたが、外に出ることさえやっとの思いでしたよ。あれはイワシの缶詰に詰めこまれて、振りまわされるようなものですね。アンツィオ（イタリアの保養地。第二次世界大戦における戦地でもある）で船遊びをしてる方がぼくには向いてる。ご子息は脚を怪我されたそうでお気の毒です。お具合は？」

「それはもう、おかげさまで」

「病は気からといいますから、いつも朗らかでいることが大事ですよ……ぜひ、お目にかかりたい」

「ええ、はい」エアーズ夫人は口ごもった。「あの子もあなたとお近づきになりたいと愉しみに」夫人はブレスレット時計に顔を寄せた。「本当に申し訳ありません、あの子ったらお出迎えもしませんで。農場を経営していることの、いちばんの弊害ですわね、いろいろ予期しないことが急に起きますでしょう……」夫人は顔をあげて、見回した。一瞬、私を呼ぼうとしたように見えた。が、彼女はそうせず、ベティに声をかけた。

「ベティ、ロデリック様の部屋に行って、どうして遅いのか訊いてきておくれ。お客様がお待ちだと伝えて」

ベティは重要な任務をまかされて、顔を上気させ、そっと出ていった。ほどなく戻ってきた少女は、ロデリックはちょうど着替えていて、なるべく早く来ると言っている、と報告した。

夜はさらに更けていったが、ロッドが現れる気配は一向になかった。グラスには再び酒が満たされ、少女はまた、ワインが欲しいと騒々しく駄々をこねた。誰かが、お子さんはきっともうお疲れだろう、寝る時間を過ぎて起きていられて今日はずいぶん運のいい日だ、と言うと、母親は娘の髪をまたなでて、甘やかす口調で答えた。「あら、うちではこの子が眠くなるまで、好きにさせているんです。眠くもないのにベッドに押しこむなんて、そんなことをする意味がわかりませんもの。かえってノイローゼや何かになってしまうわ」

少女もまた甲高く、勢いこんで証言した。自分は深夜零時より前にベッドにはいったことはない――それに、夕食のあとには必ずブランディを飲ませてもらうし、一度だけ、紙巻煙草を半分吸ったこともある、と。

「あらまあ、ブランディも煙草も、ここではいただかない方がよろしくてよ」ロシター夫人が言った。「ファラデー先生は、子供がそんなことをするのをよく思わないでしょうから」

私はわざといかめしく、当然です、もってのほかです、と答えた。キャロラインが穏やかな、しかしきっぱりした声で口をはさんだ。「わたしもそう思います。子供がさんざん甘やかされるのを見るのは気分が悪いわ」――この言葉にモーリーは驚きの表情を浮かべて彼女を振り返り、一瞬、気まずい沈黙が落ちたが、すぐにそれはジリアンの宣言によって破られた。あたしが煙草を吸うのは誰にも止められないし、吸いたいと思えば、葉巻だって吸っちゃうんだから！

ある意味、かわいそうな子だ。私の母なら〝かわいげのある〟子とは呼ばないだろう。それでも、この子がいて、皆はそれなりに喜んでいたと思う。まるで毛糸玉にじゃれる子猫のように、おとなたちの会話が気まずく途切れた時に、ふと眼をやって笑顔を取り戻すきっかけになってくれた。エアーズ夫人だけが、あいかわらず心ここにあらずといったていだったが――ロデリックのことを考えているに違いない。さらに十五分が過ぎてもまだ現れないので、夫人はもう一度、ベティを彼の部屋にやった。今度は、ベティはすぐに戻ってきた。苛立っているな、と思ったが、少女はまっすぐエアーズ夫人に近寄ると、なにやら耳打ちした。私はといえば、ミス・ダブニーにつかまっていた。また別の病気が心配で相談にのってほしいと言われて――失礼にならないように逃げることができず、私はベティたちに近寄ることができなかった。そんなわけで、エアーズ夫人が一同に詫びて自らロデリックを呼びにいくのを、ただ見送っていた。

その後は、少女が眼を愉しませてくれたものの、パーティーの会話は止まってしまった。誰かがまだ雨が降っていることに気づき、ほっとした私たちは、窓の外で音をたてる雨を振り返って、天気や農場や土地の状態について話し始めた。ダイアナ・ベイカー＝ハイドがグラモフォンと戸棚いっぱいのレコードを見つけ、音楽をかけてもいいかしら、と訊いてきた。けれども、どのレコードも気に入らなかったようで、ざっとレコードを調べて、がっかりしたように諦めた。

ピアノはどうかしら？　と、彼女は提案した。

「それはピアノじゃないよ、物知らずだなあ」視線をめぐらして、弟が言う。「スピネットだよ。違うか？」

実際には、それがフランドルのハープシコードであると気づいて、ベイカー＝ハイド夫人が声をあげた。「これ、本物？　まあ、すごい！　これ、弾いても大丈夫なんですか、エアーズさん？　うんと古くて、壊れそうだとか？　トニーはピアノに似た楽器なら、なんでも弾けるんです。ちょっと、そんな顔しないでよ、トニー、できるでしょ！」

キャロラインを一瞥もせず、ひとことも声をかけずに夫人の弟はソファを離れると、ハープシコードに歩み寄って鍵盤をひとつ叩いた。古風で趣のある音は、ひどく調子がはずれていた。彼は喜び、スツールに腰をおろすと、とんでもないジャズを嵐のように弾き始めた。キャロラインはしばらくぽつねんと坐って、銀の手袋の指からほどけた一本の糸を引っぱっていたが、不意に立ちあがって暖炉に近づくと、煙をあげている暖炉に、さらに薪をくべ始めた。

やがて、エアーズ夫人が戻ってきた。楽器を弾いているモーリーを、驚きと嫌悪の眼でちらりと見て首を横に振る夫人に、ロシターとヘレン・デズモンドが期待する口調で訊ねた。「ロデリックは？」

「それが、ロデリックは身体の具合が優れなくて」指輪をひねりながら、夫人は言う。「今夜はご一緒できないと申しておりますの。本当に申し訳ありません」

「あら、残念ですこと！」

キャロラインが顔をあげた。「わたしが行きましょうか、お母様？」私もまた、同じことを言おうと一歩前に出た。しかし、エアーズ夫人はこう答えただけだった。「いいえ、大丈夫。アスピリンをあげてきましたからね。農場のことで少し働きすぎただけですよ」

そう言うと、自分のグラスを取りあげ、ベイカー＝ハイド夫人たちに歩み寄った。彼女はエアーズ夫人を、まるでなめるような視線で見た。「お怪我のせいですか？」

エアーズ夫人は一瞬ためらってからうなずいた——この時、私は何かが絶対におかしいと気づいた。ロデリックの脚はたしかに具合がいいとはいえないが、私の治療が成果をあげてきて、本当に辛くなることは、ずいぶん前からなくなっている。けれども、そこでロシターが皆を見回して言った。「かわいそうにな。ロデリックは、子供のころはあんなに活潑だったのに。むかし、マイケル・マーティンと、学校の校長の車を盗んで逃げたのを覚えているかい？」

これで話の種ができて、ある意味、パーティーは救われた。この話は二分ほどかけて語られ、すぐに別のエピソードも披露された。どうやら全員がロデリックにはいい思い出を抱いているようで、おそらくは彼が事故にあったことと、こんなにも若くして現在の困窮した生活の責任を負わされることになった痛ましさが、いっそう思い出を好ましいものに変えているのだろう。しかし、この話題に私はやはりほとんど参加することができなかった。スタンディッシュ館の人々にとっても、たいして興味を持てる話ではない。モーリーはあいかわらず、ハープシコードで調子っぱずれな騒音を叩き続けている。ベイカー＝ハイド夫妻は礼儀正しく思い出話に耳を傾けているものの、表情は強張っている。ほどなくジリアンが母親に、トイレに行きたいと、まわりに聞こえる声で耳打ちすると、ベイカー＝ハイド夫人はキャロラインに断って少女を連れ出した。父親の方は絶好の機会とばかりに一同から離れ、部屋の中を歩きまわり始めた。ベティもまた、トーストにアンチョビのペーストを塗ったサンドイッチの皿を持って、室内を回り始めたので、ふたりはやがてぶつかることになった。

「やあ」彼が声をかけるのが聞こえてきた。私はミス・ダブニーのためにレモネードをサイドボードに取りにいかされているところだった。「きみは働き者だねえ。最初はぼくたちのコートを片付けて、今度はサンドイッチを持ってきてくれたのかい。ほかに手伝ってくれる人はいないの？　執事とか」

たぶん、現代風の流儀なのだろう。使用人と気軽に喋るなどというのは。もちろんエアーズ夫人はベティをそのようにしつけていない。彼女は一瞬、きょとんとして、本気で返答を求められているのだろうか、という表情で彼を見つめた。ようやくベティは口を開いた。「いいえ、旦那様」

彼は笑った。「あはあ、そりゃ、大変だ。ぼくがきみなら労働組合にはいるなあ。まあ、そりゃそうと、なあ、きみ。その頭のやつ、かわいいな」彼は手を伸ばして、キャップのフリルを指先ではじいた。「うちのメイドにそんなのをつけさせたら、どんな顔をするか、見てみたいもんだ！」

最後の台詞《せりふ》はベティに対してというよりは、ちょうど顔をあげて眼の合った私に向かって言ったようなものだった。ベティはぺこりと頭をさげると、再び室内を回り始めた。私がレモネードをグラスに注いでいると、彼が近づいてきた。

「まったく、信じられないような場所じゃないですか?」ほかの客をちらりと見ながら、彼が囁いてくる。「たしかに招いてもらえて喜んでますけどね、こんなところを見学するチャンスなんて、なかなかないし。あなたはここの人たちの主治医ですよね。息子さんに万一のことがあった時のために、こうして呼ばれてるんでしょう? そんなに悪いなんて知らなかったな」

私は答えた。「いいえ、それほどじゃないですよ。私は今夜、客として招かれたんですよ、あなたと同じように」

「そうなんですか? てっきり息子さんのためだとばっかり思ってましたよ、なんでかな……聞いた感じじゃあ、大変みたいですね。傷痕だとか、いろいろ。人前に出たくないとか?」

私は、自分の知っているかぎりでは、ロデリックはパーティーをとても愉しみにしていたけれども、農場の仕事にひどく根をつめるきらいがあるので、たぶん働きすぎてしまったのだろう、と答えた。ベイカー＝ハイドはうなずいたものの、本気で興味があったわけではないらしい。袖口から腕時計を出すと、あくびをかみ殺しながら言った。

「それじゃ、そろそろうちの連中をスタンディッシュに連れ帰る時間かな――あいつをあの狂ったピアノからひっぺがすことができればの話だが」彼は眼をすがめ、じろりとモーリーを見た。「先生はあんな天下一品の馬鹿を見たことがありますか? それなのに、ぼくらが今夜ここに来たのは、あいつのためなんですよ！　家内は善良な女でね、どうしてもかわいい弟を結婚させたいんです。で、こちらの奥さんと共謀して、今度のことをすっかりお膳立てしたわけですよ、この領主館のご令嬢に我が義弟《おとうと》を紹介する口実としてね。ま、ここに来て二分で、結果は目に見えてましたけどね。トニーは不細工なちんちくりんのくせに、美人にしか興味がないから……」

彼にはまるで悪気がなく、単に男同士の雑談のつもりで話しているのだった。彼はキャロラインが暖炉のそばに坐ったまま、こちらを見ていることに気づいていなかった。この変わった形の部屋に仕掛けられた特殊な音響効果について、まったく思い至らないのだ。大声での会話は聞こえなくとも、壁際の囁き声は部屋の遠くの隅にまで運ばれる、とは。彼は酒の残りを飲み干すとグラスを置き、ちょうどジリアンを連れて戻った夫人にうなずいてみせた。明らかに、彼はもう、家族を連れて帰宅すると言い出すタイミングを狙って、会話が途切れるのを待っているだけだった。

そしてついに、いくつもの——この先、数ヶ月にわたって訪れる瞬間のひとつが訪れることになる。私が死ぬまで後悔に——いや、罪悪感に苛まれる瞬間が。なぜなら私には、彼が帰りやすいようにしむけることが簡単にできたはずなのだ。しかし、私のしたことはまったく逆だった。ロシター夫妻がロデリックの若いころの冒険譚をひとつ語り終えた時、私はこの夫婦とはそれまでほとんど言葉を交わしたことがなかったのに、ミス・ダブニーのそばに戻る途中で——本当にどうでもいいような「それで、大佐はなんと言ったんです？」という——言葉をかけたのだ。これを受けて、夫婦はすぐに、また別の長い思い出話を語り始めた。ベイカー＝ハイドはがっくりうなだれ、それを見た私の心には子供じみた喜びがじわりと浮かんだ。私は意味もなく、ただただ彼に意地悪をしてやりたくてしかたがなかったのだ。

けれども、私は神に願わずにいられない。あの時に違う行動を取っていれば、と。なぜなら、このあと恐ろしいことが起きるのだから。彼の娘ジリアンに。

ジリアンはここに来てからというもの、飽きもせずにずっとジップを怖がるふりをし続け、犬が部屋の中を愛想よく歩きまわり、近くを通りかかると、わざとらしく母親のスカートのうしろに隠れたりした。けれども、少し前からジリアンは方針を変えたらしく、犬にちょっかいを出し始めていた。思うに、モーリーがハープシコードをじゃんじゃん鳴らしているのが、犬の神経に障り始めたのだろう。ジップは窓に近寄り、カーテンの奥に隠れた。ジリアンはそこに犬を追っていくと、足乗せ台を引き寄せて、用心深くジップの頭に触ったりなでたりしながら、とりとめのない言葉をかけていた。「いい子ね。ほんとにいい子ね。強い子ね」――等々。少女はカーテンの中を覗きこんでいて、私たちの視界から半分はずれていた。母親はジップが嚙みつくかもしれないと思っているのか、何度となく振り返っていた。一度など、「ジリー、気をつけなさい！」と叫んだ――それを聞いたキャロラインは、ふんと鼻を鳴らしていた。ジップは誰にも想像つかないほど温厚な犬なのだ。唯一、考えられる危険は、子供がくだらないお喋りをしながらひっきりなしに頭をなでて、犬を疲労困憊させることくらいだ。だからキャロラインもまた、ベイカー＝ハイド夫人と同じく、何度もジリアンを振り返っていた。そして、ヘレン・デズモンドも、ミス・ダブニーも、ロシター夫妻もまた、少女の声を気にして、ときどきそちらを見ていた。私もまた、気がつくと視線を向けていた。実際、ここにいる人間のうち、ジリアンを見ていなかったのはベティだけだったと思う。ベティはサンドイッチを配ってしまうと扉の近くに引っこんで、教えられたとおりに眼を伏せておとなしく立っていた。それなのに――信じられないことに、その出来事が起きた時に誰ひとりとして、ジリアンを見ていた、と言える者はいなかったのだ。

音は聞いた――恐ろしいあの音は、いまでも耳に蘇る――ジップが甲高い悲鳴をあげ、それにかぶさるように、ジリアンの耳を突き刺すような声が響いたかと思うと、すぐにか細い、低い泣き声が聞こえてきた。あのかわいそうな犬も私たちと同じくらい驚いたのだろう。ジップがカーテンをはねあげて飛び出してきたので、私たちの意識は一瞬、ジリアンから完全に離れた。やがて、誰だったかはわからないが、ひとりのご婦人が、何が起きたのかを見て、悲鳴をあげた。ベイカー＝ハイドか、もしくは彼の義弟が叫んだ。「畜生！　ジリアン！」ふたりの男が走り寄ろうとして、ひとりが絨毯の継ぎ目に足をひっかけ、転びそうになった。慌てて炉棚に置かれたグラスがひとつ、暖炉に落ちて砕け散った。少女は最初、入り乱れた人々の身体の陰になって見えなかった。私に見えたのは、少女のむき出しの腕と手と伝い落ちる血だけだった。その時でさえ――たぶん、グラスの割れる音でそう思いこんだのだろう――私は単に窓が割れ、少女の腕に切り傷ができて、もしかするとジップも怪我をしたのかもしれない、と考えただけだった。ダイアナ・ベイカー＝ハイドがそれまでいた場所から飛び出し、人を押しのけて娘に近づき、悲鳴をあげ始めた。私もまた、前に進み出て、そして彼女が見たものを見た。血が出ているのはジリアンの腕ではなく、顔だった。頰もくちびるも、顎からだらりと垂れる肉のカーテンと化し——文字どおり引きちぎられている。ジップが嚙んだのだ。

哀れな子供はショックで蒼白になり、硬直していた。傍らの父親は震える手を娘の顔に寄せたものの、空中で指先をさまよわせている。傷口に触れていいかどうかわからないのだ。どうしていいかわからないのだ。私は自分でも気づかないうちに、彼の隣にいた。たぶん、職業的な本能に導かれたのだろう。私は彼が娘を抱きあげるのに手を貸し、ふたりでソファまで運んで、少女を寝かせた。色とりどりのハンカチーフが差し出され、娘の頰にあてがわれる——ヘレン・デズモンドのレースと刺繡の優美なハンカチーフは、あっという間にぐっしょりと、緋色に濡れそぼった。私は傷口を洗って、なんとか出血を止めようとしたが、思いどおりにならない。こういう傷というのは、とかく実際よりも重傷に見えるものである。特に子供の場合は。しかし、ひと目見てわかった。これは、重傷だ。

「畜生！」ピーター・ベイカー＝ハイドがまた叫んだ。彼も妻も娘の手を握っている。妻は泣いていた。ふたりのスーツもドレスも血で汚れている——たぶん、全員がそうだった——血は、きらめくシャンデリアの光を浴びて、ぞっとするほど鮮やかに生々しく輝いていた。「畜生！娘を見ろ！」彼は髪をかきむしった。「なんでこんな、なんで誰も——なんで、こんな、なあっ、なんで！」

「いまはそんなことを考える必要はありません」私は静かに言った。ハンカチーフのかたまりで強く傷口を押さえ、頭の中では忙しく治療の方針を考える。

「この子を見てくれ！」

「ショック状態ですが、命の危険はありません。ただし、傷を縫う必要がある。かなり大きく縫うことになります、お気の毒ですが。そして、縫うのは早ければ早いほどいい」

「縫う？」彼は呆然としている。私が医者だということを忘れているようだ。

私は言った。「道具は鞄にはいっています、車の中の。デズモンドさん、すみませんが――」

「ああ、わかった」ビル・デズモンドはあえぐように答え、部屋を走り出ていく。

次に、ベティを呼んだ。彼女は皆が前に飛び出した時も、もとの位置でおとなしく立ったまま、ひどく怯えたように――ジリアンと同じくらい真っ青な顔をしていた。私はベティに、階下に行って湯を沸かしたら、毛布とクッションを用意するように頼んだ。それから――私の隣で、いまはベイカー＝ハイド夫人が、ハンカチーフのかたまりを娘の顔に不器用にあてがっており、その震える手では銀のブレスレットが、かちゃかちゃと鳴り続けている――私は少女の身体をそっと抱きあげた。シャツと上着を通してさえ、少女の身体の冷たさが伝わってくる。瞳は暗く、生気がなく、そして少女はショックで汗をかいている。私は言った。「この子を厨房に運びます」

「厨房？」少女の父親が問い返す。

「水が必要です」

そして、彼は理解した。「まさか、ここでやるつもりなのか？　冗談じゃない！　病院――

診療所でも――電話は、電話を」

「いちばん近い病院まで、十五キロあるんですよ」私は答えた。「私の診療所でも七、八キロはある。こんな傷の患者を、今日のような天気の夜に、そう遠くまで運ぶなんて無茶だ、信じてください。手当てが早ければ早いほどいいんです。傷のことだけじゃない、出血だって止めなければ」

「先生におまかせして、ピーター」ベイカー＝ハイド夫人はそう言って、また泣きだした。

「お願いだから！」

「ええ」エアーズ夫人が進み出て、彼の腕にそっと手をかける。「ファラデー先生におまかせするしかないでしょう」

この時に彼がエアーズ夫人から顔をそむけて、乱暴に手を振りほどくのが見えた気がしたが、少女のことで頭がいっぱいで、彼の振る舞いについてあれこれ思う余裕はなかった。ほかにもあることが起きて、その時は特になんとも思わなかったが、あとで考えてみればそれこそが、のちに続く一連の出来事の基礎を作ったのだろう。ベイカー＝ハイド夫人と私がジリアンを、扉に向かって慎重に運んでいくと、ちょうどビル・デズモンドが私の診察鞄を持って戻ってきた。ヘレン・デズモンドとエアーズ夫人は心配そうな顔で立ったまま私たちを見送っており、ロシター夫人とミス・ダブニーは気をそらそうとして、暖炉で砕けたグラスのかけらをしゃがんで拾っている――ミス・ダブニーは自分の指をうっかり深く切ってしまい、絨毯に広がる血の海に、新しい血のしずくを落としていた。私のすぐあとをピーター・ベイカー＝ハイドが追ってきて、さらにそのうしろから彼の義弟がついてくる。が、モーリーは追ってくる途中で、怯えてテーブルの下にずっと隠れているジップの姿を見つけたのだろう。早足でいきなり犬に近づくと、罵声を浴びせて蹴った。かなり強く蹴られて、ジップは悲鳴をあげた。おそらくモーリーは驚いただろう、キャロラインが飛んできて、彼を押しのけたのには。

「何するのよ！」彼女は叫んだ。いまも耳に蘇る。甲高く、異様に張りつめて、まるでキャロラインの声ではないような声が。

モーリーは上着を直した。「まさか気づいてないのか？ あんたのクソ犬が、たったいま、おれの姪の顔を半分、嚙みちぎったんだぜ！」

「ますます事態を悪くしてるのは誰よ」キャロラインは膝をつき、ジップを抱き寄せた。「この子を怖がらせないで！」

「怖がらせるだけで、気がすむと思うか！ 子供のいる場所で、そんなのを放しやがって、どういう神経だ。鎖でつないどけ！」

「この子は人畜無害です、挑発さえされなければ」

モーリーは離れようとしていたが、その言葉で振り返った。「なんだと、どういう意味だ」

キャロラインが頭を振る。「怒鳴らないでよ」

「怒鳴らないで？ そいつが姪に何をしたのか見ただろうが」

「この子はいままで一度も人を嚙んだことはないわ。本当におとなしい子なのよ」

「そいつは狂犬だ。撃ち殺してやる！」

口論は続いていたが、私はほとんど聞いておらず、ただ腕の中で硬直している子供の身体をどこにもぶつけないように戸口を通り、地下に続く階段まで何度か廊下の角を曲がる間じゅう、ひたすら意識を集中していた。ようやく階段をおり始めると、甲高い声が次第に遠くなっていった。厨房に行くとベティが、私の注文どおりに湯を沸かしていた。頼んでおいた毛布やクッションも運びこまれている。私が指示すると、ベティは震える手で厨房のテーブルを片付け、茶色い紙を上に敷いた。私は毛布でくるんだジリアンをその上に横たえると、鞄を開けて道具を選び始めた。自分の仕事に没頭していたために、上着を脱ぎ、袖をまくり、手を洗おうとして、自分が礼装を着ていることに驚いた。自分がいまどこにいるのかを忘れて、いつものツイードを着ているとばかり思っていた。

実のところ、私がこういう小さい手術を診療所や患者の家でおこなうことはざらにあった。一度などは、まだ二十代のころだが、農場に呼ばれてみると、青年の片脚が脱穀機に巻きこまれてずたずたになっていたので、ちょうど今回のように、台所のテーブルの上で膝から下を切断しなければならなかった。数日後、私は一家に招待されて、血の汚れをきれいに落とされた、まさにそのテーブルで夕食をご馳走された——青年も私たちと並んで食卓につき、まだ顔色は悪かったものの、陽気にパイを食べながら、ブーツの革にかける金を節約できる、と冗談を飛ばしていた。しかし、彼らは苦境や困難に慣れている庶民だ。ベイカー＝ハイド夫妻には、私が針と糸を消毒液に浸し、野菜洗いのたわしで指や手の節をこする様は、とてつもなく恐ろしく思われただろう。厨房そのものも、ヴィクトリア時代の重々しい調度品や、敷石の床や、怪物のように巨大なオーブンのせいで、おどろおどろしく見えたかもしれない。何より、明るすぎるサロンのあとで見ると、この厨房はひどく暗いのだった。ベイカー＝ハイドにパントリーから石油ランプを持ってこさせ、私が傷を縫えるように、彼の娘の顔を照らしてくれと指示した。

少女がこれほど幼くなければ、局部麻酔の塩化エチルのスプレーをかけて傷口を麻痺させるだけで縫合しただろう。しかし、少女が暴れる危険があったので、水とヨードで傷を消毒したあとは、全身麻酔で軽く眠らせた。それでも、この手術で患者は痛みを感じる。私は母親に、上階のサロンのみんなのところに戻るように強くすすめた。かわいそうな少女は、私が縫合する間じゅう、弱々しく泣き声をあげ続け、眼からはとめどなく涙を溢れさせていた。幸いにも動脈は傷つけられていなかったが、肉が引き裂かれていたせいで、思った以上に難しい手術となった——いちばん神経を使ったのは、今後残るであろう傷痕をなるべく小さくすること。どんなに目立たなくしても、広範囲にわたって傷痕が残るのは目に見えている。少女の父親はテーブルのそばに坐って、しっかりと娘の手を握り、針のひと刺しごとに顔を歪めていたが、私の手元から眼を離すことはなかった。まるで眼をそらすことを恐れているかのように——私が手をすべらせないよう、見張っているかのように。手術を始めて数分もたたないうちに、彼の義弟が現れた。その顔はキャロラインとの口論で真っ赤に染まっていた。「クソ野郎ども」彼は怒鳴った。「あの娘は狂ってる！」そして私のしていることに気づくと、彼の頰から赤みが消えた。煙草に火をつけ、テーブルから少し離れたところで吸い始める。やがて——この夜に彼がおこなった唯一の分別ある行動だが——ベティにお茶をいれさせ、皆にカップを配り始めた。

上階に残った人々は、少女の母親を慰めていたらしい。エアーズ夫人が一度、事態がどうなっているか、階下まで訊きにおりてきた。夫人はそこに立ちつくし、少女を心配して私の作業を覗いたものの、傷を縫いあわせる光景に動転していた。ピーター・ベイカー＝ハイドが、夫人を振り返ろうとしないことに、私は気づいた。

手術はたっぷり一時間かかった。すべてを終えて、少女がまだ麻酔から醒める前に、私は父親にお嬢さんを家に連れ帰ってもいいと言った。私は自分の車であとを追い、診療所に寄って必要な物をひとつふたつ取ってから、スタンディッシュ館に行って、少女の枕元に付き添うつもりだった。両親には告げなかったが、可能性としてはごくごく小さいけれども、敗血症や感染症の危険がないとは言いきれない。

ベティが少女の母親を呼びにやられると、ベイカー＝ハイドとモーリーはジリアンを抱いて階段をのぼり、自分たちの車に向かった。麻酔がだいぶ抜けてきたので、後部座席に寝かされると、少女はとても痛そうに泣きだした。私はガーゼでジリアンの顔をおおっていた——が、これはむしろ両親のためだった。縫い目やヨードのせいで、傷はひどく恐ろしく見えた。

明るいサロンに、辞去の挨拶をしに戻ると、そこの全員が無言で坐りこむか、立ちつくすかしていた。まるで麻痺してしまったように——空襲の直後のように。絨毯やソファにはまだ血が残っていたが、誰かが布と水で拭いたらしく、おぞましいピンクの染みになっている。

「ひどいことになった」ロシターが言った。

ヘレン・デズモンドは泣いていた。「かわいそうに、かわいそうに、あのお嬢ちゃん」彼女の声が小さくなる。「ずいぶんひどい傷が残るんじゃありません？　どうしてこんなことに？ジップは人を嚙むくせはないんでしょう？」

「もちろん、ありません！」キャロラインは聞いたこともない、ぴんと張りつめた、無理に作ったような声を出した。彼女はほかの人たちとは離れた場所に坐って、ジップに寄り添っている。ジップは目に見えて震えており、キャロラインは犬の頭をなで続けている。が、彼女の手はどちらも震えていた。口紅が頰と口に広がって、模造ダイヤの櫛が髪からぶらさがっている。

ビル・デズモンドが言った。「きっと、犬は何かに驚いたんだろう。何かを見たか聞いたかしたと思ったんだ。誰か叫んだり、急に動いたりしたかね？　さっきから、私も思い出そうと脳味噌を絞っているんだが」

「わ、わ、わたしたちじゃないわ」キャロラインが言った。「あの子がジップに悪戯したのよ。やりかねないでしょ、あの――」

彼女が黙った。ピーター・ベイカー＝ハイドが私のうしろから部屋にはいってきたのだ。彼はすでにコートと帽子を身につけており、額には赤い筋が一本、すっと見えている。彼は静かに言った。「準備できました、先生」彼はほかの誰も見ようとしなかった。ジップがいることに気づいていたかどうかはわからない。

エアーズ夫人が進み出た。「明日、どうかお嬢様のご容態を教えてくださいませ」

彼は忙しく運転用の手袋をはめながら、やはり夫人を見ようとしなかった。「ええ、お望みなら」

彼女はもう一歩進み出ると、静かに、しかし心をこめて言った。「本当に、本当に申し訳ありません、こんなことが起きて本当に残念ですわ、ベイカー＝ハイドさん——我が家で」

しかし、彼は夫人をちらりと一瞥しただけだった。そして、彼は言った。「ええ、奥さん。ぼくもです」

私は彼に続いて暗がりの中に出ると、車を走らせ始めた。イグニションキーが何度か空回りしたのは、雨が何時間も降り続けてエンジンが湿気ていたからだ。その時は知らなかったが、ちょうどこの夜が季節の変わり目で、陰気な冬の始まりだった。私はハンドルを切り、先に行くピーター・ベイカー＝ハイドのあとを追った。前の車はじりじりするほどゆっくりと、草ぼうぼうで手入れされていない、でこぼこの車路を庭園の端に向かって進んだが、義弟が車から飛び出し、門を開けて、私たちが通ったあとに閉めてからは、アクセルを踏みこんだらしく、私もまたスピードをあげていった——フロントガラスのワイパーが作る扇形の窓を通して、彼らの高級車の、眼を刺すように光る真っ赤なテールライトを見つめていると、ウォリックシャーの曲がりくねった道の闇の中で、いつしかそれは、ふわりふわりと漂っているように見えてきた。

4

午前一時ごろ、また明日来ると約束して、ベイカー＝ハイド宅を出た。朝の診察時間は九時から十時までなので、再びスタンディッシュ館の中庭に車を乗り入れた時には十一時近くになっていた。まず眼にはいったのは泥色のパッカードで、私の商売敵のシーリィの車だとすぐに気づいた。ベイカー＝ハイド夫妻がシーリィを呼ぶのは当然だろう。なんといっても、彼が一家のかかりつけ医なのだ。それでも一応、同業者同士、医者になんの相談もなく、患者にそういう判断をされると互いに気まずいものがある。執事か秘書らしき男に案内された私は、ちょうどシーリィが少女の寝室から出てくるところに出くわした。シーリィは長身で体格がよく、狭い十六世紀の階段の上では、いっそう大きく見える。私の診察鞄を見たシーリィは、彼の手の診察鞄を見た私と同じくらい、気まずそうな顔をした。

「今朝いちばんに呼ばれたんだ」シーリィは今回の治療について話しあおうと、私を玄関ホールの片隅に連れていった。「今日は、これで二度目だ」彼は煙草に火をつけた。「昨夜あれが起きた時にハンドレッズ領主館にいたのかい？　いやあ、運がよかった。あの女の子にはずいぶん酷な事件だが」

「たしかに」私は相槌を打つ。「あの子の具合は、きみから見てどうかな？　傷は？」

「良好だ。たぶん、ぼくがやるよりもずっときれいに縫合してくれた。しかも厨房のテーブルの上で！　もちろん、傷痕はかなり残るだろう。気の毒に。あんな上流階級の女の子が。ご両親はロンドンの専門医に連れていく気だが、いくらロンドンの医者でも、どれほどのことができるやら。まあ、でもわからないけどね。最近の形成外科の技術はここ数年で飛躍的に進歩してる。あの子にいま必要なのは休養だ。看護婦が来ることになってるし、ルミナールを処方して二日ほど眠らせることにしたよ。そのあとは、まあ、様子を見るということになるかな」

彼はピーター・ベイカー＝ハイドと二言《ふたこと》三言《みこと》話すと、こちらに会釈し、ほかの患者の往診をするために出ていった。私は階段の下で、まだこの状況に気まずい思いでいたが、もちろん、あの少女を直接、診させてもらうつもりでいた。しかし、父親は私にはっきりと、娘をそっとしておいてほしいと言った。私の手当てには本当に感謝してくれているようだった――「先生が昨夜、あそこにいてくださって本当によかった！」彼は両方の手で私の手を握り――そして、その腕は私の肩に伸びてきて、軽い力で、しかし断固として、私を扉に向かって押していった。ここに至ってようやく、私がこの件から完全に手をひかされたことを知った。

「請求書を送ってください」私を車まで送ってきながら、彼は言った。私が、そんなことはできないと答えると、彼は無理やり二ギニーを押しつけてきた。そして、私がスタンディッシュ館に二度来るためにガソリンを使ったことに気づいてくれて、庭師にガソリンのタンクを持ってくるように命じた。ずいぶん気前のいいことだが、同時によそよそしさを感じずにいられなかった。どうも、金で追いはらわれているような気がしていたたまれない。小ぬか雨の中、私たちは無言で立ったまま、庭師がガソリンを満タンにしてくれるのをじっと待っていたが、その間にちょっと上階に行って、最後に少女の容態を見させてもらえないのが、残念でならなかった。金をもらうより、ガソリンをもらうより、その方がどんなにか嬉しいことか。

車に乗ってから、私はふと、ハンドレッズ領主館の人々にジリアンの容態が落ち着いていることを伝えたかと訊いてみた。そのとたん、彼の態度はこれまでにないほど硬化した。

「あの一家には」彼は憤然と顎を突き出した。「もちろん伝えますよ。今回の件については、きっちり追及させてもらう」

こうなることは予想していたものの、その声があまりに憎悪に満ちていて、私は狼狽した。気を取り直して、あらためて問い直す。「それはどういう意味です？　もう警察に？」

「まだですが、そうするつもりでいますよ。とにかく、最低でもあの犬は処分してもらわないと、気がすまない」

「ですが、ジップはおとなしい、年寄り犬なんですよ」

「ああ、それで噛みついたってわけだ！」

「私の知るかぎり、今度のことはまったくジップらしくない行動です」

「そんなことは、ぼくや妻の知ったことじゃない。あの犬を始末するまで、我々の気はおさまらない」彼はポーチの、狭い縦仕切りのガラス窓のひとつが開いているのに気づいて、声を抑えた。「今度のことでジリアンの人生はめちゃめちゃだ。先生にだってわかるでしょう。シーリィ先生の話じゃ、敗血症にならなかったのは奇跡だってことだ！　とにかく何もかも、あのエアーズの連中が上流ぶって、猛犬をつながなかったせいなんだ！　あの犬がほかの子供を襲ったらどうしますか？」

ジップがそんなことをするとは信じられなかった。私は何も言わなかったが、そう言いたげな顔をしていたのだろう。彼は続けた。「わかってますよ、先生はあの一家のご友人なんでしょう。だから、こっちの味方についてほしいとは言いません。だけど、たぶんぼくは先生に見えないものが見えている。あの連中は、このあたりの人間を自分たちの思いどおりにできると思ってるんだ、むかしながらの領主のつもりで。ひょっとすると、侵入者を追っぱらうために、あの犬を訓練してたのかもしれない！　一度、自分たちの住んでる、あのつぎはぎのボロ家をよく見てみりゃいいんだ。あの一家は時代錯誤もいいところですよ、先生。正直言って、この地方全体が時代錯誤だと思ってますよ、ぼくは」

あなたはそもそもその時代錯誤なところに憧れて移住してきたのでは、ともう少しで言い返すところだった。が、そうするかわりに、警察に訴えるのは、せめてエアーズ夫人にもう一度会ってからにしてほしい、と頼んだ。ようやく彼は答えた。「いいでしょう。ジリーが危険を脱したら、すぐにあの家に行きます。あの一家に分別があるなら、ぼくが行く前に犬を始末しておくことだ」

その後、午前中に往診した六、七人の患者たちは、誰もハンドレッズ領主館での事件を話題にしてこなかった。が、ゴシップはあっという間に広まるもので、夕方の診察を始めるころにはもう、ジリアンの怪我についての噂話は、地元の店やパブですっかり尾ひれがついて広まっていた。夕食後に往診した患者は、ジリアンの事故について、その場に居合わせて傷を縫ったのが私ではなくシーリィだと思っている以外は、何もかも正確無比に細部まで話してくれたものだ。彼は長年にわたって胸膜炎に苦しんでいて、私はなんとか病気が悪化しないようにできるかぎりのことをしている。しかし、彼の生活環境がよくなかった——狭苦しい長屋の一軒で、床は湿気た煉瓦だ——そして、多くの労働者と同じく、彼もまた働きすぎで、自由奔放に酒を飲んでいた。そんな彼は咳の合間をぬって、私に話してくれていた。

「ほっぺたがこう、べろっとはがれたってさ。鼻も喰いちぎるとこだったと。やっぱり犬は犬だねえ。おれぁ、いつも言ってんだ、どんな犬だって人間を殺すって。血統なんか関係ねえ。どんな犬だって、やるときゃやんのさ」

ピーター・ベイカー＝ハイドとの会話を思い出しつつ、あの犬は始末されるべきだろうか、と訊いてみた。彼は一瞬の迷いもなく、そうは思わない、と答えた——だって、いまも言ったろ、どんな犬だって人を噛むもんなんだから、生まれつきそういうもんに罰を与える意味が、どこにあるんかね？

ほかの人たちもみんなそう言っているのか、とさらに訊いてみると、まあ、いろいろ言われている、という答えが返ってきた。「鞭打ちにしろって奴もいりゃ、撃ち殺せって奴もいる。まあ、家族のことを考えなきゃなあ、とにかく」

「ハンドレッズ領主館の家族ですね？」

「いやいや、違う違う。その女の子の家族さあ、ベイカー＝パイとかいう」彼は唾の音をたてて笑った。

「しかし、犬を諦めるというのは、エアーズさんたちにとって、ずいぶん辛いことでしょう」

「まあねえ」彼はまた、ひとしきり咳きこんでから、火のない暖炉に痰を吐いた。「ま、もっともっと、いろいろ諦めてきたんだろうしさ、どうせ」

彼の言葉に私はすっかり動揺した。すでに一日じゅう、ハンドレッズ領主館ではいまごろ皆、どういう気持ちでいるだろうと考え続けていた。彼の家を出た私は、そこが領主館の門の近くであることに気づいて、訪問することにした。

これが、招待されていないのに領主館を訪れた最初で、前夜と同じ篠つく雨のせいで、私の車の音は誰にも聞こえなかったらしい。呼び鈴を鳴らして、大急ぎで玄関ホールにすべりこむと、かわいそうなジップに出迎えられた。犬は元気のない声で吠えながら、大理石の床でかちゃかちゃと爪の音をたてている。自分が破滅の暗雲の下にいることに気づいているに違いない。困惑し、おどおどして、いつものジップとはまったく違う。その様子は、かつて私が診察していた、あるご婦人を思わせた。その年老いた女校長は少しずつ心が壊れ、ついには室内履きと寝巻という姿で、家のまわりを徘徊するようになっていた。一瞬、もしかするとジップは本当に正気を失くし始めているのだろうか、と思った。そもそも私はジップの気質を完全に理解しているだろうか？　しかし、隣にしゃがんで、耳をつまんでやると、ジップはいつもの愛嬌ある犬にしか見えなかった。口を開けて見せてくれた舌はピンクで、黄ばんだ歯と対照的に健康そのものだった。

「おまえ、いったいどうしたんだ？　なあ？」

「まったくとんだ騒ぎになったな、ジップ」私は優しく声をかけた。「おまえ、いったいどうしたんだ？　なあ？」

「そこにいるのは誰？」エアーズ夫人の声が、領主館の奥から聞こえてきた。そして薄暗い影の中、いつもの黒っぽいドレスを着て、さらに黒っぽいペイズリー柄のショールを肩にかけた姿が現れた。「ファラデー先生」驚いた声でそう言うと、夫人はショールの前をかきあわせた。ハート形の顔に緊張が走る。「何かありましたの？」

私は立ちあがった。「皆さんのことが心配で」簡潔に、そう言った。

「まあ」夫人の表情がやわらいだ。「ご親切にありがとうございます。どうぞ、奥で温まってらして。今夜は冷えますこと」

実際にはそれほど気温が低いわけではないが、夫人に導かれて居間に向かう間じゅう、この領主館がまるで季節同様に、わずかだけれども完全に空気が変化していると実感せずにいられなかった。天井の高い廊下は、長い夏の間、風が通ってひんやりととても快適だったのに、いまはたった二日間の雨が続いただけで湿気ている。居間にはいると、窓はカーテンでふさがれ、火床で小枝や樅《もみ》の球果がぱちぱちとはぜ、椅子もソファも暖炉のそばに寄せられていた。が、それはむしろ家庭的というよりも、擦り切れた絨毯と暗い影の広大な海の中で、椅子が光と熱の孤島をぽつんと作っているようにしか見えない。明らかに、エアーズ夫人はそのひとつにいまのいままで坐っていたようだ。部屋の入り口と向かいあうように置かれた椅子には、ロデリックが坐っている。先週会ったばかりだが、彼を見た私は仰天した。いつもどおり空軍支給品の古いぶかぶかのセーターを着て、私と同じく散髪したばかりの頭を、広々とした袖椅子の背もたれにのせているロデリックは、まるで亡霊のように痩せ衰えていた。私がはいってきたのを見て、彼はこころもち眉を寄せ、わずかなためらいののちに椅子の両腕を握って、席を譲るために立ちあがろうとした。私は手を振ってそれを断り、ソファのキャロラインの隣に向かった。ジップも来て、私の足元で敷物の上に寝そべろうとしながら、驚くほど人間の声に似たうめきをもらした。

誰も口をきこうとしなかった。私に挨拶しようとさえしなかった。キャロラインは両脚をかかえこみ、ひどく張りつめた辛そうな顔で、毛糸の靴下の爪先を引っぱっている。ロデリックはせかせかと落ち着かない動きで、煙草の紙を巻き始めた。エアーズ夫人は肩にかけたショールを直し、坐りながら言った。「わたくしたち、今日はもう一日じゅう、大変でしたの。もちろん、言わなくてもファラデー先生はご存じでしょうけれど。スタンディッシュ館に行ってらしたの？　教えてください、あの子はどうなりました？」

「いまのところ大丈夫のようです、私の知るかぎりでは」私はそう答えた。夫人は、きょとんとした顔で私を見た。「会わせてもらえなかったんです。ご両親はお嬢さんをジム・シーリィにまかせていました。今朝、シーリィがあそこに来ているところに、ばったり行き合いまして」

「シーリィですって！」夫人の声があまりに侮蔑に満ちていて、私は愕然としたが、その時、やはり医者だったシーリィの父親が、夫人の幼い娘を診たことを思い出した——最初に生まれて、亡くなった幼い娘を。「床屋のクラウチを呼んだ方がずっとましですよ！　あの藪医者が、なんですって？」

「たいしたことは言っていませんでしたよ。ジリアンの容態はかなり良好らしいということだけで。ご両親はお嬢さんが遠出できるようになったら、ロンドンに連れていくつもりだそうです」

「かわいそうな子。一日じゅう、気になっていましたの。電話もかけたのですけれど、聞いてらっしゃいまして？　三回かけたのですけれど、出てくれませんの――メイドしか。何か、お見舞いを送ろうとも思いましたの。お花がよろしいかしら？　それとも、ほかの贈り物の方がよろしいのかしら。ベイカー＝ハイドさんのようなかたには――まさか、お金を渡すことはできませんでしょう。何年か前に子供が怪我をした時には――ダニエル・ヒビットという子ですの、覚えているでしょう、キャロライン？　ここの敷地内で馬に蹴られて、麻痺が残ってしまったんです。あの時は、わたくしたちにできるかぎりのことをしたつもりですけれど、でも、今度のような場合には、いったいどうしたら……」夫人の言葉が消えていく。

私の隣で、キャロラインが身じろぎした。「わたしも、みんなと同じくらい、あの子のことはかわいそうに思ってるわ」靴下の爪先を引っぱりながら言う。「でも、あの子がたとえば洗濯絞り器に腕を突っこんだとか、オーブンで火傷《やけど》したとか、そんな事故だったとしても同じくらいかわいそうに思うわ。あれは本当に運が悪かったのよ、そうでしょう？　お金も花もなんの慰めにもならないわ、きっと。どうすればいいの？」

キャロラインはいっそううつむき、顎を胸につけ、声はくぐもった。しばらく間をおいて、私は言った。「お気の毒ですが、ベイカー＝ハイドさんは、とある償いを期待しています」

けれども、彼女はまた、わたしの言葉にかぶせるように言い出した。「とにかく、ああいう人たちを納得させる方法なんてないのよ。あの義理の弟が、昨夜、わたしになんて言ったと思う？　スタンディッシュ館の羽目板を全部はがすだけじゃ飽き足りなくて、領主館の南翼の中をまるごとぶち抜くつもりだって！　バルコニーだけは残して、〝九割がた〟手を入れるって言ってたわ」

「そうねえ」母親は曖昧に答える。「でも、家は変化していくものですよ。わたしがお父様と結婚した時だって、この領主館にずいぶん手を入れたんですから。スタンディッシュ館のタピストリが保存されなかったのは残念ですけれど。ファラデー先生はあれをご覧になったことがありまして？　アグネス・ランドールが聞いたら、どんなに嘆くことでしょう」

私は答えなかった。夫人とキャロラインはしばらく、そのことばかりを話していて、わざとなのか無意識なのかは知らないが、もっと差し迫った話題を避けようとしているように思えた。

とうとう私は言った。「ですが、いまはジリアンの件で頭がいっぱいで、館をどうこうする余裕は、ベイカー＝ハイドたちにはないと思いますよ」

エアーズ夫人の顔が辛そうになる。「ああ、もしも、もしも、あの人たちが子供を連れてきさえしなければ！　どうして連れてきたのかしら。乳母や家庭教師がいるでしょう。雇う余裕くらいあるでしょうに」

「きっと家庭教師は子供になんとかコンプレックスみたいな、悪い影響を与えるとでも思ってるんでしょう」キャロラインはそわそわと身体を動かしている。やがて、一瞬の間をおき、どこか苛立たしげにつぶやいた。「まあ、あの子はたしかにコンプレックスを持つことになったわね」

私はぎょっとして彼女を見た。母親も、「キャロライン！」と怯えたような声をあげた。キャロラインの名誉のために言っておくと、彼女自身もまた、自分の言葉に同じくらいショックを受けていた。彼女はぞっとした表情で、異様な微笑を口元に張りつけながら、苦痛に満ちた眼で私を見つめ、そして顔をそむけた。いまはまったく化粧っ気がないことに気づいた。それどころか、キャロラインの頰はかさかさで、くちびるはかすかに腫れているように思えた——まるでネルの布で顔を乱暴にこすったかのように。

ロデリックは煙草を吸いながら彼女を見ていた。彼の顔は暖炉の熱でまだらに赤くなり、頰や顎に点々と残るピンクの傷が、悪魔の残した指痕のように浮きあがって見える。困惑しているのか、彼は無言のままだった。この中の誰ひとりとして、ベイカー＝ハイド一家が今回の件をどれほど深刻に考えているのか、理解していないのだ。それどころか、事件に背を向け、皆で寄り添って、自分たちの輪に閉じこもって……一瞬、最初に訪問した時に感じたエアーズ一家に対する嫌悪のさざ波が、心の水面を揺らす。そんな、キャロラインの言葉にかきたてられた小さな興奮が私の口をまた開かせ、その日の朝に、ピーター・ベイカー＝ハイドとスタンディッシュ館の庭で交わした会話をすべて、包み隠さずあからさまに話していた。

エアーズ夫人は無言で耳を傾けていたが、重ねた両手で顔をおおい、うなだれた。キャロラインはぞっとした顔で私を見た。

「ジップを処分？」

「本当になんと言っていいか、キャロライン。しかし、あの一家を責められますか？　あなたもこうなると予想はしていたでしょう？」

彼女も予想していた。キャロラインの瞳はそう語っていた。しかし、彼女は言った。「もちろん、してなかったわ！」

女主人の声に動揺を感じ取って、ジップは立ちあがった。犬は心配そうな、困惑したようなまなざしでキャロラインの顔を見つめ、まるで安心させてくれる言葉か仕種を待っているかのようだった。彼女はかがんでジップの首に手をかけて、ぐっと引き寄せると、そのまま私に向かって話し続けた。

「あの人たち、そんなことをして何になるっていうの？　ジップを処分することで、あの子供が奇跡的に噛まれていない状態に戻れるなら、すぐにでもそうするわ。昨夜のようなことが起きるくらいなら、わたしが噛まれればよかった！　あの人たち、ただジップを——わたしたちを、苦しめたいだけなのよ。本気でそんなこと言ってるわけないわ」

私は言った。「残念ですが本気ですよ。しかも、警察を介入させると本気で言ってます」

「まあ、なんてこと」エアーズ夫人は両手をよじっていた。「なんて恐ろしい。警察はどうするつもりでしょう？」

「たぶん、それなりに重い判断をするでしょう、ベイカー＝ハイドのような人物の訴えです。しかもあの傷は、見た目がかなり同情を呼ぶ」私はロデリックを会話に引きこもうと、彼を振り返った。「そう思いませんか、ロッド？」

彼は椅子の中でもじもじと動き、やがてくぐもった声を出した。

「ぼくは何をどう思えばいいのか、もう全然わからない」彼は空咳をした。「ジップの鑑札があったろ？　それがあれば、なんとかなるんじゃないか？」

「そりゃ、鑑札はあるわよ！」キャロラインは怒鳴った。「でも、今度のことは鑑札がどうこうって問題じゃないでしょ。猛犬を外に野放しにしてたわけじゃないわ。家の中にいたおとなしい犬が、悪戯《いたずら》されて怒ったってだけじゃない。昨夜、ここにいた人はみんな、そう言うに決まってる。ベイカー＝ハイドがそれをわからないって言うんなら――ああ、もういや！　あの人たちがスタンディッシュ館を買わなきゃよかったのよ！　もう本当に、あんな最悪なパーティー、開かなきゃよかった」

私は言った。「たぶんあの子のご両親も同じことを思っていますよ。ジリアンの事故で、ふたりとも恐ろしくショックを受けていましたから」

「ええ、そうでしょう」エアーズ夫人が言った。「昨夜、あの子を見た人はみんなわかっていますもの、ひどい傷が残るって。子供が傷つけられるのは、どこの親にとっても辛いことですもの」

夫人が口をつぐむと同時に沈黙が落ち、いつのまにか私は無意識に、視線を彼女の顔からその息子の顔に向けていた。彼は自分の両手を見つめているかのようにうつむいている。瞳の奥に、波立つ感情の揺らぎが見てとれたものの、彼の態度はあいかわらずつかみどころがない。ロデリックは顔をあげ、喋ろうとして声が咽喉にからんだのか、再び空咳をした。「昨夜、ぼくもここにいられたらよかったと思ってる」

「ええ、わたしもよ、ロディ！」姉が叫ぶ。

「とにかく、ぼくは」彼は姉の声など聞こえなかったかのように続けた。「自分に責任があると思わずにはいられない」

「みんな、そう感じてますよ」私は言った。「私も責任を感じている」

ロデリックはきょとんとして私を見返した。

キャロラインが言った。「わたしたちの誰の責任でもないわ。あの義理の弟のせいよ、ハープシコードをめちゃめちゃに叩いてた。それに、あの両親だって娘をちゃんとお行儀よくさせていれば――そもそも、連れてこなきゃ――」

そしてまた、この話の最初に戻ることになり、今度はキャロラインと母親と私があの恐ろしい出来事を最初から語り直してみると、それぞれの視点によって、その内容には少しずつずれがあった。話しながら、私はときどきロッドに視線を向けた。彼はまた新しい煙草に火をつけようとしていて――指に力を入れすぎたのか、膝に刻みを撒き散らしている――そして、私たちの会話に苛立ったかのように、ひっきりなしに貧乏揺すりをしていることに、私は気づいた。それでも、どれほど居心地の悪い思いをしていたのか、彼がいきなり立ちあがるまで気づかなかった。

「ああ、くそ!」彼は言った。「聞きたくない。今日はもうたくさんだ、もう。ごめん、お母様、先生も。ぼくは部屋に戻る。本当にすみません――本当に」

彼の声はひどく張りつめ、ずいぶん辛そうに歩き始めたので、私は手を貸すために立ちあがろうとした。

「大丈夫ですか?」

「大丈夫」彼は間髪容れずに答えると、私を押し戻そうとするように手を突き出した。「気にしないでください。本当に、大丈夫だから」彼は無理に笑顔を作ってみせた。「まだ少し疲れてるだけです、昨夜のあとですから。あとで――ベティにココアを持ってこさせよう。ひと晩ぐっすり寝ればきっとよくなる」

ロデリックが喋っている間に姉が立ちあがった。彼女は部屋を横切り、弟の腕に自分の腕をかけた。

「もう、わたしに用はない、お母様?」彼女は何かをこらえているような声で言った。「それじゃ、わたしも失礼させていただくわ」そして、おどおどした眼でわたしを見た。「わざわざ来てくださって、本当にありがとうございました、ファラデー先生。本当に、感謝していま す」

今度は、私もきちんと立ちあがった。「もっといい知らせを持ってこられなくてすみません。なるべく、心配しないようにしてください」

「あら、わたしは心配してないわ」弟と同じくらい無理やり作った笑顔で答える。「好きに言わせておけばいいのよ、あんな連中。ジップを傷つけられるもんですか。絶対傷つけさせやしない」

キャロラインとロデリックは戸口に向かって歩きだし、犬もまた、忠実にそのあとを追った。とりあえずは、女主人の自信に満ちた声に、一瞬ではあるが安心して。

彼らの背後で扉が閉まると、私はエアーズ夫人に向き直った。子供たちがいなくなったいま、彼女はひどく疲れて見えた。これまで夫人とふたりきりになったことはないのだが、自分はここで夫人を置いて帰ってもいいのだろうか、と逡巡した。とはいえ、この日は朝が早く、私自身も疲れきっていた。

すると、夫人が私を疲れた声で招き寄せた。「どうぞ、こちらへいらして、ロデリックの椅子におかけくださいな、ファラデー先生、お話ししやすいですから」

私は火のそばに移った。

腰をおろしながら、私は言った。「ご心痛、お察しします。ずいぶんショックを受けられたことでしょう」

「ええ」夫人は即座に答えた。「ひと晩じゅう、眠れませんでした。あのかわいそうな子のことを思うと。あんな恐ろしいことが起きるなんて、しかもこの館で！　それに――」

夫人が物思わしげに指輪をくるくるとひねり始めたので、私はかがんで、彼女の手に自分の手を重ねたくなった。ようやく、夫人は前よりも張りつめて、いっそう不安そうな声で言い出した。「実を申しますと、ロデリックのことが心配だったんですの」

私はちらりと扉を見た。「ええ。息子さんは調子が悪いみたいですね。今度のことで、そんなに動揺されたんですか？」

「先生は気がつかれませんでしたの？　昨夜のあの子を？」

「昨夜？」あの騒ぎですっかり忘れていた。しかし、いま思い出した。「ベティを呼びにやりましたよね――」

「かわいそうに、ベティはあの子をすっかり怖がって。わたくしに助けを求めてきましたの。行ってみると――あの子ったら、なんだかおかしな状態で！」

「どういう意味です？　具合が悪くなったとか？」

夫人はためらいがちに言った。「それが、わからないんですの。頭が痛むと言っていましたけれど。でも、ひどい恰好で――夜会服を半分着たまま、汗をかいて、がたがた震えていて」

私は思わず夫人を見つめた。「それは……酒を飲んでいたわけでは？」

それしか思いつかなかったからなのだが、そんなことを言わなければよかったと恥ずかしくなった。しかし、夫人は特に気にした様子もなく、かぶりを振った。

「違います、ええ、絶対に。とにかくどういうことか、全然わかりませんの。最初、あの子はずっと側にいてほしいと言いましたわ。子供のようにわたくしの手を握って！　そうしたら急に気が変わったみたいで、ひとりにしてほしいって言い出して。部屋から追い出されましたわ。それで、ベティにアスピリンを持っていかせましたの。もう、あんな状態ではあの子が皆様の前に出られるわけがありませんもの、お客様がたには適当に言いつくろわなければならなくて。ほかにどうしようもありませんでしたでしょう？」

「私に話してくだされればよかったのに」

「わたくしはそうしたかったんです！　でも、あの子がだめだと言うんですの。わたくしも外聞を考えてしまって。あの子が出てきたら、騒ぎになるかもしれないと思って。ああ、出てこさせればよかった。そうしたら、あのかわいそうな女の子は――」

夫人の声は高まって、高まって、ついに途切れた。陰気な沈黙の中、向かいあって坐りこんでいるうちに、私の心は前の晩に戻って、ジップの顎が肉を裂く音と、悲鳴と、うめくような泣き声が聞こえてきた。あの瞬間、ロッドは自分の部屋に、ひどい精神状態で、ひとりきりでいたのだ。私がジリアンを階下に運び、頬を縫いあわせている間じゅう、部屋の中で扉越しに聞こえてくる騒ぎを聞きながら、外に出ることも、何が起きているのか確かめることもできずに、じっとしていたのだ。想像するだけでもぞっとする。

私は椅子の肘掛けをつかんだ。「私が話してきましょうか？」

しかし、エアーズ夫人は手を伸ばしてきた。「いいえ。あの子はいやがりますわ、きっと」

「でも、話をするくらいなら」

「今夜のあの子をご覧になりまして？　全然あの子らしくなく、おどおどして、すっかり沈みこんで。一日じゅう、あんなふうでしたの。今夜、ここでみんなと一緒にいるように、わたくしが頼みこんで、ようやく部屋から出てきましたのよ。娘は、わたくしの見たあの子がどんなふうだったか知らないんですの。ただ、頭痛がひどくて寝ていただけだと思っています。息子は、恥じているんですわ、きっと――ああ、ファラデー先生、わたくし、どうしても思い出してしまうんです、あの子が病院から、この館に戻ってきた時のことを！」

夫人はうつむくと、また指輪をひねり始めた。

「このことは一度もお話ししたことがありませんでしたわね」語りだした夫人は、私と眼を合わせようとしなかった。「あの時にかかったお医者様は、鬱病だとおっしゃいました。でも、わたくしにはそれだけとは思えなくて。あの子はまったく眠れなかったんです。突然、かっとなって怒りだしたかと思うと、ふさぎこんだり。言葉づかいもひどく汚くなって。見も知らない人のようで。わたくしの実の息子なのに！　何ヶ月も何ヶ月も、あの子はそんな状態で。わたくしはこの家に誰も招かなくなりました。あの子のことが恥ずかしくて！」

彼女の話に、私は特に驚きはしなかった。すでに夏の間に、デイヴィッド・グレアムからロデリックの〝精神的な不調〟について聞かされていたうえ、これまでずっとこの眼でロデリックを見てきて――彼が仕事に度が過ぎるほど没頭したり、ときどき苛立ちや短気の発作にみまわれたりする様子から――〝不調〟が完治していないことなど、はっきりわかっていた。

「お気の毒です、ロッドも、あなたも、そしてキャロラインも！　ですが、私は多くの怪我人を診てきて――」

「もちろんですわ」夫人は慌てて言った。「ロデリックよりももっとひどい怪我があるのは存じています」

「いや、そういう意味じゃないんです」私は言った。「ただ、回復のしかたが、人それぞれだなあ、と。ひとりひとり、みんな違いますね。ロデリックが怪我をしたことで怒りを覚えるのも、驚くことではないでしょう？　彼のような健康そのものの青年が。私だって、ロッドと同じ年頃で同じような状態になれば、怒りを覚えると思いますよ。多くに恵まれて生まれついたのに、多くのものを失ったんです。健康を、美貌を――いわば、自由を」

夫人は納得しがたいというように、かぶりを振った。「単なる怒り、というものじゃありませんでしたわ。とにかく戦争があの子を変えてしまったような感じでした、まったくの別人に。自分自身を憎んで、まわりの誰も彼もを憎んで。ああ、あの子と同じような男の子たちのことを考えると、たまらない気持ちになりますわ、平和を勝ち取るためという名目で、わたくしたちがあの子たちに、どんな恐ろしいことをさせたかと思うと――！」

私は優しく言った。「ええ、すべては終わったことです。彼はまだ若い。きっと、よくなります」

「でも、先生は昨夜のあの子をご覧になってませんもの！　わたくし、怖いんです、先生。あの子の病気がまたぶり返したら、いったいどうなるでしょう？　わたくしたちはもう、多くを失っています。子供たちは、最悪の事柄は伏せようとしていますけれど、わたくしは馬鹿ではありません。財産を切り売りして暮らしているのを知っていますし、それが何を意味するかもわかっています……でも、失ったのはそれだけではありません。友人がいなくなりました。社交界のつながりも。キャロラインのことを考えてしまいますの。あの子は日いちにちと、色褪せて偏屈になっていきます。あのパーティーも本当はあの子のために開いたんです。どうしようもない失敗でしたわ、ほかの何もかもと同じように……わたくしが死んだら、あの子には何も残らない。もし弟まで失うことになったら――そしていま、あの人たちは警察沙汰にするつもりでいるなんて！　もう、わたくし――とにかく、もうどうやって耐えればいいのか！」

夫人の声はずっと穏やかだったのだが、最後の最後で取り乱し、はねあがった。彼女は片手で眼をおおい、私から顔を隠した。

いま思い返せば、その時私は夫人が長い年月、どんな重荷を背負ってきたのかということに気づいたのだった。子供の死、夫の死、戦争のストレス、傷を負った息子、失われた財産……しかし、そんな重荷を彼女はたしなみと魅力のベールで実にうまく隠し続けていたのだ。その彼女が我を忘れて、身も世もなく泣き崩れているのを目の当たりにして、と胸を突かれた。しばらく、私は彼女に向きあったまま、呆然と坐っていた。が、立ちあがり、夫人の椅子の前にひざまずくと、少し迷ってから彼女の手を取った――軽く、しっかりと、医者が手を取るように。夫人の指が私の指をぎゅっと握り、やがて彼女は次第に落ち着いてきた。差し出したハンカチで、夫人は恥ずかしそうに、眼元を押さえた。

「いま子供たちがはいってきたら、まあ、どうしましょう」彼女は落ち着かない顔で肩越しに振り向いた。「ベティがはいってきたりしたら！　こんなところを見られるなんて、耐えられませんわ。わたくしは母が泣いているところを見たことがありませんの。母は泣く女を軽蔑していました。どうぞ、許してください、ファラデー先生。ただ、さっきも申しあげたとおり、昨夜はほとんど眠れなくて、わたくしは、寝不足に本当に弱くて……ああ、いま、どんなにひどい顔をしているのかしら。あのランプを消してくださいませんこと?」

私は、夫人の言うランプのスイッチを切った。それは枝付き燭台に吊り下げられた読書用の電灯で、彼女の椅子の脇にあるテーブルにのっていた。燭台の電球がふわりと消えると、私は言った。「あなたは光を恐れる必要はないですよ。そんな必要があったためしは一度もありませんよ」

夫人はまた顔にハンカチを当てていたが、いくらか驚いたように私の眼を見つめてきた。

「先生がそんなに騎士道精神に溢れたかただとは存じませんでした」

私は自分の顔が赤らむのを感じた。しかし、私が答える前に彼女はため息をついて、また口を開いた。

「ええ、でも殿方は騎士道を身につけていくものですわね、女が顔に皺を刻みつけていくように。主人はとても騎士道精神に溢れていましたの。主人が存命でなくて、いまのこんなわたくしを見なくてすんで幸いでしたわ。きっと、主人は相当、騎士道精神をためされたはずですもの。わたくし、去年の冬だけで十も歳を取った気がしますの。きっと、今度のことで、また十歳老けましたわ」

「ああ、では合計で四十歳に見えますね」私が言うと――夫人は、本当におかしそうに笑い声をたてた。彼女の顔に生気と血の色が戻ってくるのが嬉しかった。

そのあとは当たり障りのないお喋りが続いた。夫人の頼みで、私は酒を一杯注ぎ、煙草を一本手渡した。そして去り際にもう一度だけ、そもそも私がここを訪問した理由について思い出してもらおうと、ピーター・ベイカー＝ハイドの名を出してみた。

夫人の返答は、何もかもに疲れたかのように片手をあげただけだった。

「あの人の名前をこの家の中で聞くのは、今日はもうたくさんですわ」彼女は言った。「わたくしたちを傷つけたければ、傷つければよろしいのです。たいしたことをされるわけではありませんもの。できるはずがありませんでしょう？」

「本当に、そう思われますか？」

「ええ、そうに決まっていますもの。一日二日は腹をたてるでしょうけれど、そのあとはきっとうやむやになりますわ。わかります」

彼女は娘と同じくらい自信を持っているようだった。だから、私はもう追及しないことにした。

＊

しかし、夫人もキャロラインも間違っていた。この事件がうやむやに立ち消えることはなかった。その翌日、ベイカー＝ハイドは自ら車でハンドレッズ領主館を訪れると、エアーズ一家がジップを自分たちで処分しなければ、警察に訴え出るつもりだと宣告した。彼はエアーズ夫人とロデリックを相手に三十分ほど坐って話しあった――最初はとても理性的に喋っていたので、きっと彼の心を変えられると思った、とのちにエアーズ夫人は私に語った。

「お宅のお嬢様の事故を、わたくしほど痛ましく思っている者はおりませんわ、ベイカー＝ハイド様」夫人が本心からそう言っているのは、きっとわかってもらえただろう。「でも、ジップを処分しても、なんの意味もありませんわ。それに、うちの犬がほかの子供を襲うかもしれないなんてこと――あなたもおわかりでしょう、わたくしたちはここに引きこもるように、静かに暮らしていると。うちの犬を刺激するような子供はもう、ひとりもいませんわ」

これはまずい言葉だった。夫人の言葉に、ピーター・ベイカー＝ハイドの表情と態度が一瞬にして強張ったのが、私の眼にも浮かぶ。何より悪いことに、ちょうどこの瞬間にキャロラインが、ジップを足元にまとわりつかせて現れた。私がよく見かけたように、ひとりと一匹は連れ立って庭を散歩していたのだろう。キャロラインは上気し、くつろいだ姿のまま元気そのもので、ジップは泥だらけになって満足そうな顔でピンクの口を開けていた。ベイカー＝ハイドはその光景をひと目見るや、ずたずたにされた顔で家で惨めに寝ている娘のことが頭に浮かんだに違いない。のちにシーリィから又聞きしたところでは、ベイカー＝ハイドは彼に、もしその時に銃を手にしていたら、あのいまいましい犬もろとも一家全員を撃ち殺していたと言ったそうだ。

話し合いはすぐに罵倒と恫喝に変わり、彼の車は砂利を撒き散らして走り去った。キャロラインは両手を腰に当てて見送った。そして、動揺と怒りにわななきながら、離れのひとつに大股に歩いていくと、古い南京錠と鎖を探し出した。そのまま庭園を突っ切り、まずはひとつの門を、続いてもうひとつの門を閉め、しっかりと鍵をかけた。

これらの経緯は私の家政婦が話してくれたのだった。彼女の近所に住む、ハンドレッズ荘園で雑用をしているバレットのいとこから聞いたそうだ。この事件は地元の村々でいまだにあけすけに噂にされていて、エアーズ一家に対する同情の声もあったものの、大半の意見は、一家がジップに固執し続けるのは状況を悪くするだけだ、というものだった。金曜日にビル・デズモンドと顔を合わせたが、彼もまた、エアーズ一家が〝分別のある行動〟を取って、かわいそうな犬を射殺するのは時間の問題だ、と考えているようだった。けれども、それから二日ほど沈黙の日が続いたので、もしかするとこのままおさまるかもしれない、と私は本気で思い始めた。すると、翌週初めにケニルワース町の患者が、〝あのかわいそうなベイカー＝ハイドさんの小さい女の子〟はどうなりました、と訊いてきた——まるで世間話のように、しかし、私がその現場に居合わせて少女の命を救ったのを知ったと、声に感動をにじませながら。私が仰天して、いったい誰から聞いたのか、と訊ねると、コヴェントリーの週刊紙の最新版を手渡してきた。新聞を広げると、そこには事件の一部始終が書かれていた。ベイカー＝ハイド夫妻はさらなる治療のために、娘をバーミンガムの病院に連れていったのだが、そこでこの話がもれたのだ。少女は〝とても残酷な襲撃〟を受けたが、順調に回復しているそうだ。両親は、問題の犬を絶対に処分させる覚悟でおり、そのためにはどうするのがいちばんよいか、然るべき筋に法的な相談もしている。エアーズ故大佐夫人も、ロデリック・エアーズ氏も、キャロライン・エアーズ嬢も、コメントすることはできない、ということだった。

私の知るかぎりでは、ハンドレッズ領主館ではコヴェントリーの新聞を購読していないはずだが、これはこの州ではかなり広く読まれている新聞で、そこに例の事件が書かれていることに私は危惧を覚えた。領主館に電話をかけ、記事を読んだかと訊いてみた。読んでいないと言うので、帰宅する道すがら届けることにした。ロデリックはむっつりと黙って読んでから、姉に手渡した。キャロラインは記事に眼を通すと、この件が起きて以来、初めて自信に満ちた態度が崩れ、顔に本物の恐怖の色を浮かべた。エアーズ夫人はただただ怯えていた。戦争でロデリックが傷ついて戻ってきた時に、かなりの新聞に書きたてられたせいで、人目にさらされることに対し、病的に怯えてしまうのだろう。館を辞去する際、エアーズ夫人が初めて私を車のそばまで見送りにきた。子供たちに聞かれない場所で話をするためだ。

夫人は髪をスカーフでおおいながら、静かに口を開いた。「実は、ほかにお話ししたいことがございますの。キャロラインにもロデリックにもまだ伝えていません。アラム首席警部がついさっき電話で、ベイカー＝ハイドさんがいよいよ告訴するつもりでいると教えてくださったんです。首席警部は、わたくしに警告してくださったんですの、生前の主人と同じ連隊にいたよしみで。そして、こういう事件で子供が巻きこまれている場合、告訴をされたら勝てる見込みはまずないそうです。わたくし、ヘプトンさんに」――一家の弁護士だ――「相談したのですけれど、同じことを言われました。それどころか、罰金だけではすまないだろうと。もっと何か別の罰が……こんなに深刻なことになるなんて、信じられませんわ。それより、わたくしたちには裁判をするようなお金はありませんの！　キャロラインに最悪の覚悟をさせようとしているのですけれど、耳を貸してくれなくて。あの子は何を考えているんでしょう。自分の弟が事故にあった時よりも取り乱すなんて」

私にもキャロラインが何を考えているのかわからなかった。が、とりあえずこう言った。

「まあ、ジップはキャロラインにとって特別ですから」

「家族みんなにとって特別ですわ！　でも、なんのかんのいっても、ジップは犬ですし、しかも年寄りですもの。何があろうとわたくしにには家族を法廷でさらし者にすることはできません。わたくしは自分のことではなく、ロデリックのことを考えなければならないんです。あの子はまだとても健康にはほど遠い状態ですもの。もう、あの子にとって、いちばんよくないことですのに」

夫人は私の腕に手をかけて、正面から顔を見つめてきた。「先生にはわたくしたちのために十分すぎるほど親切にしていただきましたわ、ですから、これ以上のことを頼める義理ではないのは存じています。でも、ビル・デズモンドやレイモンド・ロシターには、わたくしたちの問題にこれ以上、関わってほしくないんですの。もし、ジップのことで、その時が来たら――先生は助けてくださいまして？」

私は、仰天した。「それは、その、処分ということですか？」

夫人はうなずいた。「ロデリックにはさせられません、もちろん、キャロラインには――」

「もちろんです、ええ」

「わたくしはほかに誰を頼ればいいのか、もうわからなくて。主人が生きていれば――」

「はい、もちろん」私は重い口を開いたが、そう答える以外にないだろうな、という気はしていた。だから、もう一度、今度はもっと力をこめて言った。「はい、もちろん、お手伝いしましょう」

彼女の手はまだ私の腕にかけられたままだった。私が自分の手をその上に重ねると、夫人は安心して感謝するように頭をさげた。顔の皮膚が少しばかり、疲れたように、急に老けて皺を刻むように、沈みこんで見えた。

「しかし、キャロラインがそんなことを許すと、本当に思いますか?」私が言うと、夫人は手をそっと引き抜いた。

彼女は淡々と言った。「そうしますわ、家族のためを思えば。それしか道はないんですから」

＊

そして今回は、夫人が正しかった。その晩、私に電話をかけてきた彼女は、アラム首席警部から連絡が来たと教えてくれた。首席警部はベイカー＝ハイド一家と話しあい、かなりの論争の末、ジップが即刻処分されることを条件に告訴を取り下げるよう、どうにか承知させたそうだ。夫人はひどくほっとした様子で、私もまた、今度の問題がとりあえず解決したことに喜んだ。しかし、その夜は惨めな夜を過ごした。私が夫人と約束した、翌日にしなければならない仕事を思うと眠れなかった。三時ごろにようやくとろとろと眠りかけたころ、夜間診療用の呼び鈴に起こされた。近所の村の男が、難産の妻を助けてほしいと走って呼びにきたのだ。私は着替えると、男を車に乗せて家に向かった。初産でかなり難しいお産だったが、朝の六時半過ぎにはすべて終わり、赤ん坊は額に鉗子《かんし》の傷がついたものの、元気いっぱいに泣きわめき、健康そのものだった。男は七時には仕事に出なければならなかったので、新しく母親になった妻と子供を産婆の手にゆだね、私は男を車に乗せて彼の農場まで送っていった。男は口笛を吹きながら去っていった――生まれたのは男の子だったが、彼の兄弟の妻たちは、男曰く〝女腹ばっかり〟なので、たいそう嬉しかったらしい。

彼と同様に私も喜んでいた。同時に、お産が成功するといつも、特に寝不足の場合に感じる、今後の不安まじりの興奮を覚えていた。しかし、ハンドレッズ領主館で待ち受ける自分のつとめを思い出すと、興奮はしぼんでしまった。リドコート村に帰って、もう一度出直す気にはなれない。私は知っている道にはいり、森を通り抜け、小さな空き地になった、生い茂る草に囲まれた池のほとりを目指した。夏は実に景色のいい場所で恋人たちに人気がある。しかし、遅まきながら思い出したのは、ここが戦時中は自殺の名所だったことで、暗い水と、湿っぽく青痣に似た色の木々は、近づいて車のエンジンを切るころには、ひどく陰気なものに見えていた。外に出るには寒い。私は煙草をつけて窓を開け、腕をこすって寒さをまぎらわした。ここではよく青鷺《あおさぎ》や、時にはかいつぶりのつがいを見かけるが、今日の池には生き物の気配がまるでなかった。どこかの枝で一羽の小鳥が鳴き、また鳴いたが、応じる声は聞こえてこない。やがて小ぬか雨が降り始め、微風がどこからか吹いて細かい雨粒をちくちくと頬に当ててくるようになった。私は煙草の吸いさしをはじき飛ばすと、急いで窓を閉めた。

三キロほど道なりに進むと、領主館の西門に向かう曲がり角がある。私は八時になるのを待って再びエンジンをかけると、そこに向かった。

この時にはもう鎖も南京錠も門からはずされていたので、すんなりはいることができた。道にいるよりも、開けた庭園の中は明るかったが、西の端からはるか遠くに見える領主館は、陰鬱な朝日の中、どっしりとした巨大な真っ黒い箱に見える。一家が早起きなことは知っていたが、車が近づくにつれ、あちこちの煙突から煙があがっているのが見えてきた。家の裏がわを回ると、タイヤが砂利を踏む音を響かせた。玄関脇の窓の奥から、ひとつの明かりがこちらに向かってくるのが見える。

私がたどりつく前に扉がエアーズ夫人の手で開かれた。彼女は青ざめていた。

私は言った。「早すぎましたか?」

夫人はかぶりを振った。「わたくしたちにとっては変わりありませんわ。ロデリックはもう農場に行きました。たぶん、昨日はわたくしたち、誰ひとり寝ていないと思いますわ。そのご様子では、先生もあまり寝ていらっしゃらないようですね。どなたかお亡くなりに?」

「いや、お産があったんです」

「赤ちゃんはお元気ですの?」

「赤ん坊も母親も元気です……キャロラインはどこに?」

「二階に、ジップと一緒にいます。先生の車の音も聞こえたでしょう」

「私が来ると伝えたんですか? 理由も?」

「ええ、あの子にはわかっています」

「それで、キャロラインはなんと？」

夫人はまたかぶりを振ったが、それだけで何も答えようとしなかった。彼女は私を居間に連れていくと、火をつけられたばかりで、ぱちぱちと薪のはぜる暖炉の前に私をひとり残し、どこかに消えていった。戻ってきた夫人は、お茶とパンと冷たいベーコンをのせた盆を持っており、それを私のそばに置くと、私が食べる間、自分は何も手をつけずに待っていた。彼女がメイドの役をしていることに、かえって落ち着かなくなった。朝食を終えると、私はぐずぐずせずに鞄を取りあげ、夫人の案内で廊下に出て、二階に続く階段をのぼった。

夫人は私をキャロラインの部屋の前に残して去っていった。少しだけ開いた扉をノックしたが返事がないので、ゆっくりと押し開け、中にはいる。そこは広々とした居心地のよい部屋で、白っぽい羽目板の壁と、天蓋付きの狭い寝台が眼にはいった。しかし、何もかもが古ぼけていることにも気づいた。寝台のカーテンは色褪せ、絨毯は擦り切れ、床板の白ペンキは縞模様の灰色に変化している。上げ下げ窓がふたつあり、キャロラインは窓のそばでクッションをのせたオットマンに坐り、その傍らにはジップが控えていた。犬は女主人の膝に頭をのせていたが、私を見ると鼻先をもたげ、口を開いて尾をぱたぱたさせた。キャロラインは窓の外に顔をそむけ、私が近寄るまで口をきこうとしなかった。

「そう、できるだけ早く来たのね」

私は言った。「ちょうど往診をしていたんです。それに、いますませてしまう方がいいでしょう。キャロライン、引き延ばしたら、警察が乗りこんでくるかもしれない。こんなことを赤の他人にまかせたいですか？」

キャロラインはようやく私を振り返った。彼女はひどい有様だった。櫛を通していない髪はそそけ、顔は死人のように青ざめ、泣いたのか寝ていないのか、両眼は真っ赤に腫れている。

「どうしてみんな、これが当たり前のことのように、理性的なことのように、しなければならないって信じこんでいるの？」

「キャロライン。しなければならないのはわかっているでしょう」

「みんながしろって言うからよ！　まるで――まるで、戦争と同じだわ。どうして、わたしがやらなきゃならないの？　これはわたしの戦争じゃないのに」

「キャロライン、あの女の子は――」

「裁判に持っていくこともできたわ、勝てたかもしれない。ヘプトンさんもそう言った。なのに、お母様はやらせもしないで」

「裁判ですよ！　何はともあれ、金がかかる」

「お金なんか、どうにか工面したわ」

「それなら、あなたの受ける評判を考えなさい。世間から、どう見られるかを。子供があんなに傷をつけられたのに、自分を守ろうとしているとそしられる！　相当、悪い評判がたつ」

キャロラインは苛立つそぶりを見せた。「それがなんだっていうの？　気にしてるのは、お母様だけよ。だいたい、お母様が怖がってるのは、うちがどんなに貧乏しているかを知られることなんだし。評判なんて――いまどき、そんなもの気にする人いないわ」

「あなたのご家族は、これまでずっと辛い目にあってきました。弟さんは——」

「ええ、そうね」キャロラインは言った。「弟！　そうそう、あの子のことをみんな考えなくちゃね。わたしたち、ほかには何ひとつすることがないもの。あの子は、お母様の前に立ちはだかることもできたのに。何もしやしなかった、何ひとつ！」

キャロラインがロデリックを、冗談にではなく、本気で批判するのを初めて聞き、その語調の激しさに私は仰天した。しかし、同時に彼女の眼はいっそう赤くなり、声は弱々しくなった。ほかに道がないことを、本当はわかっているのだ。キャロラインは、ふいと顔をそむけて再び窓の外を見つめた。私は立ったまま、無言で彼女を見つめていたが、やがて優しく言った。

「心を強く持ってください、キャロライン。お気の毒です……では、まかせてくれますか？」

「神様」彼女は眼を閉じた。

「キャロライン、ジップは年寄りだ」

「だから何？」

「約束します、苦しみはありませんから」

彼女は一瞬、身体を強張らせた。が、とうとう肩を落とし、大きく息を吐くと同時に、すべてのとげとげしさが身体の中から流れ出た気がした。「ええ、連れていって。何もかも奪われたんですもの、この子が奪われたからどうだっていうの？　もう、疲れちゃった」

その声があまりに虚ろで、ようやく、彼女のかたくなな心の壁の向こうに、さまざまな喪失と悲哀が見えた気がした。私は彼女を誤解していたのかもしれない。キャロラインは片手を犬の頭にのせて喋っており、ジップは自分のことを話されているのを理解しながらも、女主人の声に苦痛を感じ取ったのか、信頼と気づかいに満ちた瞳で見あげ、前脚だけで身体を起こすと、彼女の顔に鼻を押しつけた。

「もう、馬鹿な子ねえ！」キャロラインは、おとなしく顔をなめられるがままになっていた。が、不意に犬を押しやった。「ファラデー先生が、おまえにご用があるって言ってるの、わかんないの？」

私は言った。「ここで、しますか？」

「いいえ、いや。見たくない。階下にでも、どこにでも連れてって。ほら、行きなさい、ジップ」彼女が乱暴なくらいに押したので、犬はよろけて、オットマンから床に落ちた。「行きなさい」繰り返して、犬が躊躇するとまた繰り返す。「いい子だから！　ファラデー先生がおまえに用があるの。行って！」

忠実なジップは私に歩み寄ると、最後にもう一度、キャロラインを振り向いた。私は犬を部屋から連れ出し、そっと扉を閉めた。私は犬を従えて階段をおり、厨房にはいると、食器洗い場に連れていき、古い敷物の上に寝かせた。犬は何か変だと気づいていた。キャロラインはジップのはいってはいけない場所を厳格に定めていた。しかしまた、犬は領主館の中で何か大変なことが起きているのも知っており、もしかすると、自分がその原因だとわかっているのかもしれなかった。ジップの心の中にはどんな思いが去来しているのだろう——あのパーティーのことを覚えているだろうか、自分のしでかしたことを思うことはあるのだろうか、罪悪感を覚えたり、恥じたりしているのだろうか。けれども、覗きこんだジップの瞳には、困惑の色しか見てとれなかった。私は鞄を開け、必要な物を取り出すと、頭をなでて、前に一度、声をかけたとおりに話しかけた。「まったく、とんだ騒ぎになったなあ、ジップ。だけど、もう、いいんだ。よしよし、おまえは本当にいい子だよ」私はそんな言葉を囁きながら、犬の肩の下に腕を回した。注射の効果が現れると、犬は私の手に身体をあずけてきた。てのひらに伝わる犬の鼓動が弱まり、やがて消えた。

エアーズ夫人がバレットに埋葬させると言っていたので、私は犬の身体を敷物でおおい、両手を洗って厨房に戻った。すると、家政婦のベイズリー夫人がいた。ちょうど来たばかりで、エプロンの紐を結んでいる。私が、たったいますませてきたことを話すと、彼女は悲しそうに頭を振った。

「残念ですよねえ」家政婦は言った。「あの年寄り犬がいないと、この領主館はなんだか別の場所みたいですよ。想像つきます、先生？　あたしは、あの犬がここに来てからずっと見てんだから言わせてもらいますけど、ジップはあたしたちの頭に生えてる毛ほども、危険なとこなんてなかった。あたしはね、自分の孫だって安心してあの犬と遊ばせましたよ、ええきっと」

「私もです、ベイズリーさん」惨めな気持ちで答えた。「私にも孫がいれば」

しかし、この厨房のテーブルはどうしても、つい先日の、あの恐ろしい夜を思い出させた。そして、ここには――それまで気づかなかったのだが――ベティもいた。ベティは食器洗い場と厨房を仕切る扉に、身体が半分隠れる位置に立ち、乾いたばかりのふきんをきれいにたたんでいた。その動作がどうもぎこちなく、細い肩がときどきひきつるように見えていたのだが、やっと彼女が泣いていることに気づいた。振り向いて、私の視線に気づいたベティは、いっそう激しく泣きだした。そして、驚くほど荒々しい声で言った。「犬が、かわいそうです、ファラデー先生！　みんな、あの犬が悪いって言ってるけど、ジップは悪くないのに！　ひどいよお！」

ベティの声はそのまま泣き声になり、ベイズリー夫人は駆け寄って少女を両腕で抱いた。「よしよし、よしよし」家政婦はベティの背中を不器用になでている。「今度のことで、あたしたちがどんだけこたえてるかわかるでしょう、ねえ、先生。まったく、どうなってるんだか。ベティは、なんか思ってることがあるらしいんですけど――あたしはね、知りませんよ、ただ」家政婦はなにやら恥ずかしそうな顔になった。「この子は、あのお嬢さんが嚙まれたのは、変なもののせいだって」

私は問い返した。「変なもの？　どういう意味ですか？」

ベティが、ベイズリー夫人の肩から、顔をあげて叫んだ。「この館には、なんか悪いものがいるんです！　そいつが、悪いことを起こすんです！」

私はしばらく彼女を見つめていたが、やがて、片手をあげて顔をこすった。「ベティ」

「ほんとです！　あたし、感じたんだもん！」

ベティは私とベイズリー夫人の顔を交互に見ている。灰色の眼を見開き、かすかに震えている。しかし、私はまた、これまでに何度かやりとりした経験で、彼女が内心、騒ぎを起こして注目されるのを愉しんでいる気がした。私は少し苛立って言った。「なるほど。疲れているんだ、悲しくてしかたがないってことだよ、私たちみんなが」

「疲れてるせいじゃないですってば！」

「もういい！」私はきつく遮った。「馬鹿なことだとわかっているだろう。この領主館はたしかに大きくて、寂しいかもしれないが、きみはもう慣れたんじゃなかったのか？」

「慣れました！　けど、違うんです！」

「違わない。ここには何も悪いものなんていないし、幽霊もお化けもいない。ジップとあのかわいそうな子に起きたことは恐ろしい事故だ。それだけだ」

「事故じゃない！　悪いやつが、ジップになんか、こそっと喋ったか――つねったんです」

「きみは、その声を聞いたのか？」

ベティはしぶしぶ答えた。「いいえ」

「そうだ。そして、私も聞いていない。あのパーティーに出席していた人間は、誰ひとりとして聞いていない。ベイズリーさん、あなたはベティの言う〝悪いやつ〟の気配なりなんなり、見聞きしたことがあるんですか？」

ベイズリー夫人はかぶりを振った。「いいえ、見たことありませんよ、先生。ここでおかしなものなんて、見たことありません」

「あなたはこの領主館に何年くらい通《かよ》ってるんです？」

「そうだねえ、十年くらい」

「わかっただろう」私はベティに向き直った。「これで安心したね？」

「しませんてば！　ベイズリーさんが見たことないからって、ほんとじゃない理由にはならないもん！　もしかしたら——新しいお化けかもしれないもん」

「ああ、いいかげんにしないか！　そう、いい子だから、涙を拭きなさい。それから」私は言い添えた。「こんなことを奥様やキャロラインお嬢様に、ひとことでも言っちゃいけない。いま、いちばんそんなことを聞きたくない時だからね。おふたりとも、きみに親切にしてくださるだろう？　ほら、七月にきみが病気になった時に、わざわざ私を呼んでくださったのを覚えているだろう？」

そう言いながら、ベティの顔をじっと見た。私の言葉の意味を理解して、ベティは赤くなった。しかし、赤面しつつも、その表情はいっそうかたくなになった。そして、ぼそりともらした。「ここには、い、いるんです！　い、いるんだってば！」

そう言うと、ベイズリー夫人の肩に顔を埋めて、また激しく泣きだした。

5

無理もないとはいえ、それから何週間も、ハンドレッズ領主館の日常はひどく変わり、活気が失せて、悲しいものとなった。ひとつには、単純にジップの不在に慣れることができないという寂寞感。季節柄、日々はくすみを増してきたとはいえ、部屋から部屋へとことこ走りまわる犬の姿がなくなった領主館は、まるで命が失われたように暗く沈んでいた。私はロデリックの脚の治療で週に一度、通《かよ》っていたが、次第にこの領主館の住人のように、抵抗なく自由に出入りできるようになっていた。そしてときどき、扉を開けながら無意識のうちに、かちゃかちゃと犬の爪が床をひっかく音を聞き取ろうとしたり、視界の片隅にはいった黒い影を、本気でジップだと思って振り返ったりした――そしてそのたびに、すべてが頭の中に蘇り、胸が締めつけられた。

私がそう言うと、エアーズ夫人はうなずいた。彼女もまた、ある雨の午後に廊下に立っていた時、上階で犬が走りまわる音がする、と思ったそうだ。あまりにはっきり聞こえるので、おそるおそる見にいこうとして――床板を犬の足が叩くような音は、実は壊れた樋から雨がこぼれているのだと気づいたらしい。ベイズリー夫人にもまた、似たようなことがあった。彼女はボウルの中でパンと肉汁をまぜ、いつもジップにしてやっていたとおり、扉の脇にボウルを置いたのだ。三十分ほど放置して、いったい犬はどこにいるのかと考えていたが——やっと、死んだことを思い出して、叫びだしそうになった。「変なのは」家政婦は言った。「あたしがそんなことをしたのは、ジップが階段をおりて地下に来たのが聞こえたと思ったからなんですよ。あの犬が年寄りみたいに、はっはって息をしてたの、覚えてるでしょう、先生？　あれが聞こえたって、あたしはほんとに思ったんですよ！」

かわいそうなキャロラインは——いったいどれだけほかの音をジップの爪の音と聞き違え、影を見ては振り返っていたのか、想像もつかない。彼女はバレットに命じ、庭園の花壇の一角に大理石の墓標が並ぶ風変わりな小さい動物霊園に、ジップの墓を掘らせた。そして、領主館の中を陰気な足取りで歩きまわり、犬のためにあちこちの部屋に置いてあった水入れや毛布を集め、片付けた。けれどもその間じゅう、彼女はショックと悲しみを心の内に押し隠していて、それがあまりに完璧だったので、私は不安になったほどだ。ジップを眠らせたあの惨めな朝のあと、初めてハンドレッズ領主館を訪れた日に、まずキャロラインを探して私たちの間に悪い感情が残らないようにしたかった。けれども、元気かどうかと訊ねると、彼女は抑揚のない無機質な声で答えた。「元気です。全部、問題は解決したでしょう？　先日は不躾な口をきいて申し訳ありませんでした。先生のせいではないのに。ちゃんとわかっています。もう終わったんです。そうそう、ちょっとこれを見てください、昨日、上階の部屋で見つけたんですけど——」そして、どこかの引き出しから掘り出してきた骨董品まがいの安物の装身具をいくつか並べてみせた。そして、二度とジップのことは口に出さなかった。

この話を無理強いできるほど、キャロラインを理解していると自惚れてはいなかった。しかし、母親には彼女のことを話した。夫人は娘が〝自分のやりかたで立ち直る〟と考えているようだった。

「キャロラインはむかしから感情を表さない子でした」夫人はため息まじりに言った。「でも、とても賢くて分別のある子で。だから、下の子が大怪我をして戻ってきた時、家に戻ってもらったんですの、弟の面倒を見るようにって。あのころは、本物の看護婦と同じくらい、役にたってくれましたわ……そういえば、最新のニュースをご存じ？　ロシターさんが今朝、教えにきてくれましたのよ。ベイカー＝ハイドさんは引っ越されるみたいですわ。お嬢さんをロンドンに連れて帰るのですって。スタンディッシュ館はかわいそうに、また売りに出されるそうですわ。でも、結局、いちばんよかったと思いますの、キャロラインやロデリックやわたくしがこの先いつまでも、リドコート村やレミントンの町であの一家とばったり会うかもしれないなんて、想像するだけでぞっとしますわ！」

私もまた、その知らせにほっとしていた。これからもベイカー＝ハイド家の人々と、いつ顔を合わせるかわからない状況は、エアーズ夫人と同様に私も望んでいない。州の新聞各紙がこの件にやっと興味を失ってくれたこともありがたかった。地元の噂話については、どうこうすることはできないし、私がこの事件に関与していると知って、患者や同僚がときどき話題にすることはあるけれども、とにかくこの件が蒸し返されそうになるたびに、私は火消しにつとめた。すると、すぐに話はおさまった。

それでも、私はキャロラインを案じずにいられなかった。庭園を通り抜けるたびに、私は以前そうしていたように、彼女の姿を探した。とことこと走ってまとわりつくジップがいないキャロラインの姿は、ひどく惨めに思えた。車を停めて話しかけると、彼女は前とほとんど変わらない様子でお喋りにのってきた。ずっとそうだったように、頑健で健康そのものに見えた。ただ顔だけが、この数週間の苦悩の名残を隠しきれず、見る角度によっては、いままでにないほど色褪せ、荒れ果てていた——まるで犬を失くすと同時に、彼女の最後の陽気さと若さのかけらを失ったかのように。

＊

「キャロラインは自分の気持ちをあなたに話しますか？」十一月のある日、私は彼女の弟に脚の治療をしながら訊いた。

彼はかぶりを振って、顔をしかめた。「話したがらないから」

「あなたが……キャロラインの気持ちを引き出してあげられませんか？　少し、心を開かせてあげられませんか？」

渋面がいっそう渋くなる。「やれないことはないけど。でも、そんな時間がいままでなかったし」

私は軽い口調で言った。「お姉さんのための時間も？」

彼は答えなかった。考えこむうちに表情が険しくなり、どう答えればいいかわからないのか、ふいと横を向いた。実のところ、この時点では、私はキャロラインよりも彼の方が気がかりだった。ジップとベイカー＝ハイド家の一件が、彼女を深く傷つけたのは理解できるのだが、ロデリックもまた、すっかり打ちのめされるほどの衝撃を受けていることに、私は面食らっていた。彼がいつも何かで頭をいっぱいにし、自分の中に閉じこもり、自室で長い時間、仕事ばかりしていることが問題なのではない。もともと何ヶ月もの間、彼はそんな調子だった。そうではなく、特別な何かがロデリックの表情の裏にいつもいつも、ちらちらと見えるのだ。何かを知っているという心の重荷だろうか、それとも恐怖だろうか。

　彼の母親に言われたことを、私は忘れていなかった。パーティーの夜に夫人が見たロデリックの奇矯な振る舞いを。いまの彼の変化に何か原因があるとすれば、それが始まりに違いない。私は何度か、それについて話そうとしたのだが、ロデリックはそのたびに沈黙したり、はぐらかしたり、私を黙らせたり、うまくごまかしてしまうのだった。もしかすると、私はそのまま彼の好きにさせておくべきだったのかもしれない。寒さが忍び寄り始め、例年どおり冬の風邪が蔓延し、往診の数が増えていたので、当時の私は特に忙しかったはずだ。それなのに、私の勘が、どんなことがあってもこの問題を放置するな、と呼びかけてくる。そしてまた、ほんの三、四週間前とは違って、私はこの一家を他人とは思わなくなっていた。だから、電極を彼の脚につけて、スイッチを入れながら、私は自分の懸念をありのままに話した。

　ロデリックの反応に私は仰天した。

「それが母さん流の秘密を守るってことか」椅子の上で怒りに身体を震わせている。「ああ、こうなるってわかってなかったのは、ぼくが馬鹿だったのさ。で、母はなんて言ったんです？ぼくが鬱病だとでも？」

「あなたのことを心配していましたよ」

「はっ！　ぼくはただ、あんな馬鹿げたパーティーに出たくなかっただけだ。頭痛がひどくて。部屋でおとなしく酒を飲んだ。そして寝た。それが犯罪になるってのか？」

「ロデリック、もちろん違います。ただ、そうじゃなくて、お母様の話では――」

「まったく。母はなんでも大げさなんだ！　あることないこと妄想して、年がら年じゅう！　そして、鼻の下についてるでかい――いや、忘れてください。母が、ぼくの頭がイカレたと思いたいんなら思わせとけばいい。どうせ、何も知らないんだ。誰も何も知らない。もし知ってたら――」

彼は言葉をのみこんだ。あまりの真剣さに面食らいながらも、私は訊ねた。「もし知っていたら？」

ロデリックは身を硬くし、心の中で自分と闘っているようだった。やがて「いや、忘れてください」と、再び言った。そして、突然、勢いよく前にかがむと、脚と装置を結んでいるワイヤーをつかんで引きはがした。「これもみんな忘れてください。もううんざりだ。こんなもの、なんの効き目もない」

電極がワイヤーからはずれて、床にばらばらと転がる。ロデリックは脚に巻きつけたゴムバンドを引っぱってはずし、よろよろと立ちあがり、ズボンの裾を上まで巻きあげたまま、靴もはかずに素足で机の前に歩いていくと、私に背を向けて立ったまま動かなくなった。

その日はもう治療を諦めて、癇癪《かんしゃく》を起こした彼のそばを去った。翌週、彼の方から詫びてきて、私たちはいつもどおりの治療をおこなった。彼はずいぶん落ち着いたようだった。しかし、その次に訪問した時には何か新しいことが始まっていた。領主館に着いてみると、彼は鼻梁に切り傷を作り、眼に黒い痣ができていた。

「そんな眼で見ないでくださいよ」私の表情を見て彼は言った。「もう朝からずっとキャロラインがぎゃあぎゃあ騒いで、打ち身にベーコンを貼りつけろだのなんだのとうるさいんだから」

私は彼の姉を見やり――キャロラインはこの弟の部屋で、弟の隣に坐っていたが、どうも私を待っていたように思えてならない――そのあと、ロデリックに歩み寄って、両手で彼の頭をはさみ、窓からはいる光で顔を照らした。

「これはいったいどうしたんです?」

「どうしようもなく馬鹿なことだから」彼はうるさそうに、顔を私の手からはずした。「くだらなすぎて言いたくもない。夜中に目を覚まして、そう、それだけです、トイレによたよた歩いていったら、馬鹿が――つまり、ぼくが――ドアを開けっぱなしにしといたものだから、戸の角にぶつかっただけで」

「気絶したんですよ」キャロラインが言いつけてくる。「ベティが見つけてくれなかったら――舌を咽喉に詰まらせるか何かして、窒息してたかも」

「何言ってんだよ」弟が言い返す。「気絶なんかしてない」

「したでしょ！　床でのびてたんですよ、先生。しかも、ものすごい声をあげるんだもの、地下のベティまで、目を覚ましたんですって。かわいそうに、泥棒だと思ったみたい。そーっと起きてきたら、この子が倒れてたんですって。賢いベティはわたしを起こしにきてくれたんです。わたしがおりてきた時もまだ死んだように倒れてたんですよ」

ロデリックは顔をしかめた。「話半分に聞いてください、先生。まったく大げさなんだから」

「大げさじゃないわよ、わかってるくせに」キャロラインは言った。「意識を取り戻させるのに、顔に水をかけなきゃならなかったんだから。やっと気がついたと思ったら、全然、感謝もしないでものすごく汚い言葉で、ほっといてくれって、わたしたちに文句――」

「わかったよ。つまり、ぼくが馬鹿だってことがこれで証明されたわけだ。だけど、それはさっきぼくが自分の口で先生に言った。だから、もういいだろ」

彼の口調は鋭かった。キャロラインは一瞬、狼狽した顔になったものの、なんとか話題を変えようとした。しかしロデリックは話に加わろうとせず、彼女と私が喋っている間じゅう、ふくれっ面で黙りこんでいた。そして、初めて、私が治療に取りかかろうとすると、即座に拒否した――また「もう、うんざりだ」と繰り返し、「こんなもの効き目がない」と言い張って。

キャロラインは弟をびっくりして見つめた。「まあ、ロッド、そんなの嘘だって、自分でもわかってるくせに」

ロデリックはぶすっと答えた。「ぼくの脚だ」

「でも、ファラデー先生にはこんなにお手数をおかけして、ご親切にいろい――」

「ふん、ファラデー先生が人の世話を焼きたがるのは、大きなお世話だってことを知らないからだろ。もううんざりだ、あっちこっちいじくられるのは！　それとも、ぼくの脚もほかの家具と同じ、財産ってわけか？　修理して、すり減るまでなんとか使おうって？　根元まですり減るまでがんばれって？　そう思ってるんだろ？」

「ロッド！　いいかげんにしなさい！」

「いいんですよ」私は穏やかに言った。「ロッドがこの治療を受けたくなければ受ける必要はないんです。料金が発生しているわけでもありませんし」

「でも」キャロラインは聞いていなかったように続けた。「先生の論文が――」

「論文なら十分に書きあがっています。ロッドも、すでに最大限の効果が出ていることがわかっているんでしょう。いま私のやっていることは、筋肉の状態を維持しているだけです」

ロデリック本人は私たちから遠ざかり、口をきこうとしなかった。結局、私たちは彼をそっとしておくことにし、居間で待つエアーズ夫人のもとで、やや沈んだ雰囲気のお茶に呼ばれた。しかし、帰る前にそっと地下に行き、ベティと話してみると、キャロラインの話してくれた前の晩の出来事が本当であると裏打ちされた。ベティによれば、ぐっすり眠っていると、叫び声がして目が覚めたのだそうだ。寝ぼけていたベティは、主人一家の誰かに呼ばれたのかと思い、半分眠りながら上階に向かった。するとロデリックの部屋の扉が開いていて、本人が顔から血を流して倒れていたのだが、真っ青な顔でぴくりとも動かないので、一瞬、死んでいるのかと思ったベティは、〝もうちょっとで悲鳴をあげるところだった〞らしい。が、気を取り直すと、走ってキャロラインを呼びにいき、ふたりで力を合わせてロデリックの意識を取り戻させようとした。彼は眼を開けたものの、〝罵って、変なことばっかり言ってた〟そうだ。

私は訊ねた。「変なことというのは?」

ベティは眉を寄せて、思い出そうとしていた。「変なことです。わけわかんない感じ。歯医者さんに麻酔のガスを嗅がされた時みたいに」

それ以上のことは聞き出せなかったので、この問題はおいておくことにした。

しかし、その二日後――ロデリックの眼の青痣はキャロラインの言う〝緑っぽくて黄色っぽい〟かなりましな色になったものの、完全に消えるにはまだまだ時間がかかるという状態だったが――彼はまた小さな怪我を負った。彼は再び夜中に起き出し、室内を〝ぶらぶら〟歩いた。今回は足乗せ台がいつもの場所を離れて、なぜかロデリックの進路に置かれていたので、彼はつまずいて倒れ、手首を怪我した。ロデリックは、この事故をできるだけつまらないことのように話そうとし、〝年寄りの好きにさせてやる〟という態度を取りながら手首を私に手当てさせた。しかし、腕の様子や、私が触れた時の反応を見るに、かなりひどい捻挫のはずなので、彼の態度に私はただ困惑した。

のちに、そのことについて彼の母親に話してみた。彼女はすぐに不安を示した――いまではおなじみとなったように、両手をよじって昔風の指輪をひねり始めたのだ。

「いったいどういうことだと思われます?」夫人は私に訊いてきた。「あの子はわたくしに何も話してくれません。何回も訊いたのですけれど。あの子は絶対、ちゃんと寝てないんです。

考えてみればわたくしたちの誰も、いまはきちんと寝ていませんことね……でも、夜中にしょっちゅう歩きまわるなんて！　健康によくありませんでしょう？」

「奥様はロッドがつまずいたと思っておられるわけですか？」

「でなければ、なんですの？　倒れていたあの子の脚は、いままでにないくらい強張っていましたわ」

「それはそうでしょう。しかし、足乗せ台につまずいた？」

「あら、だってあの子の部屋はいつも散らかっていますもの。いつもですわ」

「でも、ベティが片付けていないんですか？」

私の声に気づかう調子を聞き取ったのだろう、夫人の視線が怯えるように鋭くなる。「先生は、まさか、あの子が本当に、どこかが悪いとお思いですか？　またあの頭痛にいまも悩まされていると？」

それはすでに私も思いついたことだった。手首に包帯を巻きながら、頭痛はしないかと訊いたのだが、彼は、ふたつのちっぽけな怪我を除いては身体の不調は何ひとつない、と答えた。本心からそう言っているように見え、疲れているようではあるが、彼の眼にも物腰にも、見た目全体に、特にこれといって病気の兆候は見えなかった。ただ、つかまえどころのない何かが、残り香のように、影のように、かすかに感じられて、私はそれが気になり続けている。彼の母親があまりに心配そうなので、これ以上、不安をあおりたくはなかった。パーティーのあと、あらためて会った晩に夫人の流した涙が忘れられない。私は、きっと私の取り越し苦労だ、と夫人に言った――いかにもつまらないことのように。ちょうど、ロデリックがそう装ったように。

だが、このことを別の人間と話しあいたいと思うくらいには気になっていた。だから、同じ週の別の日に、私は口実を設けて領主館を訪れると、キャロラインを探して、ふたりきりで話そうとした。

彼女は図書室にいた。足を組んで床に坐っているキャロラインの前には、革装の本を積んだトレイがある。キャロラインは革表紙に羊毛脂《ラノリン》を擦りこんでいるのだった。北の窓からはいってくる光は、やっと作業ができる程度の明るさしかない。最近はじめじめした天気が続いて、よろい戸が歪み、結局、片側だけ、しかも途中までしか開けられなくなってしまったのだ。書棚のほとんどに、まるでたくさんのとばりのごとく、白いシーツがかけられている。キャロラインが暖炉に火を入れていないので、室内は冷えきって陰気だった。

何もない平日の午後に私が来たのを見て、彼女は驚きながらも嬉しそうだった。

「すてきな古書でしょう、ほら」なめし革の表紙の小さな本を二冊、私に指し示した。羊毛脂を塗った装丁はまだ濡れたように光り、割ったばかりの橡《とち》の実の中身を思わせる。私はスツールを持って近づき、キャロラインの隣に腰かけた。彼女は本を一冊開いて、ページをめくりだした。

キャロラインは言った。「全然はかどらないんです。ついつい読む誘惑に負けちゃって。いまちょうど、ヘリック（英詩人。「恋せよ乙女」の詩が有名）の詩集を見つけたんですけど、ちょっとおもしろくて。ほら、これ」彼女がそっと表紙を開けると、本がきしむような音をたてた。「ちょっと聞いてください、何か思い出しますよ、きっと」そして、低音の気持ちよい声で朗読を始めた。

饗宴のご馳走の
肉は子山羊の舌
酒は山羊の乳
榛《はしばみ》をつぶしてパンをこね
金蓮花の色鮮やかなバタを塗り
そなたにふさわしき食卓は
雛菊と蒲公英《たんぽぽ》の広がる丘
坐るその丘に駒鳥が来るだろう
そしてそなたにくれるだろう
歌という名の美《うま》し肉を

彼女は顔をあげた。「ね、なんだか食料省の放送のために書かれたみたいでしょう？　ここにないのは配給切符だけだわ。つぶしたはしばみの実ってどんな味かしら」

「ピーナッツバターみたいなものでしょう、たぶん」

「そうね。ただちょっとまずいだけで」

私たちは顔を見合わせて微笑んだ。キャロラインはヘリックの詩集を置き、さっき私がここに来た時に手入れをしていた本を取りあげると、力強く一定のリズムで表紙をまたこすり始めた。けれども、私が自分の懸念を――ロデリックについて相談したかった事柄を――話すと、彼女の手の動きは鈍くなり、微笑みが消えていった。

キャロラインは言った。「ずっと考えていたんです、先生はどう考えているのかって。わたしの方から、相談しようと思っていました。でも、いろいろあったから――」

彼女がジップの件にわずかなりとも触れた、初めての言葉だった。言いながらうつむいた彼女の伏せられた目蓋は、かさかさの頰の上で腫れぼったく湿って、異様に生々しく見える。

「あの子は大丈夫だとしか言わないんですけど、嘘だってわかるんです。母だってわかってます。あのドアのことだってそうだわ。夜中にドアを開けっぱなしにして、どこに行こうとしたっていうの？　それに、あの子は大げさだとか言うけれど、本当にもう、うわごとみたいにわけのわからないことをわめいてて。わたし、ロッドが悪い夢を見てると思うんです。何もないのに、音が聞こえるって言うんですよ、いつもいつも」彼女は羊毛脂の壜に手を伸ばし、指先を浸した。「あの子はきっと先生に言ってないんでしょう、先週は夜中に、二階のわたしの部屋まであがってきたことを？」

「あなたの部屋に？」初耳だ。

彼女はうなずき、手を動かしながら私を見あげた。「あの子に起こされたんです。何時だったかわからないけど、とにかく夜明けよりもずっと前に。最初、何が起きてるのか、全然わからなくて。あの子、いきなりはいってきて、頼むから、物をあっちこっちに動かすのをやめてくれ、気が狂いそうだって、怒鳴るんですよ！　わたしが寝てたのを見て、大げさじゃなくて顔が緑色に——眼の青痣の痕みたいに緑っぽい黄色になって。ロッドの部屋は、わたしの部屋のほとんど真下でしょう？　あの子、一時間くらい、ベッドで横になったまま、わたしが床で何かを引きずってる音を聞いてたんですって。部屋の模様替えをしてると思ったって言うんですよ！　絶対、夢を見てたんだわ。だって、この領主館はいつもどおり、教会みたいに静かだったもの。でも、わたしと違ってあの子にとっては、夢が現実のように思えるみたいで、それが恐ろしくて。いつまでも落ち着かせることができなくて、とうとう、わたしのベッドに入れてあげました。わたしはすぐに寝ちゃったんですけど、ロッドは寝たかどうか。たぶん、朝になるまで、ずっと目を覚ましてたんじゃないかしら——何かを見張ってるとか、待ってるとか、そんな感じで」

彼女の話に、私は考えこんだ。「ロッドは意識を消失したとか、そういうことはないんですか？」

「意識を消失？」

「その、たとえば……発作を起こしたとか」

「ひきつけってこと？　あら、いいえ。全然、違うわ。わたしが若いころ、すぐにひきつけを起こす子を知ってたんです。よく覚えてます、あれは見てて怖かった。だから見間違えたりしません」

「しかし」私は言った。「発作というのは、全部同じというわけじゃない。だから、むしろそう考える方が辻褄は合うんです。怪我や、混乱ぶりや、おかしな行動や……」

彼女は半信半疑の表情でかぶりを振った。「どうかしら。そんなふうには思えないけど。それに、どうしていま急に発作を起こすんですか？　いままで発作なんてなかったのに」

「あったのかもしれません。あっても、あなたがたに話しますか？　癲癇《てんかん》の発作があることを話したがらない人は多いんです」

キャロラインは眉を寄せて、考え始めた。やがて、もう一度かぶりを振った。「いいえ、そうだとは思えません」

指から羊毛脂を拭き取り、壜の蓋を閉めると、彼女は立ちあがった。窓の細い隙間から見える空は、あっという間に暮れていき、室内はいっそう冷えて、陰気に暗く感じられる。「まあ、この部屋はまるで氷室ね！」キャロラインは両手にはあっと息をかけた。「すみませんけれど、これ、手伝ってくださいます？」

指し示されたのは、手入れを終えた本が山積みのトレイだった。私は進み出ると、ふたりでトレイを持ちあげ、テーブルにのせた。キャロラインはスカートの埃をはらうと、顔をあげずに言った。「ロッドがいまどこにいるか、知ってます？」

「ここに着いた時には、バレットと一緒に古い庭に向かって歩いてましたよ。どうしてですか？　ロッドと話した方がいいと？」

「いいえ、そういうわけじゃなくて。ただ——最近、あの子の部屋を見ました？」

「部屋？　いや、最近は。私を入れたくないみたいなので」

「わたしも入れたくないみたい。でも、一昨日、あの子がいない間に、何気なくはいってみたら、ちょっと――その、変なんです。先生の、癲癇の仮説の裏づけになるかどうかわかりませんけど。わたしはむしろ違うと思います。でも、一緒に来て、見てもらえますか？　バレットがロッドをつかまえてるんなら、当分、戻らないわ」

私は気が進まなかった。「それはまずいと思いますよ、キャロライン。ロッドはいやがるでしょう」

「そんなに長い時間はかかりませんから。それに、これはどうしてもじかに見てもらいたくて……お願いですから、来てくださいません？　もう、相談できる人はほかに誰もいなくて」

たしかに私もそう感じているからこそ、こうして彼女に会いにきているのだった。キャロラインがあまりに不安がっているので、私はそうすると言った。彼女は私を玄関ホールに導くと、ふたり揃って足音をひそめて、ロデリックの部屋に向かって廊下を歩きだした。

午後も遅く、ベイズリー夫人はすでに帰ってしまっていたが、アーチ天井の廊下の、使用人たちの領域とおもてを仕切るカーテンの向こうから、かすかなラジオの音が聞こえてくるのは、ベティが厨房で働いているのだろう。キャロラインはカーテンの方をちらりと見ながら、ロデリックの部屋の扉の取っ手を回し、金具のきしむ音に顔をしかめた。

「わたしがいつもこんなことをしてると思わないでください」中にはいりながら、キャロラインは囁いた。「もし誰かが来たら、本を探しているとかなんとか言ってごまかします。わたしが嘘をついても驚かないで……ああ、これです」

なぜか私は、キャロラインがロデリックの机の書類を見せようとしているのだと思っていた。しかし、彼女は閉めたばかりの扉のそばから動こうとせず、この裏を見ろという身振りをした。

扉は部屋の壁と揃いの、楢《なら》材の羽目板張りだった。ハンドレッズ領主館の何もかもと同様に、楢材は最高の状態とはいえなかった。この木材は、館の絶頂期にはさぞかし見事に、赤く艶やかに輝いていたことだろう。たしかに、いまなお実に印象的とはいえ、色艶は褪せ、かすかに条《すじ》が浮いて見え、ところどころの羽目板が縮み、ひび割れている。けれども、キャロラインの指差した羽目板には違う跡がついていた。それは胸の高さほどにある、小さな黒い、焦げ跡に似たもの――ちょうど、私が育った狭い長屋《テラスハウス》の床板に、母が洗濯しながらうっかりアイロンを置いた焦げ跡にそっくりだった。

私はキャロラインに目顔で問いかける。「これ、なんですか？」

「先生にはわかりません？」

私は近寄ってみた。「ロッドが蠟燭をつけてて、ここに倒してしまったとか？」

「わたしも最初、そう思いました。ほら、すぐそこにテーブルがあるでしょう。最近、発電機を使えないことが何度かあって、それで、ロッドがどうしてかわからないけどテーブルをここに動かして、蠟燭をその上でつけたまま寝てしまうか何かして、焦がしちゃったんじゃないかしらって。わたし、ぞっとして、あの子に言ったんです。こんな馬鹿なこと、二度としないでって」

「ロッドはなんと?」

「蠟燭なんか、もうずっと使ってないって言うんです。電気が使えない時には、そこのランプを使うって」彼女は、部屋の反対側の壁際に置かれた書き物机にのっている古いカンテラを指し示した。「ベイズリーさんもそう言いました。発電機が使えない時のために、地下室に蠟燭をいっぱい入れた引き出しがあるんですけど、ベイズリーさんの話じゃ、ロッドは一度も蠟燭を取りにきたことはないって。ロッドも、どうしてそんな焦げ跡がここについたのかわからないって。わたしに言われるまで、こんなものがあるなんて気がついてなかったんです。でも、あの子もこれのことがいやみたい。ロッドは——その、これを、怖がってます」

私はもう一度、扉に顔を寄せ、染みのような跡を指でなでてみた。煤もつかず、なんの匂いもせず、表面はまったくなめらかだ。じっくりと観察するうちに、この跡の上にかすかに粉のような、薄膜のようなものがかかっている気がしてきた——まるでこの跡が木材の奥から染み出てきたかのように。

私は言った。「これにあなたが長い間気づかなかったってことはないですよね?」

「ええ、それはないと思います。このドアを開け閉めする時に気がつくはずだもの。それに、覚えていません?——いちばん最初にロッドの脚を手当てしてくださった時のことを。わたしはちょうどここに立って、羽目板のことで文句を言ってました。あの時はこんな跡はなかったんです、絶対に……ベティはこんなもの知らないと言ってるし。ベイズリーさんも」

キャロラインがごく自然に、ベイズリー夫人はともかくとして、ベティの名を口にしたことに、私はおや、と思った。「ベティをここに連れてきて、跡を見せたんですか？」

「いまみたいにこっそり。わたしと同じくらい、びっくりしてました」

「本当にそう思いますか？　ベティが実はこの跡をつけてしまって、自分がやったと言い出せずにいるだけということは？　ランプを持ったまま、このドアのそばを通ったのかもしれませんよ。でなければ、何かをここにこぼしたのかもしれない。洗剤のような物を」

「洗剤？」キャロラインは繰り返した。「厨房の戸棚にはメタノールと液体石鹼より強い物なんてはいってないわ！　わたしがいつも使ってるんですから間違いありません。いいえ、ベティはたしかに癇癪持ちですけど、嘘つきだとは思いません――まあ、このことはとりあえずおいときます。昨日のことなんですけど、ロッドが留守の間に、わたし、もう一度この部屋を見てみたんです。何もおかしなものは見つからなかった――と、最初は思ったんですけど」

彼女が上を向いたので、私も上を見た。その跡は、いきなり目に飛びこんできた。今度のは天井に――あの石膏の格子細工が美しい、ニコチンで黄ばんだ天井についている。形のぼやけた黒い小さな染みは、扉についているものとそっくりで、これもやはり、誰かが炎かアイロンを近づけ、燃えない程度に石膏を焦がしたように見える。

キャロラインは私の顔をじっと見ていた。「教えていただきたいわ。いったいどんな不注意なパーラーメイドが、床から四メートル近くも上の天井に焦げ跡をつけられるのか」

私はしばらく彼女を見つめてから、天井の染みが頭の真上に来る位置まで歩いていった。眼をすがめて見あげながら、私は言った。「これは本当にさっきのと同じものですか？」

「ええ。わたし、わざわざ脚立を持ってきて確かめましたから。同じです、さっきのより不気味っていうだけで。だって、これの下には原因になりそうな物が何もないんですから――ロッドの洗面台しか。たとえランプをあそこに置いても天井までの高さが……おかしいでしょう」

「だけど、あれはたしかに火で焼けた跡なんですか？　たとえば、その、化学反応とか」

「古い楢材の羽目板や石膏の天井を自然にいぶして黒くする化学反応なんてありますか？　それにこれ。こっちを見てください」

眩暈《めまい》を覚えつつ、キャロラインのあとに続いて暖炉に向かうと、彼女は薪を入れる箱の反対側に置かれた、ヴィクトリア朝風のずっしりした足乗せ台を示した。それもまたもちろん、扉や天井と同じように、革張りの表面に小さな黒い跡がついている。

私は言った。「これは考えすぎじゃないですか、キャロライン。足乗せ台は何年も前から焦げ跡がついていたのかもしれない。そこの暖炉の火花が散ったとか。天井の跡だって大昔についたものかもしれませんよ。あったとしても、私なら気づきませんね」

「先生の言うとおりかもしれませんけど」キャロラインは言った。「ええ、本当にそうならいいんですけど。でも、おかしいと思いませんか、これとドアのことは？　あのドアにロッドはぶつかったんです、ほら、眼に青痣を作った日に。そして、あの子がつまずいたのは、この足乗せ台なんですよ」

「これだったんですか？」もっと小さな足乗せ台を想像していた。「でも、これはまるでソファみたいに重たいじゃないですか！　どうしてこんな物が、部屋の端からこんなところまで移動するんです」

「それを知りたいんです、わたしは。この気味の悪い跡はなんなんでしょう？　まるで、しるしでもつけられたみたい。もう気持ちが悪くて」

「それで、ロッドにはこのことは言ったんですか？」

「あの子にはドアと天井のは見せましたけど、これはまだ。見せた時の反応が変で」

「変？」

「なんだか……何か、隠してるみたいな。よくわかりませんけど。悪いことをしたみたいに」

キャロラインはその言葉をためらいがちに口にした。私はじっと彼女を見つめ、そして、その不安な考えに思い至った。私は小声で言った。「あなたはロッドが自分でこの跡をつけていると考えてるんですね？」

彼女は惨めな声で答えた。「わかりません！　でも、もしかして、夢遊病のせいとか――でなければ、先生がおっしゃった発作の一種とか。とにかく、あの子はほかのことをしたんですもの――あちこちのドアを開けたり、家具を動かしたり、自分で怪我をしたり。真夜中にわたしの部屋にあがってきて、わたしに部屋の模様替えをやめろと言ったり！――そんなことをするなら、こういうことをしてもおかしくないでしょう？」彼女は扉に視線をやると、声をひそめた。「それに、こういうことをするなら、ほかに何をするかわからないと思いません？」

私はしばらく考えた。「お母様に話しましたか？」

「いいえ。心配させたくなくて。それに、何を話せばいいんですか？　ただ、おかしな跡がふたつみっつついてるっていうだけだもの。どうしてこんなに悩んでるのか、自分でもわからないのに……いいえ、嘘だわ。わたしは知ってる」彼女はいっそうぎこちなくなった。「前にロッドのことで、いろいろ苦労したんです。ご存じですか?」

「お母様から少し聞きました」私は答えた。「お気の毒です。辛い思いをされたでしょう」

彼女はうなずいた。「あれは本当に、もう二度とあってほしくない、悪夢の時期でした。ロッドの全身の怪我がいちばんひどいころで、傷は見るのも恐ろしい状態で、脚はもうめちゃめちゃで、もう一生、歩くことはできないかもしれないと思いました。それなのにあの子は、少しも立ち直ろうとする努力をしないんです、だからわたし、もう腹がたって、腹がたって。ただ坐って、世をはかなんで、煙草をふかして――お酒も飲んでたんでしょう、きっと。あの子の乗ってた飛行機が墜落した時、航空士が亡くなったのをご存じですか? たぶん、ロッドはそのことで自分を責めてるんだと思います。誰のせいでもないのに――もちろん、ドイツ人のせいですけど。でも、パイロットにとって、乗組員を亡くすことは本当にこたえるんですって。航空士の子はロディよりも年下で、まだたった十九歳だった。ロッドはいつも言ってました、逆ならよかったのにって。航空士の子の方が、自分なんかよりも長生きする価値があったって。母とわたしがどんな思いでそれを聞いていたか、想像できるでしょう」

「ええ。ロッドは最近、またそんなことを言い出しましたか?」

「いいえ、わたしには。母にも、たぶん。でも、あの子の病気がぶり返したのかもしれないって、母が心配してるのがわかるんです。もしかすると、わたしたちは心配しすぎて、想像をたくましくしてるだけなのかもしれないけれど、でも、わからなくて。とにかく――おかしいの。何かが起きてるんです、ロッドのまわりで。まるで、あの子に疫病神でもついてるみたい。もう、全然、外出しようともしないんです、農場にさえ。ずっとこの部屋にこもって、書類仕事をしてるって言い張ってるんです。でも、見てください、これ！」

キャロラインはまず机を、そして、椅子の脇にあるテーブルを指し示した。でたらめに積みあげられた、手紙や台帳やカーボンコピーのタイプ用紙の山で、どちらもほとんど表面が見えない。「ロッドはこれにかかりっきりなんです。でも、わたしには絶対に手伝わせてくれなくて。あの子には自分なりの整理された手順があるってきかないんですけど、これが整理されてるように見えます？ あの子がこの部屋にはいることを許可しているのは、最近ではベティだけです。すくなくとも、ベティに床を掃かせたり、灰皿を片付けさせたりはしていますから……ロッドが少しここを離れてくれればいいんですけど。休暇を取るとかして。でも、あの子は絶対にそうしません。この領主館を離れようとしないんです。ここにいれば、何かが変わると思ってるのかしら！ ロッドが何をしたって、この領主館の運命は決まってるのに」どすん、と焦げ跡のついた足乗せ台に坐ると、彼女は膝の上で頬杖をついた。「ときどき思うわ、あの子はもう、この領主館のことは諦めればいいんです」

疲れたように、しかし、本音を打ち明けるように話す彼女は、眼をほとんど閉じていて、そのいくぶん腫れた目蓋の異様な生々しさが目についた。私は心がざわめくのを感じながら、彼女を見おろした。

「まさか、本気じゃないでしょう、キャロライン。ハンドレッズ領主館を失うことに耐えられるはずがない」

すると、彼女はまるでなんでもないことのような口調で言った。「あら、でも、わたしはもともと領主館を手放すことになってるんですから――ロッドが結婚したら。新しい当主夫人は、オールドミスの小姑に居坐ってほしくないでしょうし、もちろん姑とも同居したくないでしょう。そこが何より馬鹿げてるところなんです。ロディはどうにかしてこの館を守ろうと努力しているけれど、そのせいで疲れて、結婚相手を見つけるどころじゃなくて、ただ命を削っているばかり――あの子がいまの調子で続けるかぎり、母とわたしもこの館を離れるわけにはいきません。気がつけば、館はわたしたちにとってひどい重荷になっていて、もう無理して住み続ける価値なんて……」

彼女の声が途絶え、私たちは無言のまま、動けずにいた。隔絶された室内の静寂に、ひしひしと押し迫られ、私はあらためて三つの奇妙な焦げ跡を見直した。これは、と急に気づいた。ロデリックの顔や手の火傷《やけど》の痕にそっくりだ。まるでこの領主館が彼の不幸と苛立ちに――それともキャロラインの、もしくは母親の――家族全員の嘆きと失望に呼応して、自らに傷を生み出したかのようだ。考えただけでぞくりとした。キャロラインが、部屋や家具に跡が出現することを気味悪がる気持ちはよくわかった。

私は身震いしたらしい。キャロラインが立ちあがった。「ああ、すみません、こんな愚痴ばかりお聞かせして。先生には関係のないことなのに」

「いえ、ありますよ、ある意味」

「ありますか?」

「それはもう、一応、ロッドの主治医ですから、私は」

キャロラインは悲しげに微笑んだ。「でも、本当は違うでしょう? 先生もおっしゃったとおり、ロッドは料金を払っていないんですから。どう言いつくろっても、やっぱり、先生があの子を好意だけで治療してくださっているっていうのが事実だもの。本当に感謝していますけれど、もうこれ以上、先生のご好意に甘えて、うちの問題に引きずりこむことはできません。最初にこの領主館の中を案内した時に、わたしが言ったことを覚えてませんか? この館は貪欲です。わたしたちの時間も生気もすべてのみこんでしまう。このままでは、先生の時間も生気も、のみこまれてしまうわ」

一瞬、私は言葉に詰まった。この時、私の頭に浮かんだのは、ハンドレッズ領主館ではなく、私自身の住む部屋だった。こざっぱりとして、何もない、何も求めようとしない、まったく命のない部屋。私はそこに帰るのだ、冷肉と茹でたじゃがいもと気の抜けたビールが半瓶という、男やもめの夕食を取るために。

「本当に?」

私は力強く言った。「私が助けたいんですよ、キャロライン。社交辞令じゃありません」

「ええ。私もあなたと同じで、ここで何が起きているのかわかりません。だけど、真相を探り出す手助けをしたい。この腹ぺこの領主館と勝負をするつもりですが、心配しないでください。

これでも私は、意外と食えない男ですからね」

すると、キャロラインはやっとにっこり笑って、もう一度、ほんの一瞬、眼を閉じた。「ありがとうございます」

そのあとはもう、ぐずぐずしなかった。ロデリックが戻ってきて、見つかるのはまずい。そんなわけで、揃って図書室に戻ると、キャロラインが部屋を片付け、よろい戸を元どおりに閉めた。それから、不安を振りはらうように、彼女の母親の待つ居間に向かったのだった。

＊

しかし、続く何日か、私はロデリックの状態について悩み続けた。そして、その翌週の午後のことだ、すべてのかけらが合わさったのは——見方によっては、すべてのかけらが砕け散ってしまったのは。五時ごろに、リドコート村の中を通り抜けるように車を走らせていた私は、本通りにロデリックその人の姿を見つけて仰天した。以前なら、それは珍しくない光景だった。かつて彼は農場に行くために、よくこの道を通っていたのだから。しかしキャロラインが言ったように、最近の彼はハンドレッズ領主館をほとんど出ることがないうえに、見かけはまだまだ若い名家の青年で、オーバーコートにツイードの帽子をかぶり、革の肩掛け鞄のベルトを胸の前に斜めがけしたいまの姿には、重荷に苛まれているような空気が、間違いなく感じられた——その歩き方も、立てた襟も、落とした肩も、十一月の冷たい風に耐えているだけとは思えない。通りの端に車を寄せて、窓を開けて彼の名を呼ぶと、ひどくびっくりした顔で振り向いた。ほんの一瞬——見間違いではない——彼はまるで追いつめられた男のように怯えた表情を見せた。

ロデリックがゆっくり近づいてくると、どうして村に来たのかと訊いてみた。すると彼は、地元で大きな建設業を営むモーリス・バッブに会ってきたのだと答えた。州議会は最近、エアーズ家に残された最後の牧場を買いあげた。州はそこを新しい公営住宅地にする計画で、バッブがその仕事を請け負う。ちょうどいま、彼と最終合意に至る話し合いをしてきたのだと、ロデリックは言った。

「あの男はぼくを行商人か何かのように、オフィスに呼びつけたんですよ」彼は苦々しい口調で言った。「これがぼくの父なら、そんなことは思いつきもしなかったくせに！　もちろん、ぼくが言うとおりにするとわかってたんだ、あいつは。こっちには選択の余地はないって」

彼はコートの襟をかきあわせると、再び重荷に苛まれているような顔になった。土地を売ったことに対して、あまり多くの慰めの言葉をかけることができなかった。実のところ、このあたりにとても必要な、新しい住宅地ができると聞いて、私は内心では喜んでいたのだ。しかし、彼の脚が気になった。「ずっと歩いていってきたんですか？」

「いいえ。バレットがどうにかガソリンを工面してくれたので、車で」

ロデリックが本通り沿いに顎をしゃくった方向には、エアーズ家のものとひと目でわかる、古ぼけた黒と象牙色のロールスロイスが停められていた。「ここにたどりつく前に、何度ももうだめだと思いましたよ。いつ停まるか、ひやひやのし通しで。なんとかここまで帰ってこられましたけどね」

その口調は、以前の彼の口ぶりに近い。「そうですか、領主館までもってくれるといいですね！　ええと、急いで帰らなくてもいいんでしょう？　ちょっとうちに寄って、温まっていきませんか？」

「いや、できません」彼は言下に断った。

「どうして？」

視線が私の眼からそれた。「仕事の邪魔をしちゃ悪いじゃないですか」

「とんでもない！　夕方の診察まで一時間あります。この時間はいつもひまなんです。最近はあまり会えなかったでしょう。どうぞ、寄ってってください」

ロデリックはまったく乗り気でなかったが、私が軽い調子で根気よく説得を続けると、やっと〝五分だけなら〟寄っていくと同意した。私は車を停め、彼を自宅に連れていった。上階にはまったく火をたいていなかったので、調剤室に案内することにした。カウンターのうしろから椅子を持ってきて、古い亀ストーブのそばに別の椅子と並べて置いた。ストーブには、すぐに火を熾せるように熾火を残してある。火が大きくなるのを見守ってから身を起こした時には、ロデリックは帽子を取り、肩掛け鞄をはずして、ゆっくりと室内を歩いていた。彼が見ている棚には、かつてジル博士のものだった、風変わりな古いガラス鉢や器具をのせてある。

嬉しいことに、彼は少し機嫌がよくなっていた。「あれは、ぼくが子供のころに、夢にまで出てきてうなされた、蛭《ひる》のガラス鉢だ。ジル先生はあの中に、本当は蛭なんか飼ってなかったんでしょう？」

「残念ながら、飼ってたはずです。あの人は蛭治療を信奉する医者だった。蛭とか、甘草飴《かんぞう》とか、肝油とか。コートを脱いだらどうです？　すぐ戻ります」

そう言いながら、続き部屋になっている隣の診察室にはいり、机の引き出しを開けて、瓶を一本とグラスをふたつ取り出した。

「誤解しないでくださいよ」引き返して瓶を見せながら、私は言った。「六時前に酒を飲む習慣はありませんから。でも、あなたはちょっと景気づけがいりそうな顔をしているし、これはただのブラウンシェリーです。妊婦のために用意してあるんです。身ごもったご婦人は、祝いたくなったり――あるいは、ショックをやわらげるものが必要になったりするんですよ」

彼は微笑んだが、その微笑はあっという間に顔からこぼれ落ちた。

「ぼくもバッブに一杯振る舞われてきたところです。ブラウンシェリーどころじゃない！　契約の成立に乾杯するべきだって。乾杯しないと不運に襲われるって。こっちはもうとっくに不運に襲われてるって、もう少しで言うところだった。土地を売ったことも含めてね。はいってくる金だって――実はもう使っちまってるって言ったら、信じますか？」

それでも彼は、差し出したグラスを受け取ると、私のグラスに触れあわせた。驚いたことに、彼の手の中の酒はさざ波をたてており、たぶんその震えを隠すためだろう、素早くひと口飲むと、グラスの脚をつまんだ指の間でくるくると前後に回すように動かし始めた。椅子に移動し、私はあらためて彼を間近に見直した。ロデリックが腰をおろす動作には、妙に無機的な緊張が感じられた。身体の中に、予想のつかない動きをする不思議な小さい錘《おもり》がいくつもあるかのように。

私は軽い調子で言った。「ずいぶん疲れてるみたいですね、ロッド」

彼は手でくちびるを拭いた。手首に巻いたままの包帯は、いまでは土に汚れ、てのひらのあたりが擦り切れている。「今度の土地の切り売りのせいでしょうね」

「あまり自分ひとりの責任と思いつめない方がいいですよ。イングランドじゅうに、あなたと同じ立場にある地主は何百といるはずだ。今日、あなたがしたのとまったく同じことをしている人たちが」

「何千人といるでしょうね」彼は答えたが、声に力はなかった。「学生時代の知人や、空軍の同僚から、たまに便りがあるけど、みんな同じことを言いますよ。ほとんどが財産を全部食いつぶしてる。手に職をつけた奴もいるけど。親たちはプライドだけで生きてるし……今朝の新聞を見たら、どこかの主教様が〝ドイツ人の恥〟についてご高説をぶちかましてましたね。なんで誰も〝イギリス人の恥〟について書かないんだろう——普通の勤勉なイギリス人が、戦後は自分の財産や収入が煙のように消えていくのを、ただ見ていなければならない件について。一方で、バッブのような根性の汚いビジネスマンがうまくやっている。地縁も、血縁も、州とのつながりもない——あんなベイカー＝ハイドみたいな下衆が——」

声は咽喉で詰まり、途切れてしまった。彼はぐいと仰のいて、シェリーの残りを飲み干すと、指の間でグラスの脚を、前よりもいっそう落ち着きなく回し始めた。唐突にその視線は心のうちに向けられたようで、まるで手の届かないところに彼が行ってしまったような気がして、私は不安になった。ロデリックが少し身体を動かすと、私はまた、彼の体内で紐の切れた錘が勝手に転がり、危なっかしくアンバランスに身体を動かしているように感じた。

ロデリックがピーター・ベイカー＝ハイドの名を出したことに、私もまたうろたえていた。が、ふと気づいた。おそらくは、これこそが彼の心を悩ますものの正体なのだ。彼は、美しい妻と財産とりっぱな戦歴を持ったあの男に呪縛されている。私は前かがみに身を乗り出した。

「ねえ、ロッド。いつまでもこんな状態ではいけない。ベイカー＝ハイドにいつまでもとらわれていては。もう忘れなさい。なんでもいいから、自分の持っているものに眼を向けることです、持っていないものではなく。大勢の人間があなたを羨んでいますよ」

彼は奇妙な表情で私を見た。「ぼくを羨む？」

「そう！　まず、あなたの住んでいる家を見てごらんなさい。たしかに、あの家を維持するのが大変な仕事だというのはわかりますが、それはそれとして！　あなたがこんなふうに不満たらたらでいては、お母様やお姉さんを無駄に悲しませるだけだとわかりませんか？　最近のあなたはおかしいですよ。もし、何か悩みがあるなら――」

「ああ、もう！」彼は激昂した。「あのクソ領主館がそんなに好きなら、あんたがあれを維持すればいい！　いったいどうするつもりか、お手並み拝見といきたいもんだ。あんたは何も知らない！　もし、ぼくが少しでも、ほんの一瞬でもやめたら――」彼は言葉をのみこんだ。華奢な咽喉で、咽喉ぼとけが痛々しく上下に動く。

「やめるって何を?」私は訊いた。

「維持するのを。守り続けるのを。あのどうしようもないでかぶつが、毎日毎秒、いつ崩れ落ちて、ぼくや姉や母を押しつぶそうとしてるのか、わからないんですか? そうだよ、あんたらは何もわかっちゃいないんだ、誰も、誰も、誰も! もう、いやだ、もう!」

彼は椅子の背もたれに手をかけ、立ちあがろうとしかけたが、急に気が変わったように、すとんと坐った。いま、彼は本当に震えている——動揺しているせいなのか、怒りのせいなのか、わからないが、私は一、二分眼をそらして、彼が気を取り直す猶予を与えようと思った。ストーブの火が思ったほど大きくならない。私は椅子を離れて、通風装置を調節した。そうしながら、私はロデリックがそわそわし始めたことに気づいた。ほどなく彼の動きは激しくなり、その様子はあまりにも不自然だった。「くそ!」絶望した声で、ひそやかにもらすのが聞こえた。あらためて振り返ると、彼は真っ青で、熱病にかかったように汗をかき、震えていた。

愕然として、私は立ちあがった。一瞬、やはり彼が癲癇持ちだという私の考えは正しかったのだと思った。眼の前で、発作を起こしかけているのだ、と。

しかし、彼は片手で顔をおおって叫んだ。「見ないでください!」

「え?」

「ぼくを見ないで! そこに立ってて」

それで、気づいた。彼は病気ではない。ただ、どうしようもないパニックに襲われただけで、私にそんなところを見られて、いっそう取り乱しているだけなのだ。私は彼に背を向けると、窓辺に近づき、立ったまま、埃だらけのレースのカーテン越しに外を見た。いまもまだ、あのつんとする、埃くさい匂いを覚えている。私は口を開いた。「ロッド――」

「ぼくを見ないでったら！」

「見てませんよ。外を見ています、本通りを」彼の速い、ぜいぜいという息づかいと、涙をのみこむ音が聞こえる。私はできるだけ落ち着いた声を出した。「私の車が見えます。あれはもう洗って、磨かなきゃならないな、だいぶひどい。あなたの車が少し離れたところに見えます、あれはもっと汚れてますね……ああ、ウォーカーさんと坊やが歩いてきた。あれは、デズモンドの店から出てきたのは、エニードか。なんだか怒った顔をしてるな。帽子も曲がってる。クラウチさんが玄関先に出てきて、布を振ってる……もう見てもいいですか？」

「いや！　そのままでいてください。ずっと話して」

「ずっと話してるんですね、いいでしょう。しかし、こうやって話し続けるのは難しいもんですね、ずっとやめないで喋りっぱなしというのは。そもそも私は、むしろ人の話を聞く方が慣れてるんですよ。考えたことがありますか、ロッド？　私の仕事で、人の話を聞くことがどんなに多いか。よく思いますよ、我々のようなかかりつけの医者というのは司祭みたいなものだなって。みんな、自分たちの秘密を話します。医者がそのことで批判しないのを知っているからです。みんな、医者がそれこそ素っ裸に何もかもさらけ出す人間を見慣れてるのを知ってるんです……そういうのが嫌いな医者もいます。あまりに人の弱い部分を見すぎて、人間というものに対して軽蔑の念を育ててしまった医者をひとりふたり知っている。そして何人もの医者が——あなたの想像するよりもっと多くの医者が——酒に走る。しかし、それ以外の私たちのような医者は、謙虚になります。ただ生きるということ、それがどんなに辛く難しい仕事なのかを、私たちは知る。ただ生きるということ。戦争は言わずもがな、その他もろもろの次から次に降りかかる災難、守らなければならない土地や農場……それでも多くの人々は、どうにかこうにか、最後にはなんとか乗り切るんです……」

私はゆっくりとロデリックに向き直った。彼はひどく歪んだ表情で私の眼を見たが、何も言わなかった。全身がねじ切れるほどに緊張しきって、口を固く閉じ、鼻だけで息をしている。顔からは血の気が引いている。ひきつれた傷痕のつるつるした肌さえ色を失くしていた。あるのは眼のまわりの黄緑色だけだった。頬は濡れていた。汗か、それとも涙だろうか。けれども、峠は越えたらしく、私の見守る前で少しずつ落ち着いてきていた。歩み寄って、煙草の箱を差し出すと、彼はありがたそうに一本抜き取ったが、私が火をつける間、両手で口元の煙草をしっかり押さえていなければならなかった。

彼が途切れ途切れに最初の一服の煙を吐き出すと、私は静かに言った。「何があったんです、ロッド?」

彼は顔をぬぐうと、うなだれた。「何も。もう大丈夫です」

「大丈夫なはずがない! 鏡を見てごらん!」

「気を張っていたせいです——ずっと守り続けようとして。ぼくがくじけるのを待ってるんだ。でも、ぼくは絶対に負けない。だけど、あっちはそんなことお見通しだから、ますますきつくなってくる」

あいかわらず息を切らし、惨めな声なのに、その口調はしっかりしている。とはいえ、彼の言葉と仕種から溢れる、苦悩と理性がないまぜになった激情が、あまりに私の心をかき乱す。私は椅子に戻り、腰をおろして静かに問いかけた。「何があったんです？　何かがあるのはわかってます。話してみませんか？」

彼は頭をあげずに、上目づかいに眼だけを私に向けた。「話したいですよ」彼は惨めな顔であっさり答えた。「でも、話さない方が先生のためなんだ」

「どうして？」

「先生に……伝染するかもしれないから」

「伝染！　私は毎日、伝染病の患者の治療をしている、忘れないでください」

「そんなんじゃない」

「じゃあ、どういうものなんです」

彼は視線を落とした。「それは……とにかく、汚らわしくて」

ロデリックは嫌悪の表情や身振りと共にそう言ったのだった。そしてこの特殊な単語の組み合わせによって――〝伝染〟と〝汚らわしい〟――彼の悩みの正体がわかった気がした。あまりに驚き、うろたえたものの、彼の苦境とやらはそんな卑俗なことだったのかと、思わず笑いだしそうになった。「そういうことだったんですか、ロッド？　なんだ、それならもっと早く、私に相談してくれればよかったのに！」

彼はきょとんとして私を見た。私がもっとあけすけな言葉ではっきり言うと、ぞっとするような声でけたたましく笑いだした。

「ああ、まったく」ロデリックは顔を拭いた。「そんな単純なことならどんなによかったか！　ぼくの症状とやらを話せって――」彼の表情は虚ろになった。「話したって、信じてもらえない」

私は身を乗り出した。「話してみてください！」

「言ったでしょう、話したいのはやまやまなんだ！」

「それじゃ、最初に現れたのはいつなんです、その症状が」

「いつ？　いつかって？　あのクソったれなパーティーの夜ですよ」

なんとなく、それはずっと感じていたことだった。「お母様の話じゃ、頭痛がしたそうですね。それが始まりですか？」

「頭痛なんかどうってことない。ぼくがそう言ったのはただ、ほかのことを隠すためだ、本当のことを」

彼が迷い、苦しんでいるのがわかる。「話して、ロッド」

ロデリックは片手を口元に持っていき、くちびるを歯の間に押しこみ始めた。「もし、こんなことがばれたら――」

ここで私はしくじった。「約束します。誰にも言いませんよ」

彼は怯えた。「だめだ、そんなことは絶対に！　母にも姉にも言っちゃだめだ！」

「あなたが言ってほしくないなら、言いません」

「さっき、あなたは司祭みたいなものだって言いましたよね？　司祭は秘密を守るでしょう？　誓ってください！」

「誓いますよ、ロッド」

「本当に？」

「もちろんです」

彼は私から眼をそらすと、またくちびるをいじり始めた。あまりに長い間、黙っているので、また自分の殻にこもってしまったのだろうか、と思った。が、不自然な息づかいで煙草を吸うと、グラスを持った手を振った。

「いいだろう。もしかすると、他人に相談することで安心できるかもしれない。だけど、まず一杯もらえませんか。とてもしらふじゃ、話せない」

私はたっぷりと注いでやった——彼の両手はまだひどく震えていて、とても自分では注げなかっただろう——ロデリックはひと息で飲み干すと、もう一杯要求した。それも飲んでしまうと、おもむろに、ゆっくりとためらいがちに、あのベイカー＝ハイド家の少女が傷を負った夜に、彼の身に起きた出来事を話し始めた。

＊

ロデリックはやはり、最初からあのパーティーを開くことに乗り気でなかった。ベイカー＝

ハイド一家の噂は好ましいものではなかったから、というのが彼の言い訳だった。〝館の主人〟として振る舞わなければならない、と思うだけでも気が重いのに、三年以上も袖を通したことのない夜会服まで着なければならないとなると、道化になった気さえする。それでも、キャロラインのためだ、母を喜ばせるためだ、と協力するつもりでいた。問題のその夕方、彼は本当に農場の仕事で遅くなった。もちろん、皆に〝わざとぐずぐずしている〟と思われるのはわかっていたが、マキンズが何週間も前から予言していたとおり、農場のポンプがとうとう完全にいかれてしまったのだ。まさか、壊れたポンプをそのままにして農場を離れるわけにはいかない。ロデリックは空軍生活のおかげで、並みの修理工程度の知識も技術もあった。マキンズの息子と協力してポンプを修理し、どうにか直ったころには八時をとっくに過ぎていた。庭園を突っ切り、庭に面した扉から領主館の中にはいった時、ベイカー＝ハイド一家とモーリーがちょうど正面玄関に着いたところだった。ロデリックはまだ作業服姿だったうえ、埃と機械油で汚れていた。二階に行って、家族の浴室を使うひまはない。とりあえず、自分の部屋の洗面台に湯を張って、それで間にあわせようと考えた。呼び鈴を鳴らしたが、ベティはサロンの客の相手で手いっぱいだった。しばらく待って、もう一度呼び鈴を鳴らした。とうとう厨房におりていき、自分で湯を持ってきた。

ここで最初のおかしなことが起きた。夜会服はベッドの上に広げて、すぐに着られるようにしてあった。元軍人の多くがそうであるように、彼は服に関しては几帳面で、この日もあらかじめ自分で礼服にブラシをかけ、すっかり用意を調えていた。厨房から戻って、急いで身体を洗った彼は、ズボンとシャツを身につけ、カラーを探した——が、見つからなかった。上着を持ちあげ、その下を見た。ベッドの下を見た——どこもかしこも、ありそうな場所も、なさそうな場所も探した——いまいましいカラーは、どこにもない。とにかく腹がたつのは、問題のカラーがもちろん、いま着ているシャツに合わせる夜会服用のカラーだからだった。継ぎを当てていない、裏返してもいないカラーは、もうそれしか残っていない。だから、引き出しに行って、もう一本取り出せばいい、という簡単な話ではなかったのだ。

「まったく馬鹿馬鹿しい話でしょう?」彼は惨めな声で言った。「ぼくだってその時に、もうわかってましたよ、どれだけ馬鹿馬鹿しいか。もともと出たくなかったパーティーだったとはいえ、ぼくは一応——招待主なんだ、ハンドレッズ領主館の当主なんだ!——それが、みんなを待たせて、馬鹿みたいに部屋じゅうを探しまわってる。理由は、ぼくがまともなスタンドアップカラーをたった一本しか持ってないから!」

ベティがエアーズ夫人に言われてロデリックの様子を見にきたのは、ちょうどこの時だった。彼は問題について話すと、ベティにカラーをどこかに動かしたかと訊いた。彼女は、今朝、洗濯物を持ってきた時に見たっきり、触っていないと答えた。「じゃあ、一緒に探してくれないか?」そう頼むと、ベティもしばらく一緒に探してくれた——彼がすでに見たところもすべて確認したけれども、結局見つからない——ついに、何もかもがいやになって、すっかり頭にきた彼は〝悪いことをしたと思うけれど、ずいぶんきつい口調で〟、もういいから、とっとと母のところに戻れと怒鳴った。ベティが行ってしまうと、ロデリックは探すのを諦めた。引き出しに歩み寄り、普段使いのカラーでなんとか代用できないかやってみることにした。もし、ベイカー＝ハイド夫妻がそこまで正装していないと知っていれば、そんなにも心配せずにすんだだろう。しかし、この時のロデリックの頭に浮かぶのは、〝だらしない学生〟のような恰好をしてサロンに現れた時に、母が向けてくる失望した顔だけだった。

するともっとおかしなことが起きた。腹をたてたまま引き出しに向かって歩いていくと、ほかに誰もいないはずなのに、背後で音がした。ぱしゃん、という音がかすかに、しかし間違いなく耳に届いたので、すぐに、洗面台に置いた物が洗面器の中に落ちたのだろうと思った。振り向いて――眼を疑った。水の中に落ちていたのは、なくなったはずのカラーだった。

考えるより先に洗面台に駆け寄り、すくいあげた。そして、カラーを片手に持ったまま、どうしたらこんなことが起こり得るだろうと考えた。カラーは洗面台にはなかった。断言できる。まわりには、カラーがすべり落ちてくるような台のたぐいは何もない――そもそもすべり落ちる理由がない。洗面台の真上にも、カラーをのせておけるような場所は、電灯も、フックも、何ひとつない――硬い真っ白なカラーがどうやって、まったく気づかれずに電灯やフックにいままでのっていられたのかはわからないとしても。ただ、頭上の天井の石膏細工に〝ごく小さな染み〟があるだけだった、とロデリックは言った。

この時点では、彼はただ困惑しただけで、気味が悪いとは思わなかった。カラーは石鹸水の中に落ちていたのだが、濡れたカラーとはいえ、カラーなしよりはましだと彼は判断し、できるだけ乾かすと、鏡台の前に立ってカラーをシャツにつけ、ネクタイを締めた。あとはカフスボタンを留め、髪を梳《と》かしてグリースでなでつければ、準備は整う。彼は正装用のカフスボタンをしまってある小さな象牙のケースを開けた。ケースはからだった。

あまりに馬鹿馬鹿しく、苛々して、思わず笑いだしてしまった、と彼は言った。この日はじかにカフスボタンを見たわけではないが、朝、指がたまたまケースにぶつかった時に、中で何か小さな金属が転がるような音がしたのを覚えている。それ以来、ケースには触っていない。ベティやベイズリー夫人がカフスボタンをどこかに移したとは思えないし、キャロラインや母が部屋に来て持ち去るはずもない。そもそもそんなことをする理由があるか？　頭を横に振ってあたりを見回し、部屋に向かって――それとも〝運命〟か、〝精霊か〟、とにかく今夜、彼をからかっているものに対して呼びかけてみた。「ぼくをパーティーに行かせたくないのか？」彼は言った。「そうだな、ぼくも実は行きたくないんだ。だけど、わがままは言ってられないからね。頼むから、くそいまいましいカフスボタンを返してくれないかな」

ロデリックは象牙のケースを閉じて、櫛やブラシのそばに戻した。その手を引っこめた瞬間、鏡台の鏡の中を、何か小さくて黒っぽいものが背後に落ちるのを眼の端で見た――天井からおりてくる蜘蛛《くも》のように。その直後、陶器に金属がぶつかる音がした。静まり返った部屋の中でそれはすさまじく響き、〝おっかなくて寿命が縮んだ〟らしい。振り向いて、現実とは思えない気持ちが湧きあがるのを感じながら、ゆっくりと洗面台に歩いていった。洗面器の底にはカフスボタンがあった。洗面台の脚も濡れており、洗面器の中の濁った水は、まだ波打って外に跳ねている。仰のいて上を見た。やはり天井に継ぎ目はなく、まったく細工は見えない――ただ、さっき気づいた〝染み〟が前よりも明らかに黒っぽくなっているだけだ。

ここで初めて、この部屋の中で本当に不可思議なことが起きていると気づいた、とロデリックは打ち明けた。自分の五感が信じられなかった。カフスボタンが落ちるのが見え、洗面器の水が大きく跳ねて、何かが中で転がる音が聞こえたなんて。しかし、いったいどこから落ちたというのだ? 彼は肘掛け椅子を引き寄せると、危なっかしい足取りでその上に乗り、もっと近くで天井を調べようとした。あの奇妙な黒っぽい染みのほかは何もなかった。まるで、カフスボタンは空気の中に、もしくは中から、物質化したかのようだった。どすんと床におりると――このころには脚が痛み始めていた――もう一度、洗面器の中を覗きこんだ。白濁した泡はすでに水面を隠していたが、カフスボタンを取り戻すには、ただ袖をまくって、水に手を入れればいいだけだった。しかし、できなかった。もうどうすればいいのか、わからなかった。まばゆいばかりに輝くサロンを再び思い浮かべる――母親も姉も待っている、デズモンド夫妻も、ロシター夫妻も、ベイカー＝ハイド一行も――私さえも、ベティさえも――彼をいまかいまかと待ち構えているだろう、シェリーグラスを手に持って。想像しただけで、汗が出てきた。丸い髭剃り用の鏡を覗きこむと、毛穴から汗の玉が〝まるで虫のように〟湧いてくるのが見える気がした。

しかし、この時、それまででいちばん不気味なことが起きた。まだ汗をかいている顔を見つめていると、信じられないことに、そして恐ろしいことに、鏡に震えのようなものが走った気がした。陶器の台座にのった真鍮の枠を自由に傾けることのできるこの鏡は、ヴィクトリア朝風の骨董品だ。私も知っているが、この鏡はかなり重たい。人間がまわりを歩きまわっても、振動ですべったりしない。静まり返った部屋の中、指一本動かせずにいたロデリックだが、また髭剃り用の鏡が震えるのが見えたと思うと、それはいきなり、洗面台の上をずずずず、と彼に向かって進んできた。まるで、とロデリックは主張した。鏡が歩いてきたかのようだった――というよりも、その瞬間だけは、鏡が自らの歩く能力を発見したかのようだった。それは、びくり、びくり、とひきつるような動きで進み、陶器の台座のざらざらした裏が、磨かれた大理石の表面にこすれて、恐ろしい、耳障りな音を響かせた。

「あんな気持ち悪いものを見たのは初めてでした」ロデリックは震える声で説明しながら、思い出すうちに鼻の下と額に浮いてきた汗を拭き取った。「何が気持ち悪いって、鏡がごく身近にある普通の物だってことです。もし――そうだな、いきなり化け物が部屋に現れたら、幽霊でも妖怪でもなんでも、もっとショックは少なかったと思いますよ。でもあれは――気持ちが悪い、とにかく、だめだ、間違ってる。まるで、自分のまわりにある物はなんでも、日常の、なんでもない普通の物が、いつあんなふうに――襲ってくるかわからないって気になる。もう、それだけでも最悪なのに、その次に起きたことと言ったら――」

次に起きたのは、さらに最悪なことだった。それまでの間、ロデリックは鏡がごとん、ごとん、と自分に向かってくるのを見つめ、恐怖で吐きそうになりながら、これは間違っている、と心の中で唱え続けていたらしい。間違っている、と感じたことの一因は、鏡が意思を持たないもののように動いているからだった。神のみぞ知ることとはいえ、鏡は突然、命を吹きこまれたわけだが、その動きには目的も心も感じられなかった。もし、てのひらを鏡の進路に置いたら、陶器の台座はどうにかして指の上を、ずるずるずるずると乗り越えて進んでくるだろう。もちろん彼は、手を置いたりしなかった。それどころか、あとずさった。鏡はいまや大理石の洗面台の端に到達しそうで、それが足場を失って落ちる様を見たくてたまらなくなった。だから、一メートルほど離れた位置で立ちつくしていた。鏡はそのまま進み続け、やがて台座が大理石の端から一センチ、二センチ、とはみ出した。彼は、それがさらなる足場を求めているような気がした。そして眼の前で、鏡はバランスを失って傾き、台座がぐらりと前に揺れた。衝動的に、思わずそれを受け止めようと、手を伸ばした。が、そのとたん、鏡は突然、〝自分の意思で力をため〟――次の瞬間、それはロデリックの頭めがけて飛びかかってきた。彼は身体をひねってかわしたが、耳のうしろに強烈な衝撃を感じた。背後で、鏡と陶器の台座が床にぶつかって砕ける音がした。振り向くと、かけらは絨毯の上に、なんの変哲もない、ただの破片のように散らばっていた。まるで、不器用な手に落とされただけのように。

ベティが戻ってきたのは、ちょうどこの瞬間だった。ノックの音に、ぎくっとしたロデリックは悲鳴をあげた。その声音に驚いた彼女は、おそるおそる扉を押し開け、ロデリックがまるで魅入られたように、床の上の壊れた鏡を凝視している現場を目撃した。もちろん、ベティは進み出て、かけらを片付けようとした。が、彼女はロデリックの表情に気づいた。彼はベティになんと言ったか覚えていないのだが、たぶんかなり乱暴な言葉だったのだろう。彼女はすぐに部屋を出て、サロンに急いで戻っていった――これがサロンで私の見た、ベティが慌てふためいてエアーズ夫人に耳打ちしにきた時のことだ。エアーズ夫人はすぐにベティを伴ってロデリックのもとに行き、即座に何かがひどくまずいことになっていると気づいた。彼は見たこともないほど汗をかいて、熱病にかかったように震えていた。たぶん、この話をしている、いまの彼と同じ状態だったのだろう。彼は母親を見た瞬間、子供のように母の手にすがりついた。それでも、起きていることに断じて母を巻きこんではいけない、と思うだけの理性は残っていた。あの髭剃り用の鏡が頭めがけて飛びかかってきたのを彼は見た。意味もなく唐突に動いたわけではない、あれは——明らかに目的を持って、しかも悪意に突き動かされて、襲ってきたとしか思えない。母にそんなことを打ち明けたくはなかった。しどろもどろに、支離滅裂になりながらも、農場で働きすぎたのだと母親を納得させ、頭痛がひどくて、頭がまっぷたつに割れそうだと言った。どう見てもロデリックが気分悪そうなうえ、取り乱しているので、夫人は私を連れてこようとしたが、彼は断固として拒否した。とにかく、できるだけ早く、母親を部屋から追い出したかった。十分以上、夫人はロデリックのそばにいたのだが、それは彼の人生でもっとも恐ろしい十分間だった。たったいま経験したことを隠そうとする緊張と、ひとりでこの部屋に取り残されたら、また同じことが起きるかもしれないという恐怖で、彼は傍目には狂ったように見えたに違いない。もう少しで、ロデリックは泣きだすところだった——が、母の顔に浮かぶ狼狽と心配を見たおかげで、どうにかこらえることができた。母とベティが出ていってしまうと、彼は部屋の隅のベッドにあがり、壁に背中を押しつけ、膝をかかえた。脚の古傷が脈打つように痛んだが、気にならなかった——むしろ、痛みはありがたい。感覚を鋭敏にしてくれる。これからしなければならないのは、見張ることだ。すべての物体を、すべての片隅を、すべての物陰を見張り、常に視線をあちらからこちらに移動させ続けなければならない。なぜなら、さっき彼を傷つけようとした悪意あるものは、まだ室内で待ち構えているとわかっているのだから。

「これこそ最悪なことでした」ロデリックは言った。「それがぼくを憎んでいると、本気で憎んでいると、理屈も理由も抜きでわかってたから。そいつはぼくを傷つけたがってた。戦争で敵兵を攻撃するのとわけが違う。飛行機に乗った人間が、ベストを尽くして相手を空から撃ち落とそうとするのとは全然違う。そっちはもっときれいだ。理屈もある、フェアだ。でも今度のやつは、悪意と敵意しかもってない、もう、とにかくフェアじゃない。ぼくはこいつに銃を向けるわけにもいかない。ナイフや棒を振りあげるわけにもいかない。だって、ナイフや棒がぼくの手の中で突然、動きだすかもしれない！　そもそもぼくの坐ってる毛布がいつ浮きあがって、ぼくを絞め殺そうとするかもしれないんだ！」

彼は三十分ほどそうしていただろうか――「でも、ぼくには千分にも思えた」――悪意あるものを追いはらおうと、涙ぐましい努力に震え、緊張し続けて、ついに耐えきれなくなった彼の神経は音をたててはじけとんだ。気がつくと、後生だからどこかに行ってくれ、ぼくにかまうな！　と叫んでいた――その自分の声に彼は驚いた。もしかすると、その声が魔法を打ち破ったのだろうか。すぐに、何かが変化するのを感じた――恐ろしいものが、どこかに行ってしまったのを。ロデリックはまわりの物を見回した。「説明できないし、どうしてわかったのかもわからない。とにかくどれもこれも普通の、命のない状態に戻ったんです」すっかり打ちのめされた彼は〝コップ一杯〟のブランディを飲み干すと、布団にもぐりこみ、赤ん坊のようにまるまった。そうすると彼の部屋はいつもどおりに、領主館のどこからも遮断されたように、音がほとんど聞こえなくなった。扉の向こうで足音や不安そうな囁き声がしたとしても、聞こえなかったか、疲れすぎていて気にも留めなかったかのどちらかだった。途切れ途切れの眠りに落ちて、二時間後にキャロラインに起こされた。彼女は弟の様子を見にきたのだが、その時にジップとジリアンに起きた出来事についても話して聞かせた。ロデリックはそれを聞きながら、恐怖がどんどんふくれあがるのを感じた――その少女は、彼が悪しき存在に向かって出ていけと怒鳴った時に嚙まれたに違いない。

そう言いながら私を見たロデリックの腫れぼったい眼は、傷だらけの顔の中で燃えていた。「わかりますか？　全部、ぼくのせいだったんだ！　あいつに立ち去れと願った、ぼくに意気地がないから。そしてあいつは出ていった、別の誰かを傷つけるために。その女の子は、かわいそうに！　もし、ぼくが知ってたら、どんなことでもした――どんなことだって――」彼はくちびるを拭くと、なんとか冷静に話そうとした。「あれからぼくは一度も油断していません。次に攻撃される時には準備ができている。ずっと見張ってるんです。たいていの日は大丈夫だ。一日じゅう、まったく現れない。だけど、あいつはぼくの不意をついて脅かすのが好きなんです。こずるい悪ガキみたいだ。ぼくに罠を仕掛ける。ぼくが部屋にはいろうとする時に、いきなりドアを動かして、鼻から衝突させる。書類を動かす。通り道にいろんな物を置いて、ぼくがつまずいて首の骨を折るのを待つ！　まあ、そんなのはどうでもいいけど。そいつの好きにすればいい。ぼくがそいつを抑えて、ぼくの部屋の中に閉じこめておけるなら、ぼくは伝染を食い止められる。いまはそれが何よりも大事だって先生も思うでしょう？　伝染のおおもとを、姉と母から遠ざけておくことが」

6

患者を診察して、もしくは検査の結果を見て、いま眼の前にある症例が自分の手には負えないという事実が頭にじわじわ染みこんでくる絶望は、医師として何度となく経験している。たとえば、妊娠初期の若い既婚婦人がちょっとした夏風邪という触れこみで私を訪ねてきた時のこと。聴診器を胸に当て、かすかにだが間違いなく肺結核の兆候の音を聞き取った瞬間を、いまもはっきりと覚えている。美貌と才能に恵まれた少年が〝だんだん強くなる痛み〟のために連れてこられた時のことも忘れられない――それは筋肉が少しずつ衰えていく病の始まりで、少年は五年と生きられなかった。肥大する腫瘍、転移する癌、次第に曇っていく眼。どれもこれも町医者がちょっとした怪我や風邪のほかに取り扱う症例でもあるとはいえ、私はいまだに慣れることができない。最初にその兆候に触れた瞬間は、いつも無力感と絶望に心を押しつぶされそうになる。

その絶望が、ロデリックのとんでもない話を黙って聞いているうちに、頭にじわじわと染みてきた。話し終えるまで、どのくらい時間がかかったのだろう。彼は何度も言葉を途切れさせ、躊躇と戸惑いに声をのみこみ、細かい話になると恐ろしさに萎縮していた。その最初から最後まで、私はほとんど無言で聞き続けた。彼が話し終えて口をつぐむと、私たちは静まり返った部屋で、ただ向かいあっていた。思わず、見慣れて安全な自分の世界を見回す――ストーブ、カウンター、医療器具、薬瓶、色褪せたラベルに残るジル医師の書いた文字。〝合剤〟、〝海葱《かいそう》チンキ〟、〝ヨード〟――そのどれもが、いつもと違って、少しかしいでいるような気がした。ロデリックが私を見つめている。顔をぬぐい、ハンカチを丸め、手の中でこねくりまわしている。「先生が聞きたがったから話したんですよ。だから最初に言ったんだ、ものすごく汚らわしい話だって」

私は空咳をした。「話してくれて嬉しいです」

「本当に？」

「もちろん。もっと早く話してくれればよかったのに。こんなことを、いままでずっとひとりでかかえこんでいたと思うだけで胸が痛みますよ、ロッド」

「そうしなきゃならなかった。家族のために」

「ええ、そうでしょう」

「ぼくがあの女の子にしてしまったことを、責めないでくれますか？　神に誓って、もし知ってたらあんなこと――」

「いやいや、あなたを責める人はこの世に誰もいません。ただ、ひとつだけ、いまお願いしたいことがあるんです。診察させてください」

「診察？　どうして？」

「あなたはずいぶん疲れている、違いますか？」

「疲れてる？　もうくたくただ！　夜は眼をつぶることもできない。眼を閉じたら最後、あいつがまた襲ってくるんじゃないかって、怖くて」

私が診察鞄を取りに立ちあがると、まるで合図に従うかのように、彼はセーターとシャツを脱ぎ始めた。暖炉の前の敷物に、手首の汚れた包帯と、肌着とズボンだけの姿で立ち、寒さに両腕をこすっている彼は、はっとするほど痩せて、弱々しく、幼く見えた。私は手早く基本的な診察をし、胸の音を聴いたり、血圧をはかったりした。しかし、実はそうしながら、時間を稼いでいたのだ。わかっていたからだ——いや、誰の眼にも明らかだっただろう——ロッドの問題の本質がなんであるのか。話の内容に、身体の奥底からわななきつつも、どうやって切り出すべきか、考えなければならなかった。

思ったとおり、栄養失調と過労という近隣住人の半数がかかえる持病のほかに、これといった症状はない。のろのろと器具を片付けながら私は考え続ける。彼は立ちあがり、シャツのボタンを留め始めた。

「どうですか？」

「あなたが言ったとおりですよ、ロッド。過労ですね。この過労というやつは——人間におかしなことをします、その、妙な悪さを」

彼は眉を寄せた。「悪さ？」

「いいですか。私にはあなたの話を聞いてしまったいま、〝たいしたことはない〟というふりはできません。単刀直入に言います。あなたの問題は心の病気だ。私が思うに——聞きなさい、ロッド」彼は失望と怒りをあらわに、そっぽを向いた。「あなたの経験したことは、神経の不調の一種と呼ぶのが、いちばんわかりやすい。だけど、こんなのはあなたが思うよりずっと一般的な、誰でも経験する不調だ。ストレスでいっぱいいっぱいの人たちには、珍しくもなんでもない。よく思い出して。あなたは除隊して、帰ってきてから、ひどいプレッシャーに苦しみ続けている。そのプレッシャーが、戦争のショックとまざって――」

「戦争のショック！」馬鹿にする口調だった。

「いまになって出てきた。こんなのはあなたが思うよりずっと普通の、よくあることですよ」

彼はかぶりを振り、頑として譲らなかった。「自分のことはちゃんとわかっている。何を見たのかも」

「あなたは、見たと思っているものを知っているだけです。疲れて張りつめ、いまにも切れそうな神経が見せたにすぎない」

「そんなんじゃない！　なんでわからないんだ。ああ、くそ、やっぱり喋らなきゃよかった。先生が話せって言うから！　ぼくは話したくなかったのに、話せって言うから！　そしたらとんだ裏切りだ、ぼくの頭がおかしいって！」

「夜に熟睡することさえできればいいんですが」

「だから、言ったじゃないか！　寝たらあいつが戻ってくるって」

「戻りませんよ。ロッド、私が保証します、あなたが眠らないとそいつは戻ってくるんです、それは幻覚――」

「幻覚？ 先生はそう思ってるんだ？」

「――過労が原因です。しばらく、あの領主館から離れた方がいい。いますぐに、休暇を取って」

かぶったセーターの首から頭を突き出して、信じられないという表情で私を見た。「離れる？ ぼくの言葉を何ひとつ聞いてなかったのか？ ぼくがあそこを離れたら、何が起こるかわからないって言ったじゃないか！」ロデリックは慌しく髪をなでつけ、コートを着始めた。そして、時計に眼を留めた。「ずいぶん長居してしまった。先生のせいだ。もう帰らないと」

「とりあえず、ルミナールだけでも、持っていってください」

「睡眠薬か。そんな物がぼくの助けになるとでも？」私が棚に近づいて、錠剤の瓶をおろすのを見ると、彼は尖った声を出した。「いや、本気で言ってるんです。あの墜落のあと、医者に山ほど睡眠薬を飲まされた。もう飲みたくない。そんな物、よこさないでください、どうせ捨てるだけだ」

「気が変わるかもしれませんよ」

「変わらない」

私は結局、手ぶらでカウンターの裏から戻ってきた。「ロッド、後生だから聞いてください。どうしてもあの領主館を離れられないと言うなら、せめて私の知り合いのいい医者に会ってくれませんか。バーミンガムにクリニックを開いている男です、あなたのような悩みを解決するための。彼を連れてきましょう、あなたと話ができるように。あなたの話を聞くために。彼は話を聞くだけですよ。ちょうどいまと同じように、あなたが話すのをただ聞くだけですから」

ロデリックの顔が強張った。「頭の医者か。精神学者だか心理学者だか知らないけど、ぼくの問題とは関係ない。そもそも、ぼくの問題じゃない。ハンドレッズ領主館の問題だ。なんでわからないんだろう。医者なんか必要ない、必要なのはむしろ」彼は言葉を探した。「――牧師とか、そんなのだ。先生だって、ぼくと同じ体験をしたら、きっと――」

私は衝動的に言い返していた。「じゃあ、私も領主館に行かせてください！　しばらくあなたの部屋で過ごして、何が起きるか見たい！」

彼はためらって、考え始めた。ためす価値がある、的を射ている、理屈に合っている、と考えをめぐらせている様子は、いままででいちばん苦しげだった。が、やがて首を横に振ると、そっけなく答えた。

「いや、危険はおかせない。ためせない。あいつらはへそを曲げる」彼は帽子を頭にのせた。

「帰ります。やっぱり話さなきゃよかった。わかってもらえないって、知ってたのに」

「頼むから聞いてください、ロッド」いま、こんなふうに彼を帰すなんて、冗談ではない。

「そんな状態で行かせるなんてとんでもない！　さっきの自分を忘れたんですか？　あんなひどいパニックを起こして。また、ああなったらどうするんですか」

「大丈夫。さっきは、不意をつかれただけだし。ああ、やっぱり、来るんじゃなかった。帰らなきゃ」

「せめて、お母様に話してあげてください。私がかわりに話してあげてもいい」

「だめだ」鋭い答えが返ってきた。すでに戸口まで歩いていった彼だが、こちらを振り向いたその眼の中に、いま一度、本物の怒りを見て、私は狼狽した。「母には絶対に、何も気づかれちゃいけない。姉にも。喋らないでください。喋らないって言ったじゃないですか。先生がそう言ったから、信用して打ち明けたんだ。先生の友達の医者にも言わないでください。ぼくが狂いかけてるって思ってるんでしょう。いいさ、信じてりゃいい、先生の気がすむんなら。真実に眼を向けるのが怖いんなら。だけどせめて、狂うのはぼくひとりにとどめることくらい、協力してくれたっていいでしょう」

淡々とした硬い口調は、異様に理性的に聞こえた。肩掛け鞄のベルトを胸の前に通し、コートの襟をかきあわせたその様子には、顔の青白さと眼の縁の赤みのほかには彼が恐ろしい妄想にとらわれていることを匂わすものはない。それ以外は、彼は以前と同じく、田舎の若い地主そのものに見えた。私はもう、彼を引き止められないと悟った。彼はまた調剤室のドアの前に戻っていったが、その向こうから物音が聞こえてきて、夕方の患者が待合室にはいってきたとわかるや、苛立たしげに診察室を身振りで示した。私は彼を診察室に入れて、そこから庭に出した。しかし、そうしながら、私の心は鉛のように重く、自分は失敗したのだという敗北感に打ちひしがれていた。裏口の扉が閉まると、私はすぐに調剤室の窓辺にとって返し、埃くさいレースのカーテンの隙間から、ロデリックが家の脇を回って再び現れ、片足を引きずりながら足早に、本通りを自分の車に向かって歩いていくのを、ずっと見守っていた。

＊

どうすればいい？　とにかく、明らかだ——恐ろしいほど明らかだ——数週間というもの、ロデリックがすさまじい幻覚にとらわれ続けていたということは。とはいえ、ここしばらく背負わされていた重荷の数々を思えば、特に不思議でもない。間違いなく、強迫観念と緊張で心のたががはずれ、ついには彼自身が何度も繰り返したとおり〝普通の物〟が襲いかかってくると錯覚するようにまでなった。幻覚が最初に現れたのが、自分より成功した近所の一家を、パーティーでもてなす招待主の役を果たさなければならない夜だったのは、驚くことではない。悲しいが、もっとも恐ろしく思ったという事件が鏡を中心に起きたことも、重要な意味がありそうだ——〝歩き〟始める前に彼の傷だらけの顔を映していた鏡が、ついには砕け散ってしまったという、あの事件だ。とにかく最初から最後まで恐ろしいとしか言いようのない話だが、どれもがストレスと精神的な緊張が原因の産物として説明できる。私がとにかく心配なのは、ロデリックが自分の生み出した妙に論理的な思いこみに固執し続けていることだ——悪魔か何か知らないが部屋に憑いているものを、ロッド自身が見張っていないと母親や姉にも〝感染する〟という。

それから数時間、私は彼の状態を何度も何度も考えた。ほかの患者の診察中も、私の心の一部はロデリックと共にあり、彼の恐怖に満ちた体験に驚きうろたえていた。医師としてこんなにも、どうしていいかわからず途方にくれたことはなかったと思う。あの一家との関係が、私の判断を狂わせているのは間違いない。私はこの患者をすぐにでも、第三者である別の医者にまかせるべきだった。しかし、患者だろうか？　この日、ロデリックは医者としての私の意見を求めにきたわけではない。彼自身が強調したとおり、私に打ち明ける気はさらさらなかった。もちろん、私にしろほかの医者にしろ、彼に診察やアドバイスをしても料金が支払われるわけではない。私はこの時点ではまだ、彼が自分や他人を傷つける危険があるとは考えていなかった。しかし、妄想がじわじわふくらめば、ついには彼の心をのみこんでしまうかもしれないとは思った。いずれは精神をとことんすり減らし、本物のノイローゼ患者になってしまうかもしれない。

　いちばんのジレンマはなんといっても、エアーズ夫人とキャロラインにこのことを告げるか否かだ。ロデリックには、絶対に言わないと約束した。医者は司祭のようなものだと言ったのは半分冗談とはいえ、守秘義務を軽んじる医者はいない。その日の夜、私は何度も決断をくだしては翻《ひるがえ》し、苛立ちに苛立って悶々とし……ついに、十時近くになってグレアムの家に走り、相談することにした。最近は一緒に過ごす時間がめっきり減っていたので、私の顔を見たグレアムは驚いていた。アンは二階にいるよ、と彼は言った――子供たちのひとりが、少し具合が悪いらしい――が、グレアムは私を居間に案内し、話をすっかり聞いてくれた。

　彼は私と同じくらいショックを受けた。

「なんで、そんなひどいことに？　兆候はなかったのか？」

「おかしいってことはわかってたよ。だけど、こんなひどいことになるなんて」

「で、どんな手を打つ？」

「それがわからなくて困ってるんだ。ちゃんと診断したわけじゃないし」

グレアムは考えていた。「癲癇《てんかん》の可能性は考えたろ？」

「いの一番に考えた。まだ少し疑ってる。妙な感覚が生まれるというのは癲癇の前兆かもしれない――幻聴とか、幻覚とか。発作も、直後の倦怠感も。いまのところ全部当てはまっている。だけど、そんな単純なものとは思えない」

「脳浮腫ってことは？」

「それも考えた。でも、それならまず見逃さないだろう？　そもそも、そんな症状はない」

「何かが脳の機能を阻害してるってことはないのか？　脳腫瘍とか」

「よしてくれ！　ああ、その可能性はあるさ、もちろん。だけど、ほかの症状がない……いや、やっぱり単に精神的なものだと思う」

「それだって、同じくらい大変だと思うぞ」

「わかってるよ。しかも、ロッドのお母さんもお姉さんも全然知らないんだ。話した方がいいだろうか」

グレアムは首を横に振ると、ぷっと頰をふくらませた。「いまは、きみの方がおれよりもあの一家を知ってるはずだろう。ロデリックは間違いなく、そのことを感謝しないだろうね。それどころか、彼をさらに追いつめるかもしれない」

「へたをすれば、誰の手も届かないところにまで追いつめるかもしれないな」

「そう、その危険がある。とりあえず、一日二日、考えてみたらどうだ」

「でも、その間に」私は陰気に言った。「ハンドレッズ領主館は刻一刻と混沌に沈みつつある」

「まあ、そいつは」グレアムは言った。「きみの問題じゃないだろ」

彼の口調は醒めていた。以前、エアーズ一家について話した時も、同じような口調だったかもしれないが、私の心はざわついた。酒を飲んでしまうと、私はゆっくりと家に向かった。今回の件について他人に聞いてもらえたことはありがたく、細かい相談にのってもらえて気が楽になったとはいえ、今後の方針についてはまったく進展がない。暗い調剤室に一歩はいり、ストーブの前に椅子が二脚並んだままなのを見たとたん、途切れ途切れの切羽詰まった声が聞こえてきた。彼の言葉がそっくりそのまま蘇ってくる。私は腹をくくった。すくなくとも、彼がどんな状態にあるかということくらいは、できるかぎり早く家族に伝えることこそ私の義務だ。

しかし、翌日、領主館に向かうのは気が重かった。最近、エアーズ一家がらみの私の仕事といえば、彼らに警告をしたり、彼らのかわりにいやな仕事を引き受けたりすることばかりだ。陽の光が戻ってくると、私の決意にかすかに影が落ちた。もう一度、彼との約束をよく考え、車を運転しながら、どんなに情けない、みっともない方法でもかまわないから、庭でも領主館でもロデリックと出くわさずにすみますようにと祈り続けていた。最後に領主館を訪ねてから二日とたっていなかったので、エアーズ夫人もキャロラインも、私が来ると予期していなかった。ふたりが小さな居間にいるのを見つけたが、青天の霹靂《へきれき》のような私の訪問に、彼女たちが当惑しているのは明らかだった。

「あら、先生、わたくしたちに油断させてくれませんのね！」エアーズ夫人は指輪をしていない手を、顔の前にかざした。「いらっしゃると存じていれば、こんな普段着でおりませんでしたのに。キャロライン、先生にお出しできるお茶うけがあったかしら？　たしか厨房にパンとマーガリンがあったと思うけれど。ベティに訊いてみてちょうだい」

私はロデリックに気づかれるのを恐れて、あらかじめ電話を入れなかった。ハンドレッズ領主館に何度も出入りして、すっかりここになじんでいた私には、訪問することでご婦人たちを慌てさせてしまうとは、思いつきもしなかった。エアーズ夫人の口調は丁寧だったが、わずかに苛立った響きがまじっている。こんなにもうろたえた夫人を見たことはなかった。白粉も指輪もつけていない、まったく魅力のない状態を暴かれてしまったとでもいうように。けれども、不機嫌の本当の理由はすぐに明らかになった。腰をおろすには、ソファから型崩れした平たい箱をいくつもおろさなければならなかったのだが、それはキャロラインが最近、昼間用の居間の戸棚から発掘した古い家族アルバムの詰まった箱で、中身を調べると写真がどれもこれも湿気で茶色く変色し、白カビがぽつぽつと広がり、ひとことで言えば、だめになっていたのだった。

「本当にひどいこと！」エアーズ夫人はぼろぼろのページを見せながら言った。「八十年分の写真がありますのに――主人の家系だけではなくて、わたくしの家のもですわ、シングルトンズとブルックス一族の。キャロラインとロデリックにもう何ヶ月も前から、この写真を探して、大丈夫かどうか確かめてって頼んでいたんですのよ。まさか居間にあったなんて。屋根裏にしまってあると思っていたのに」

私はちらりとキャロラインを見た。――ベティを呼んだあと、自分の椅子に戻って、ひとりだけの世界にこもり、じっと本のページをめくっている。ページから眼をあげもせずに、彼女は言った。「屋根裏部屋にしまっておいても、変わらなかったわ。わたしが最後にあそこに頭を突っこんだのは、雨漏りを調べにいった時よ。ロディとわたしが子供のころに読んだ本が、バスケットにたくさんしまってあったけど、全部死んでたわ」

「どうして教えてくれなかったの、キャロライン」

「言ったわよ、お母様、あの時に」

「あなたもロディも考えなければならないことがたくさんあるのは知っていますけれどね、でもこれは本当に残念だわ。ちょっとご覧になって、先生」夫人は大昔の硬い名刺判写真《カルト・ド・ヴィジット》を、私に手渡した。古風で趣のある色褪せたヴィクトリア時代の写真は、錆色の斑点におおわれてくすんでいた。「これは主人のお父様の若いころですのよ。ロデリックがよく似ていると思ったものですわ」

「ええ」私は上の空で答えた。話すきっかけを待って、私は緊張していた。「ところで、ロデリックはどちらに？」

「ああ、自分の部屋でしょう、きっと」夫人は、また別の写真を選び取った。「これもだめになってしまって……まあ、これも……これは覚えていま――あら、いやだわ！　これはもう全然だめ！　わたくしの実家の家族ですわ、戦争直前の。兄弟が全員揃っているんですのよ、ちゃんと顔もはっきり写っていて。チャーリー、ライオネル、モティマー、フランク、姉のシシー。わたくしが結婚して一年たって、赤ちゃんと一緒に実家に帰った時の。あの時はまさか、こんなふうに一家が勢揃いするのが最後だなんて、夢にも思いませんでした。半年もたたないうちに戦争が始まって、兄弟ふたりが立て続けに戦死して」

夫人の声音が明らかに変わり、心の底からの憂鬱が忍び入ってきて、ついにキャロラインまでもが顔をあげ、私と視線を交わした。ベティが現れて、お茶の支度をするために引っこんだ——私はお茶など欲しくもなく、そもそもそんな時間はなかったのだが——エアーズ夫人は悲しそうに、なかば物憂げに、すっかりくすんだ写真を一枚一枚めくっている。最近の彼女に降りかかったさまざまな出来事について、ふと考えたとたん、自分はなんという恐ろしい知らせをぶちまけにきたのか、と気づいた。夫人の苛立ったような手の動きを眼で追った。指輪をしていない手は文字どおりにまるはだかで、節ばかりが大きく見える。彼女にまた新たな心配ごとを背負わせるのは、あまりにひどすぎるような気がしてきた。先週、キャロラインと、弟の話をしたことを思い出す。もしかすると、最初に相談するべき相手は、キャロラインかもしれない。もう一度、彼女の視線をとらえようと、数分を無駄に費やした。やがて、ベティがお茶を持って戻ってきたので、私はいかにも手伝うふりをして立ちあがると、ベティがエアーズ夫人に給仕する間に、キャロラインのカップを運んだ。軽く驚いた顔で見あげ、受け取ろうと手を伸ばしてきたキャロラインに、私はかがんで顔を寄せ、囁いた。「ふたりきりで話せませんか?」

彼女が、はっと身を引いた。言葉に驚いたせいか、息が頰にかかったせいか。それでもじっと私の顔を見て、ちらりと母親に視線をやると、うなずいた。私はソファに戻った。お茶を飲みながら、お茶うけに出された薄いぱさぱさのケーキを食べる間に、五分、十分が過ぎた。

やがて、キャロラインは急に思いついたように、身を乗り出した。

「お母様、忘れてた。赤十字に古い本を寄付しようと思ってまとめておいたの。ファラデー先生に車でリドコート村まで運んでいただいてもいいかしら？ ロッドに頼むのはちょっと、あれだったから。申し訳ないんですけど、先生、お願いできますか？ 図書室にあるんです、もう箱に詰めてあって、すぐに持ち出せますから」

彼女は声に心の震えを出すことなく、顔色ひとつ変えずに言ってのけた。白状すると、私の心臓は早鐘を打っていた。エアーズ夫人は無関心に、どうぞ、と言っただけだった。私たちが席をはずしても、まったく気に留めないようで、ぼろぼろのアルバム整理に再び夢中になっていた。

「そんなにお時間は取らせませんから」キャロラインは、扉を支える私に向かって、普段どおりの口調で言いつつ、目顔で行き先を示した。私たちは素早くそっと図書室にはいり、キャロラインは窓に近寄って、唯一動くよろい戸を開けた。侘しい光が射しこむと、私たちを取り囲む屍衣におおわれたような書棚が急に命を取り戻す。まるで眠りから覚めた死体のように。私がもっとも深い暗がりから光の中に踏み出すと、キャロラインも窓から離れ、そばに来た。

「何かあったんですか？」彼女は深刻な顔で訊いてきた。「ロッドのこと？」

「はい」そう返事をすると、前の日に彼女の弟がうちの調剤室で私に告白した話を一から十まで、できるだけ簡潔に説明した。キャロラインは耳を傾けるうちに、恐怖の色をつのらせていった。と同時に、頭の中に理解の曙光が射してきたらしい——恐ろしい事実がいちいち思い当たり、これまで手の届かないところにあった黒いパズルのピースに触れることができたとでもいうように。彼女が話を遮ったのは、天井に現れた染みに関するロデリックの話を繰り返した時だけだった。キャロラインは私の腕をつかんで、叫んだ。「その染み、ほかのも！　わたしたちも見ましたよね！　なにか変だってわかってたわ。先生、まさかそれは——本当に——？」

彼女が弟の訴えをまともに取る気だと知り、私は驚いた。「染みができる原因なんて、いくらでもありますよ、キャロライン。ロッドが妄想の裏づけをしようとして、自分でつけたのかもしれない。いや、染みの現れたことこそが、ロッドの頭の中で妄想が広がる元凶だったのかもしれない」

キャロラインは手を引っこめた。「ええ、そうかも……じゃあ、先生は本当にそう思ってます？　前におっしゃったようなことじゃないと？　発作とか、そういう」

私は首を横に振った。「私としては、肉体的な問題であってくれた方がよかったと思ってますよ。それならむしろ治療は簡単だ。しかし、今回のことはいわゆる一種の、その、心の病気だと思います」

その言葉に、彼女はショックを受けていた。一瞬、怯えた顔になり、ようやく口を開いた。

「かわいそうに、かわいそうなロッド。なんてひどい。わたしたち、どうしたらいいんでしょう？　母に話すおつもりですか？」

「そのつもりでした。今日はそのためにうかがったんです。でも、写真をご覧になっている、さっきの様子を拝見しては――」

「写真のせいだけじゃないんです」キャロラインは言った。「母は変わりました。普段は元どおりの母ですけど。ときどきあんなふうにぼんやりして、むかしのことばかり考えて、沈みこんで。母とロッドは、農場のことでひどい口喧嘩になりました。うちの新しい借金が見つかったみたいで。そしたらあの子、自分が責められてると思いこんじゃって！　ずっと部屋に閉じこもってます。でも、そういうことだったなんて。ひどい……本当に、ロッドはそんな恐ろしいことを、本気で？　先生の誤解ということはありません？」

「そうだったらどんなによかったことか。しかし、いいえ、残念ですが。もし治療をさせてもらえないなら、もう我々にできるのは、ロッドの心の病が自然に治るのを祈ることしかありません。もしかすると、よくなるかもしれない。ベイカー＝ハイドの一家がこの一帯から出ていって、あの恐ろしい事件がやっとおさまったいまなら――農場の残念な一件があるにはありますが。ともかくロッドが、あなたとお母様の身を守っているのは自分だという考えに固執し続けるかぎり、私にはどうすることもできません」

「もし、わたしがあの子と話したら――」

「それは結構だと思いますが、私が聞かされた話を、ロッド本人の口からあなたに聞かせるのはひどすぎる。たぶん、いまいちばんいいのは、あなたがただ彼を見守り続けること――私のためにも弟さんを見守って、彼の症状がこれ以上悪化しないことを神に祈ってください」

「もし悪化したら？」

「悪化したら」私は答えた。「もしこれが別の家で、もっと一般的なご家庭で起きたとしたら、なすべきことはわかっています。デイヴィッド・グレアムを連れてきて、ロッドを専門の病院に強制入院させます」

彼女は片手で口をおおった。「まさか、本当にそんなこと、するつもりなの？」

「私はロッドの怪我が気にかかる。自分で自分を罰しているつもりなのかもしれない。彼は罪悪感に苛まれています、たぶん、いま領主館に起きていることや、ひょっとすると戦争中に相棒の航空士に起きたことに対しても。おそらく無意識のうちに、自分に罰として痛みを科そうとしているのでしょう。それと同時に、助けを求めてもいるようだ。彼は私が医師として、どんな力を持っているのか知っています。もしかすると、わざと自分を痛めつければ、私がもう一歩踏みこんで、何か思い切った治療をしてくれると――」

そこで言葉をのんだ。私たちは、よろい戸を開けた窓からかすかにもれてくる光の中に立って、いままでずっと、ひそひそと、緊迫した囁き声で話していた。いま、私の背後のどこかで、まるで部屋の深い深い影の奥から聞こえてきたように、鋭い小さな金属音がした。ぎくっと私たちは揃って振り向いた。再び音がした。それが、図書室の扉の取っ手がゆっくりと回る音であることに、私は気づいた。この時の私たちのように張りつめた状態で、薄暗がりを通して見るそれは、まるであやかしのなせるわざに思えた。キャロラインが息をのみ、怯えたように私に近寄る気配を感じた。ゆっくりと扉が押し開けられ、廊下の明かりが、そこにたたずむロデリックの姿を照らし出すと、私たちはたぶんふたりとも、一瞬ほっとした。が、彼の顔に浮かぶ表情を見て、慌てて離れた。

たぶん私たちはうしろめたい気持ちをそのまま顔に出していたのだろう、ロッドが冷ややかに言った。「先生の車の音が聞こえましたよ。まあ、来るんじゃないかと思ってたけど」そして、姉に向き直った。「先生はなんて言ってた？　ぼくがイカレたとか、壊れたとか？　母さんにも同じことを言ったんだろ」

「お母様にはまだ、何も言っていませんよ」キャロラインが答える前に、私は言った。

「ああ、そりゃご親切に」彼はまた姉を見た。「先生は誓ってくれたんだよ、ひとことも言わないって。医者の言葉の重みってのは、そんなもんなんだね、はっきりわかったよ。すくなくとも、この先生みたいな医者は」

キャロラインは皮肉を黙殺した。「ロディ、わたしたちはあなたが心配なの。あなたはいつものあなたじゃないわ、自分でもわかってるんでしょ？　はいってらっしゃい。お母様にもベティにも聞かれたくないでしょ、こんな話」

彼はしばらくそのままでいたが、とうとう前に踏み出すと、閉めた扉に寄りかかった。そして、妙に平坦な声で言った。「てことは、姉さんもぼくが壊れたと思ってるわけだ」

「あなたには休息が必要だと思ってるだけよ」キャロラインは答えた。「休憩が――なんでもいいから、とにかく、ここからしばらく離れて」

「ここを離れる？　姉さんも先生と同じだ！　なんでみんな、ぼくを追い出そうとするのさ」

「わたしたちはあなたを助けたいだけよ。あなたが病気で、治療が必要だと思ってるわ。ねえ、何か……見たって本当？」

ロデリックは苛立って、視線を落とした。「畜生、あの墜落事故のあとと同じか！　ずっとひっきりなしに見張られて、世話を焼かれて——」

「教えて、ロッド！　本当に信じてるの、ここに——この家に何かがとり憑いてるって？　あなたに敵意を持った何かが？」

彼は一瞬、答えなかった。が、ゆっくりと視線をあげ、静かに言った。「姉さんは、どう思うのさ？」

すると驚いたことに、彼の視線の何かにキャロラインはたじろいだ。

「わたし——わたしは、どう考えればいいのかわからない。でもロッド、わたし、怖いの、あなたが心配で」

「怖い！　そう、怖がった方がいい、ふたりとも。だけど、ぼくの心配はしなくていい。ぼくを怖がる必要もない、もし、そっちが本音なら。わからないのか？　この領主館を守っているのは、このぼくなんだ！」

私は言った。「あなたがそう感じているのはわかりますよ、ロッド。ただ、私たちに助けさせてくれれば——」

「これがあんたの言う、ぼくを助ける方法か？　姉のところにまっすぐ馳せ参じてご注進するってのが。あんたは約束したのに――」

「これが私の言う、あなたを助ける方法です、ええ。何度も考えましたが、あなたは自力でなんとかできる状態にはない。これが私の判断です」

「でも、わからないんですか？　なんでわからないんだ、昨日、全部、話しただろう！　ぼくはぼくのことを考えてるんじゃない。くそ！　ぼくが家族のためにしてきた努力は、一度も認められたことがないんだ――いまだって、ぼくは自分を犠牲にして、必死にあがいてるのに！　ああ、もう全部捨てて、眼をつぶって、知らないふりをきめこんでやろうか。そしたら、どうなるかわかるさ」

ロデリックはふてくされた口調になっていた――まるで、学校の成績表が悪かったことを言い訳する少年のように。胸の前で腕を組み、肩を怒らせているので、さっきまでひりひりと肌に感じていた恐怖と闇は、するりと消えてしまった。キャロラインが初めて疑いの色を浮かべたまなざしをこちらに向けてきたので、私は一歩前に踏み出し、早口に言った。「ロッド、わかってください、私たちは本気で心配しているんです。このままというわけにはいかない」

「もう、この話はしたくない」ロッドは頑固だった。「これで終わりだ」

「あなたは本当に病気なんですよ、ロッド。きちんと調べなければいけない、治療するために」

「ぼくはあんたと、あんたのお節介で、本物の病気になる！　ほっといてくれ、ぼくだけじゃない、うちの家族をほっといてくれ――だけど、あんたは姉さんとグルだからな。ぼくの脚の治療だってさ、ぼくが研究の手助けをしてるとか、でまかせばかり言いやがって」

「なんてこと言うの」キャロラインが叱った。「ファラデー先生はこんなに親切にしてくださってるのに！」

「今度は親切かい？」

「ロッド、いいかげんに」

「言っただろ、もうこの話はしたくないって！」

彼はうしろを向くと、どっしりした古い図書室の扉を力まかせに開けて、出ていった。去り際に、乱暴に扉を閉めていったので、天井のひびから埃が一列に、まるでベールのように降ってきて、本棚にかけてあったシーツも二枚床にすべり落ち、かびくさい布の山を作った。

キャロラインと私は途方にくれて見つめあってから、のろのろとシーツをかけ直しにいった。

「どうしたらいいんでしょう？」シーツを元どおりにしながら、彼女は言った。「あの子がもし、本当に先生がおっしゃるほど具合が悪くて、それなのに治療をさせてくれなかったら、このままどうなって――」

「わかりません」私は答えた。「本当にわからない。さっきも言ったとおり、見守るだけにして、彼の信頼をもう一度取り戻すしかありません。ただ、それはほとんどあなたの仕事になってしまいます、申し訳ありませんが」

キャロラインはうなずくと、私の顔を見つめてきた。そして、ほんの少しのためらいのあとに言った。「間違いないんですか？　あの子が先生に話したことは？　だってあの子はとても

――とても正気に見えるわ」

「たしかに。しかし、昨日の弟さんをご覧になっていたら、そうは思われなかったはずです。そもそも、あの時でさえ、ロッドは実に理屈の通った話しぶりでした――私が見た中でいちばん不思議な、正気と妄想がないまぜになった症例です」

「じゃあ先生は――本当は、本当に何もないと――あの子の話に、本当のことは何ひとつないと?」

またも、私は彼女がそんな疑いを持ったことに驚いた。「お気持ちはわかります、キャロライン。愛する人の身にこんなことが起きて、受け入れがたいのは」

「そう、かもしれませんけど」

あやふやな口ぶりでそう言うと、両手を重ね、片方の親指でもう片方の手の甲をさすり始めた。キャロラインは震えていた。

私は言った。「寒いんですか」

彼女はかぶりを振った。「寒いんじゃありません――怖くて」

ためらいつつも、私はキャロラインの両手に両手を重ねた。すぐに彼女の指は、私の手に感謝するように触れてきた。

私は言った。「あなたを怖がらせるつもりではありませんでした。すみません、重荷を背負わせることになってしまって」私は見回した。「今日みたいな日は、この領主館は本当に暗くて陰気ですね! たぶん、これもロッドの病の一因でしょう。病があそこまで進んでいなければ！　いまとなっては――ああ」苛立ちながらも、私は時間に気づいた。「もう行かなければ。あなたは大丈夫ですか？　もし、何か変化があれば、すぐに知らせてくれますか？」

キャロラインはそうすると約束した。「ええ、それでいい」私は彼女の両手を握った。彼女の手はしばらく私の手の中でじっとしていたが、やがて、するりと抜け落ちた。私たちは居間に引き返した。

「まあ、時間がかかったのね！」部屋にはいると、エアーズ夫人が声をかけてきた。「それに、さっきの大きな音はいったい何？　ベティも私も、屋根が崩れてきたのかと思ったわ！」

夫人のそばにはベティがいた。お茶の盆をさげにきたところを引き止められたのか、それとも呼び鈴を鳴らされたのかもしれない。夫人はベティに、だめになった写真を見せているところだった――六枚ほど広げられているのは、まだ赤ん坊のころのキャロラインとロデリックの写真らしい――そしていま、また腹だたしげに、写真をまとめている。

キャロラインが答えた。「ごめんなさい、お母様。ドアを乱暴に閉めちゃったの。そしたら、図書室の床が埃だらけになって。ベティ、あとで掃除してくれる？」

ベティは頭をさげ、軽く膝を折った。「はい、お嬢様」そして、出ていった。

ぐずぐずしている時間はもうなかったので、私は丁重に、しかし慌しく別れの挨拶をして――キャロラインと眼を合わせ、あらんかぎりの同情と、支えるという意思を視線にこめて――ベティに続いて部屋を出た。さっきの廊下にたどりつき、開いている図書室の扉の奥をちらりと覗くと、ベティが膝をついて、ブラシとちりとりで、擦り切れた絨毯の埃をやる気のない様子ではらっている。その細い肩が上がったり下がったりするのを見ていて、初めて思い出した。私がジップを処分した朝に、ベティが異様なほど興奮して叫んだ言葉を。ハンドレッズ領主館には〝悪いもの〟が憑いている、という訴えが、まるでロデリックの妄想の中に反映したように現れたのは、偶然というにはあまりに……私は図書室にはいると、静かに声をかけ、彼の頭におかしな考えの種を植えつけるようなことを言わなかったかと訊ねた。

ベティは、何も言っていないと言い張った。

「だって、先生が喋るなって言ったでしょう？　だから、ひとことだって喋ってません！」

「ちょっとした冗談で喋ったことは？」

「ありません！」

ベティは真剣に、勢いこんで答えた——が、少しおもしろがっているようにも見える。不意に、この娘がどんなに優れた役者であるかを思い出した。淡い灰色の瞳を覗きこんだ私は、この時初めて、この子の瞳が無邪気なのか狡猾なのか、わからなくなった。「本当に？　何も言ったり、したりしなかったかい？　ちょっと退屈しのぎに。物を動かしてみたり？　いつもの場所から移してみたり？」

「あたし、なんにもしてませんってば。なんにも言ってないし！　だって、あのことはもう考えたくないんだから。地下室でひとりっきりでいる時に考えると、おっかなくていらんないし。あれはあたしの悪いやつじゃないって、ベイズリーさんは言ってくれたんです。あたしが、あいつにちょっかいを出さなきゃ、あいつはあたしにちょっかい出さないから大丈夫って」

そう言われれば、納得するしかなかった。ベティはまた絨毯の埃とりに戻った。私はしばらくベティを見守ったあと、領主館を出た。

＊

その後、二週間ほどにわたり、何度かキャロラインと話した。彼女によれば、変化と呼べるものはほとんどなく、ロデリックは前よりもいっそう自分の殻にこもるようになってしまったが、それ以外はきわめて理性的に振る舞っているということだ。ロデリック本人はといえば、次に私が訪問して部屋の扉をノックした時に、戸口まで出てきて実に冷静な口調で、〝話すことは何もない、ほっといてほしい〟とだけ言うと――恐ろしいほどの拒絶の意思をこめて、私の鼻先で扉を閉めた。私のお節介は、もっとも恐れていた効果をもたらしてしまったのだ。脚の治療を続けるのは、とうてい無理だった。実は治療に関する論文は書きあげて、すでに提出済みだったとはいえ、この口実がないと領主館に足繁く通《かよ》うわけにはいかない。気がつけば、私は寂しくてたまらなくなっていた。自分でも驚くほどに、たまらなく会いたい。あの一家に会いたい。ハンドレッズ領主館に行きたい。重荷を背負ったかわいそうなエアーズ夫人が心配だった。そして始終、キャロラインのことを考えていた。あんなにもいろいろと大変なことが重なって、どうやって日々を乗り越えているのだろう。図書室のあの時を振り返り、彼女の手が私の手の下で、疲れたように蠢いた感触を思い出す。

師走が訪れると、天候はさらに荒涼とし始めた。そして、この地域ではインフルエンザが流

ドも？」

「おかわりありませんか？」私は訊ねた。「皆さん、お元気ですか？　キャロラインも、ロッ

ではありませんものね、いまは」

ゃらなくて。このお天気で、何もかも本当にいやになりますこと。この領主館は、あまり快適

出た。「まあ、ファラデー先生、お声が聞けて嬉しいですわ！　もうずっとお客様がいらっし

配になったわたしは、その夜、領主館に電話をかけてみた。エアーズ夫人が疲れたような声で

うにハンドレッズ領主館に寄っていく時間も持ちあわせていない。とはいえマキンズの話で心

放っておくと、いつまでも愚痴っていそうだ。つきあって聞いているひまはない。以前のよ

くぬくと温まってるに違いねえ」

る間は、調子がよくてさ。ちょっと寒くなりそうな気配がすると、家ん中で脚を伸ばして、ぬ

「いわゆる領主の農夫ってやつでさ」マキンズは吐き捨てるように言った。「お天道様が照って

いないと言う。この三、四週間というもの――家賃の支払日に、集金に来て以来、一度も。

ってしまいたいと文句たらたらだった。彼はロデリック・エアーズの姿を髪ひとすじすら見て

ので、搾乳の仕事がひどく滞っている。マキンズは不機嫌このうえなく、仕事を全部うっちゃ

の数日は、ハンドレッズ荘園の農場にだけ寄っていた。マキンズの妻と娘が寝こんでしまった

け、その残りは私が診ることになり、すぐに私は自由時間のすべてを仕事にとられた。月初め

レアムもまた罹患した。代診のワイズが、自身の仕事の合間にグレアムの患者の一部を引き受

行した。第一波だ。私の患者の中でも、ふたりの老人が命を落とし、五人が重体となった。グ

「わたくしたちは――なんとかやっていますわ」

「マキンズと話しましたが――」

電話の音が割れた。「どうか、遊びにいらしてくださいな！」雑音の向こうで、夫人が叫んだ。「お願いですわ。お食事にいらして！　むかしながらの正式な晩餐をご用意しますわ。いらっしゃいません？」

私は、喜んでぜひうかがわせていただきたい、と答えた。電話の雑音はいよいよひどくなり、ゆっくり話していられなくなった。それでも私たちは雑音の合間に、三日ほどあとに領主館を訪問する約束をした。

そのたった数日の間に、天気はいっそう悪くなるばかりだった。久方ぶりに私がハンドレッズ領主館を訪れたのは、風雨の強い、月も星もない夜のことだった。この雨と暗闇のせいなのか、それともしばらく足が遠のいていたからなのか、この領主館がどんなにみすぼらしく、打ち捨てられた状態になっているのか、すっかり失念していた。一歩、玄関ホールにはいった瞬間、その寒々とした侘しさに愕然とした。壁の照明の電球はいくつか切れたままで、上に延びる階段が陰の中へと消えていく有様は、あのパーティーの夜のようだ。その光景に心が暗くひしゃげそうになる。無情な夜が、煉瓦の隙間を通り抜ける方法を見つけて侵入し、この領主館の中心にまといつく煙か黴《かび》のように、じわじわと凝《こご》りゆく。肌が突き刺されるように寒い。大昔の電熱器が何台か、ぶんぶん、ばちばちと音をたてているが、熱は発せられると同時に失われている。大理石の廊下を進むと、一家が居間に集まっているのが見えた。皆、身体を温めようと、暖炉の近くに椅子を寄せあい、そしてなんだか変わった装いをしている——キャロラインはドレスの上にはげちょろけのアザラシの毛皮の短いケープをかけ、エアーズ夫人はきっちりした絹のドレスにエメラルドのネックレスと指輪を合わせつつも、肩にはスペイン風とインド風のショールをアンバランスに組みあわせ、頭には黒いスペイン風のベール《マンティラ》をかぶっている。ロデリックはといえば、軟膏色の毛糸のチョッキを夜会服の下に着て、指なし手袋をはめている。

「ごめんなさいね、先生」エアーズ夫人は、私が部屋にはいると、席を立って出迎えてくれた。「わたくしたちがいったいどんなふうに見えるのか、考えるだけでも恥ずかしいですわ！」けれどもその口調はさして深刻ではなく、私の見るかぎり、夫人は自分や子供たちがどんなに奇天烈な恰好をしているのかわかっていない。そのことになぜか私の方が気まずくなった。たぶん、この時の私は、一家を、そして領主館を初めて見る訪問者の眼で見ていたのだ。

ロデリックに近づいた私は、ひどく失望させられることになった。彼の母親と姉は私を歓迎してくれたが、彼自身はあからさまに身を引いた。一応、握手してくれたものの、手に力はなく、口も一切きかず、ちょっと私と視線を合わせただけだった。彼は母親のために、歓迎の動作だけをなぞっているのだろう。しかし、この程度はすべて覚悟していたことだった。私が失望したのは、もっと別のことだ。ロデリックはすっかり人が変わっていた。以前は、災厄に抵抗しようと、常に緊張し、張りつめていた彼が、いまはまるで、災厄が襲おうと襲うまいとどうでもいいというように、潮垂れている。エアーズ夫人とキャロラインと私が、いつもと変わらない日常を装って、近隣の出来事や、地元の噂話といったお喋りに花を咲かせている間、彼は椅子に坐ったまま、上目づかいにこちらを見て、ずっと無言でいた。一度だけ立ちあがり、ジンとドライベルモットをグラスになみなみと注いだ。瓶の扱い方や、作っているカクテルの強さを見るからに、常日ごろから酒びたりに違いない。

見るからに痛々しかった。ほどなくベティが、夕食の支度が調ったと呼びにくると、私はさりげなくキャロラインに近づき、囁いた。「大丈夫でしたか？」

　彼女は母親と弟をちらりと見て、小さくかぶりを振った。廊下に出た彼女は、肩にかけたケープの前をかきあわせた。大理石の床からは、冷気がたちのぼってくる。

　夕食は食堂に用意されていた。エアーズ夫人は私に〝むかしながらの正式な晩餐〟をご馳走するという約束を守ろうとしたのだろう、この部屋の東洋風の壁紙に合う中国の磁器と、由緒ありげな古い銀器を使って、ベティにテーブルをりっぱに飾らせていた。金メッキの枝付き燭台に灯された蠟燭の炎は、窓の隙間風でいまにも消えそうに揺らいでいる。キャロラインと私はテーブルをはさんで坐り、エアーズ夫人はテーブルの裾の席につき、ロデリックは当主の椅子がある――たぶん、彼の父親の古い椅子だろう――上座に向かって歩いていった。彼は腰をおろすとすぐにワインをグラスに注いだ。ベティがその瓶をテーブルの反対側の端に持っていき、蓋付きのスープ入れを運んでくると、自分のスープ皿に手で蓋をした。

「〝ああ、そのいやなスープを持ってって！　今日はスープはいらないよう！（「もじゃもじゃペーター」の作者ホフマンによる「スープのカスパー」より）〟」間の抜けた、耳障りな声で言うと、ロデリックは不意に言葉を継いだ。

「なあ、この詩のスープを食べない悪い子がどうなったか知ってるか、ベティ？」

「いいえ、旦那様」少女は戸惑ったように答えた。

「いいえ、旦那しゃま」彼はベティの口調をまねた。「教えてやろう、火あぶりになったんだ」

「違うわよ」キャロラインは、笑顔を作った。「がりがりに痩せちゃったんでしょ。あなたもそうなるわ、ロッド、気をつけないと。うちじゃ誰もそんなこと気にしないけど。スープを飲みなさいな」

「言っただろ」また間の抜けた声で彼は答える。「〝今日はスープはいらないいいよう！〟さっきのワインを持ってきてくれ、ベティ。ああ、ご苦労さん」

彼はグラスになみなみと酒を満たした。乱暴に注いだので、瓶の口とグラスが触れあい、大きな音が響いた。グラスは美しい摂政時代のアンティークで、おそらくは磁器や銀器と共に、保管場所からわざわざ出されたものに違いない。この小さな衝突に、キャロラインは微笑をすっと消し、突然、心から不愉快そうに弟を見た――彼女の瞳にひらめいた嫌悪の色に、私はぎょっとした。その後、キャロラインは食事が終わるまで、険しい眼をし続けていたので、私は残念に思った。蠟燭の光の中のキャロラインは、いかつい顔つきがやわらかくなり、鎖骨や肩の四角張った輪郭がケープのひだに隠されて、見たこともないほどきれいなのに。

エアーズ夫人もまた、燭台の光のおかげで若々しく見えた。彼女は息子に何も言わず、居間にいた時と変わらず、当たり障りのない軽い会話を続けている。たぶん育ちがいいからなのだろう、と最初は単純にそう思った。きっとロッドの振る舞いが恥ずかしくて、どうにか取りつくろおうとしているのだろうと。けれども、夫人の声音にかすかな硬さがあることに気づき、私はキャロラインが以前、このふたりが〝口論をしていた〟と図書室で教えてくれたことを思い出した。そしてまた、私は気づいていたのだ――これまでハンドレッズ領主館では、こんなことを一度も思ったことがないのに――ここに来なければよかった、と願い、この晩餐会が一刻も早く終わることを祈っていることに。この領主館が、一家の不機嫌さを我慢するいわれはない。そして、私もまた。

やがて、夫人と私の会話は、この領主館の西門から五百メートルほど離れたところに住んでいる、ハンドレッズ所領のむかしからの賃借人がインフルエンザにかかって、最近、私が治療をしているという話になった。その患者を往診するのに、ハンドレッズ領主館の庭園の道を使わせてもらえて、迂回せずにすんで本当に助かっています、と私が言うと、エアーズ夫人はうなずきつつ――謎めいた言葉を言い添えた。「このままずっと、そうできればよろしいですけれど」

「えっ？」私は驚いた。「なぜ、そんなことを？」

夫人はじっと息子を見つめた。まるで彼が話しだすことを期待するかのように。ロデリックは無言でワイングラスを見つめているばかりで何も言わない。夫人は麻のナプキンで口元を拭いて、続けた。「残念ですけれど、先生、ロデリックが今日、情けない知らせを持ってきましたの。どうやら、わたくしたちは、土地をさらに切り売りしなければならないようですわ」

「売る？」私はロデリックに向き直った。「もう売るような土地はないと思っていましたよ。

今度の買い手は誰ですか」

「州議会ですわ、また」ロデリックが口を開こうとしないので、エアーズ夫人が答えた。「前と同じ、モーリス・バッブが建築を担当するそうです。計画では、さらに二十四軒、新しい家を建てるんですって。想像できまして？　そんなのは規則で禁止されていると思っていましたわ。ほかのことはなんでも禁止しているくせに。でも、政府は荘園の土地建物を分割して、三エーカーの敷地に二十四家族を詰めこもうとする業者に、嬉々として下げ渡すつもりなんですの。そうなると、塀に穴を開けて、パイプや何かをいろいろ通すことに――」

「塀？」私は意味がわからなかった。

キャロラインが口を開いた。「ロッドは農場を提示したんですけど」静かに言った。「いらない、と断られたんです。西側のやまかがしヶ原だけが欲しいって。水道や電気についての向こうの態度が、やっとはっきりしたわ。わたしたちのためだけにハンドレッズ領主館まで本管を引く気はないけれど、新しい公営住宅のためになら引っぱってくるみたい。これじゃ、せっかく土地を売ってお金を作っても、農場まで支線や支管を引くだけで終わりそうだわ」

一瞬、言葉を失った。やまかがしヶ原――キャロラインとロデリックが子供のころにそう名づけた草地は広大な庭園の塀の内側にあり、領主館そのものからは一キロほど離れている。盛夏にはそこまで見晴らせないのだが、秋が深まり、木々が葉を落とすにつれて、領主館の南と西に面したすべての窓から、緑と白と銀の帯がはるか遠くで、まるで指でけばだてたベルベットのようなさざ波が立つ、目もあやな景色を愉しむことができる。それをロッドが本気で手放そうとしていると知り、私はぞっとした。「まさか、本気じゃないでしょう」私は彼に話しかけた。「塀の内側の庭を切り売りするなんて。ほかに何か、違う方法はあるんでしょう？」

再び彼の母親が答えた。「違う方法は、庭園も領主館も一切合財売りはらうことしかありませんわ。でも、この領主館を守るために、いろいろなものを犠牲にしてきましたもの、ロデリックでさえそれは問題外だと思っていますの。契約には、バッブに建築現場のまわりに囲いを作らせるという条件をつけます――すくなくとも、そうなればわたくしたちは見なくてすみますもの」

ここでロデリックが、ついにろれつの回らない口を開いた。「ああ、庶民どもがはいってこないように、柵を作っとかないとな。それでも連中を締め出しておけるかどうか怪しいもんだ。どうせすぐに、夜中になったら、口にくわえた短剣で、家の壁をがりがりひっかきだすようになる。なあ、姉さん、枕の下に銃を入れて寝た方がいいぜ！」

「海賊じゃあるまいし。馬鹿じゃないの」彼女は皿から眼もあげずにつぶやいた。

「そうかな？　ぼくは自信を持って言いきれないな。連中はぼくらをメインマストから吊るしたくてしかたないのさ、アトリー首相がひとことそう言うのを待ってるんだ。たぶん、いつか言うね。庶民はぼくらのような人間を、いまや憎んでる。わかるだろ？」

「ロデリック」エアーズ夫人が困惑して、声をかける。「わたくしたちを憎んでいる人なんていませんよ。このウォリックシャーでは」

「何言ってんだ、特にこのウォリックシャーがそうさ！　州ざかいを越えたグロズターシャーの人間はまだ、ご領主様と小作人って考えが身体に染みこんでるよ。でも、ウォリックシャーの人間はむかしから、賢い商売人ばかりだ――内戦時代からずっとね。あの時代、連中はひとり残らず、クロムウェルの味方だった。いまは、どっちに風が吹いてるのか、ちゃんと見極めてる。ぼくらの頭を切り落とそうって決めたとしても無理ないね！　そもそも、ぼくらは自分たちを救おうって努力をほとんどしちゃいない」彼は不器用に手を振った。「姉さんとぼくを見てみろよ、子供を産まない一等賞の牝牛と、種付けしない一等賞の牡牛だ。牛の群れを大きくしようって気がひとつもない！　ぼくらは絶滅の道を選んでこんな生活をしてるんだって、みんな思ってるさ」

「ロッド」彼の姉の顔に浮かんだ表情を見て、私は声をかけた。

彼は私に向き直った。「なんだ？　あんたは喜べばいい。海賊組の人間だろ？　おいおい、まさか、あんたごときがどうして今夜招待してもらえたのか、わかってないのか？　母さんは、いまのぼくらの姿を見せるのが恥ずかしくて、本物の友達はひとりも呼べないんだ。そのくらい、わからなかったのか？」

頰が赤くなるのを感じたが、それはむしろ怒りのせいだった。居心地悪く感じているところを見せて、彼を満足させたくない。私は食べながら、彼の眼を見つめ続けた――一対一の睨みあいで、正面から負かしてやる。どうやらこの作戦は効き目があったらしい。私と睨みあう彼のまつ毛が急に震え、ほんの一瞬、彼は恥ずかしそうな、そして、追いつめられたような顔になった。まるで、自分の大言壮語に内心ではびくびくしている、幼い少年のような。

キャロラインはうつむいて、食事を続けた。エアーズ夫人は一、二分、無言でいたあと、ナイフとフォークを揃えて置いた。そして、次に口を開いた時には、それまでの会話に一度も邪魔がはいらなかったかのように、私のほかの患者について訊ねてきた。夫人の物腰はなごやかで、声は穏やかだった。が、一度も息子を見ようとしなかった。テーブルから彼という存在を切り捨てたようだった――暗闇の中に沈めてしまうかのように。彼の前にある蠟燭をひとつひとつ、吹き消すかのように。

その時にはもう、晩餐会の雰囲気は直しようがなかった。デザートは瓶詰めのラズベリーを使った、少し酸味の強いパイで、合成クリームを添えて供された。部屋はいつまでたっても湿っぽく、冷え冷えとして、風が煙突の中でうめき声をあげており、たとえ場の雰囲気がよかったとしても、戦前の晩餐会のようにいつまでもいられるものではなかった。エアーズ夫人がベティに、コーヒーは居間で出すように命じると、キャロラインと私も立ちあがってナプキンを置いた。

ロッドだけが逆らった。戸口で、彼はむくれたように言った。「ぼくは行かないよ。いいだろ。処理しなきゃならない紙が山になってるんだ」

「煙草を巻く紙でしょ、どうせ」キャロラインはそう言うと、さっさと廊下を歩いていき、居間の扉を母親のために開けた。

ロデリックは眼をぱちくりさせた。またも自分の不機嫌が招いた罠に落ちて、ひそかに恥じているのだろう。見守っていると、彼は私たちに背を向けて、自室までの短くも陰気な旅路に出ていった。一瞬、怒りと共に憐れみが心を焼く。あんなふうに彼を行かせてしまうなんて、私たちは残酷だ。なのに私は、ロデリックの母親と姉のもとに行き、ふたりが暖炉に薪をくべているのを見ている。

「息子の非礼をお詫びいたします、先生」エアーズ夫人は腰をおろしながら言った。頭痛をこらえるかのように、手の甲を額に当てている。「今夜のあの子の態度ときたら、もう許せません。どれだけわたくしたちが気分を悪くしているか、わからないのかしら。これからまたお酒を飲むつもりでいるのなら、ベティに言って、取りあげさせないと。主人が食卓で酔ったところなんて、見たことがありませんのに……先生のことは、心から歓迎しておりましてよ。どうぞ、おかけになってくださいまし、わたくしの前の椅子に」

とりあえず私は腰をおろした。ベティがコーヒーを運んでくると、私たちは土地を売る話について、さらに語りあった。私はこの工事が破壊行為を意味すると、今後の領主館の生活に必ず取り返しのつかない傷をもたらすと強調し、ほかに代替案はないのかと訊ねた。けれども、一家はすでにさんざん考え抜いたあとで、もうこの案に従おうと、すっかり諦めていた。キャロラインでさえ、不思議なほど逆らう意志を失くしている。もう一度、ロデリックを説得してみようと思った。彼が領主館の反対側の片隅で、ひとり寂しくぽつねんといる姿を想像して、やりきれなかったのも事実だ。コーヒーを飲んでしまうと、私はカップを置き、彼の仕事を手伝えないか、様子を見てくると言った。

思ったとおり、仕事云々はまったくのでまかせだった。部屋にはいってみると、彼は暗がりの中、暖炉の火のほかはなんの明かりもつけずに、じっとしていた。あえてノックをせず、拒絶する間を与えなかった私に向かって、ロデリックは首だけで振り向き、ふてくされた声で言った。「来ると思ってたよ」

「少しお邪魔してもいいですか?」

「いいと思うか? こっちがどれだけ忙しいか、見りゃわかるだろ——いや、明かりはつけないで! 頭が痛いんだ」彼がグラスをおろして、歩きだす音がした。「いいよ、かわりにこっちの火を少し……寒いしね、どうせ」

ロデリックは暖炉脇の箱から薪を二本取りあげて、不器用に暖炉に放りこんだ。薪は火花を煙突めがけて飛ばし、消し炭を火格子の外に散らして、ほんの一瞬、火の勢いを抑えて、部屋をいっそう暗くした。けれども、私が彼に近づいて、もう一脚の肘掛け椅子を引き寄せるころには、湿気た生木のまわりを炎が包みこんで、はじけだし、彼の顔がはっきり見えるようになっていた。彼は椅子にだらしなくもたれて、両脚を放り出している。夜会服も毛糸のチョッキも指なし手袋も身につけたままだったが、ネクタイをゆるめ、カフスボタンをはずし、喜劇に出てくる酔っぱらいのように、片襟だけがぴんと立ったままでいる。

ロデリックが調剤室であの奇想天外な話を語って以来、これがこの部屋への初めての訪問で、私は腰をおろしつつ、落ち着かない気分で室内を見回した。暖炉の光から離れた場所は闇が深く、影が蠢き、何も見通せないように思えたものの、ベッドのくしゃくしゃな毛布や、脇にあるサイドテーブルや、そのそばにある大理石張りの洗面台は、おぼろげに見えてきた。髭剃り用の鏡は——以前は、剃刀《かみそり》や石鹸やブラシと一緒に洗面台に置かれていたのに——影も形もなくなっている。

ややあって振り向くと、ロデリックは膝の上に巻紙を広げて、煙草を巻いていた。ゆらめく暖炉の炎の照り返しの中でさえ、その顔が酒で赤く、どんよりしているのがわかる。私は、ここに来た目的どおり、土地の売り渡しについて話し始めた——身を乗り出し、声に熱をこめ、なんとかして彼の気持ちを振り向かせようとして。しかし、彼はそっぽを向き、話を聞こうとしなかった。とうとう私はこの話題を諦めた。

椅子に背をあずけ直し、私はかわりに言った。「ひどい様子ですね、ロッド」

すると、彼はげらげら笑いだした。「はっ！　いまのが医者としての専門的な意見じゃないことを祈るよ。悪いけど、診察代が払えないんだ」

「どうして、自分を大事にしないんです？　領主館も土地もばらばらにして、そのうえ、いまのあなたときたら！　よく見なさい、自分の姿を！　ジンにベルモットにワインに——」私は彼が肘をのせているテーブルの、乱雑に詰まれた書類の脇のグラスに向かって顎をしゃくった。

「——それは？　ジンですか、また？」

ロッドは口の中で悪態をついた。「くそ！　なんだってんだ？　人間、たまにはちょっとくらい、景気つけたっていいだろ？」

「あなたのような立場の人間はいけない」

「どんな立場？　ご領主様かい？」

「そういう表現を使いたいのなら、そう、そのとおりです」

彼は煙草の巻紙に染み出た脂《やに》をなめて、酸っぱい顔をした。「母のことを考えてるんだろ、あんたは」

「いまのあなたを見たら、お母様がどんなに嘆かれるか、わからないんですか」

「じゃあ、ひとつ頼みごとをしてもいいかい、先生？　母には何も言わないでくれ」ロッドは煙草を口に押しこむと、新聞紙のこよりを使って、暖炉の火を煙草に移した。「だけどさ」彼は坐り直して言った。「子供に献身的な母親を演じようたって、いまさら遅すぎる。正確に言えば二十四年遅すぎた。姉さんには二十六年遅かったな」

「お母様はあなたたちを心から愛していますよ。馬鹿なことを言うのはやめなさい」

「なんでも知ってる口ぶりじゃないか」

「お母様が話してくれた範囲でなら、そう、知っています」

「ああ、ああ、仲良しだもんな、あんたらふたりは。で、母は何を言った？　ぼくが死ぬほど母をがっかりさせたってことか？　母は死ぬまでぼくを許す気はないだろうよ、撃ち落とされて、脚がろくに動かなくなったぼくを。姉さんもぼくも、生まれた時からずっと、母をがっかりさせっぱなしさ。生まれたってことだけで、がっかりさせてるんだ、どうせ」

私が答えずにいると、彼はしばらく黙って、火を見つめていた。次に口を開いた時、彼はごくさりげない口調でこう言った。「子供のころ、ぼくが学校を脱走したのは知ってる？」

突然、話題を変えられて面食らった。「いいえ」ゆっくりと答える。「知りませんでした」

「ああ、なるほど、母たちは秘密にしてたわけか。ぼくはね、二回、脱走した。最初の時は八歳か九歳で、そう遠くには行けなかった。二度目はもう少し大きくなってて、十三歳くらいだったかな。普通に歩いて外に出たけど、誰にも見咎められなかった。だからそのままホテルのパブまで行って、父の運転手のモリスに電話をかけたら、助けにきてくれた。モリスはいつもぼくの味方だったな。ハムサンドイッチとレモネードをおごってくれて、パブでずっと話しあって……ぼくは脱走の計画をずっと先まで立ててた。モリスの弟がガレージを経営してるのを知ってたし、ぼくは自分の金を五十ポンド持ってたから、ガレージの共同経営者になれると思ってて――モリスの弟と一緒に暮らして、修理工としてやっていこうって。ぼくはそのころから、エンジンのことならなんでも知ってたんですよ、先生」

彼は煙草を吸った。「モリスは本当に親切にしてくれたっけ。〝あんなあ、ロデリック坊ちゃん〟――あいつはひどいバーミンガム訛りだったな――〝あんなあ、ロデリック坊ちゃん、坊ちゃんは腕っこきの修理工になれっだろうし、うちの弟もそりゃあ、坊ちゃんが来てくれりゃ、光栄でもう大喜びですけどなあ、旦那様たちがどんだけ悲しむと思いますか？　坊ちゃんは大事な跡取りの総領様なのに〟モリスは学校に連れ戻そうとしたけど、ぼくは頑として譲らなかった。どうしていいかわからなくなって、モリスはとうとう、領主館にぼくを連れ帰って、料理女にあずけましたよ。で、料理女はぼくをこっそり母のところに連れていった。モリスも料理女も、きっと母がぼくをかばって、父があまり叱らないようにとりなしてくれるに違いないと思ったんだ——映画や芝居に出てくる母親のように。だけど、全然。母はぼくに、本当にどうしようもなくがっかりしたと言っただけで、父のところに行って、どうしていまこんなところにいるのか、自分の口から説明しろって命令したんです。もちろん、父は鬼のように怒り狂って、ぼくを鞭でぶちましたよ——開いた窓のそばで、外にいる使用人たちの誰からも見えるような場所でね」ロデリックは笑い声をたてた。「学校を逃げ出したのは、ぼくをベルトでぶつ同級生がいたからなのにさ！　野蛮な奴だった、ヒュー・ナッシュって名前の。ぼくに〝エアーズ・アンド・グレイシズ（もったいぶった偉そうな態度の意味）〟ってあだ名をつけた奴。そんな奴でも、ぼくをぶつ時には人目につかない場所を選ぶ気配りくらいしてくれたのに……」

煙草は彼の指の間で灰になっていったが、ロデリックは身じろぎもせずそのままの姿勢で、ただ声を落とした。「ナッシュは海軍に行きました。そして、マラヤで戦死した。あいつが死んだって聞いた時、ぼくはね、先生、ほっとしたんですよ——まるで、ぼくがまだ学校にいて、同級生から、ナッシュが親に学校から連れ出されたって聞かされたような気分だった……モリスも、残念だけど、たぶんもう死んだでしょう。弟の方が元気でいればいいけど」声が荒々しくなった。「あのガレージの共同経営者になれていたら、どんなによかったか。いまよりずっと幸せだったはずだ、ぼくの持っているものを何もかも、このクソみたいな領主館につぎこむ、こんな人生なんかじゃなくて。なんで、ぼくはこんな苦労をしてるんだ？　御家《おいえ》のためって先生なら言うんでしょう、はっ、すばらしい洞察力だ。けど、こんな家、守る価値があると本気で思いますか？　姉さんを見てみればいい！　この領主館が姉さんから命を吸い取った——ぼくから吸い取ってるみたいに。そうなんだ、この領主館は。ぼくらを滅ぼしたいんだ、一族郎党根絶やしにしたいんだ、こいつは。いまはぼくが踏ん張ってるから、なんとかもってるけど、いつまでも耐えられるわけじゃない。そして、こいつがぼくを食いつくしたあとは――」

「ロッド、もうやめなさい」彼の声が突然、跳ねあがり、興奮し始めたので、私は止めた。彼は煙草が消えたことに気づくと、もう一本こよりを取って、前かがみになり、煙草に火をつけたあと暖炉に乱暴に捨てたので、こよりは大理石の火よけのこちら側に跳ね返って落ち、絨毯の端を焦がし始めた。私はこよりを拾って、暖炉の中に捨てた。彼の様子を見た私は、防火幕の端に手を伸ばして――ここの暖炉は、子供の安全対策用に薄い金網でできたカーテンがかかっている――閉じた。

彼は椅子に深く腰かけて、身を守るように両腕を組んでいる。一、二度、何かうしろめたそうに煙草を口に持っていったあと、頭をそらして部屋を眺め始めた。その眼は、彼の細く青白い顔の中で異様に大きく、黒々と見えた。何を探しているのか知っている私は、苛立ちと狼狽で吐き気を覚えた。この瞬間まで、彼が以前の妄想にとらわれている気配も述懐もなかったのだ。彼の振る舞いは不愉快なものであるとはいえ、理性的なものだった。けれども、何も変わっていなかったのだ。彼の心は曇ったままだった。ただ、酒に勇気づけられていただけで、反抗的な態度はすべて、追いつめられた心の暴発にすぎなかったのだ。

ロデリックは視線を動かしながら続けた。「今夜、きっとまた何かが起きる。感じるんです。いま、それを探ってる。ぼくは風見鶏だ。風向きが変わりだすとわかる」

やたらと大げさな口調は、いったいどこまで芝居で、どこまで真剣なのだろうか。しかし、気がつくと、私は彼の視線の先を追っていた――そうせずにはいられなかった。私の眼は洗面台に引き寄せられ、次に、その真上の天井を見あげる。暗がりを通してさえ、あの奇妙な染みを見ることができる――そこから一メートルほど離れたところに、似たような染みを見つけて、私の心は沈んだ。さらに離れた場所に、またひとつ。ロッドのベッドのうしろの壁を見ると、そこにもひとつ、見えた。いや、見えたと思う。影の悪戯《いたずら》で、はっきりそうとは言いきれない。それでも、あちらの壁、こちらの天井、と視線を走らせるうちに、部屋が不気味な染みでいっぱいのような気がしてきて、突然、彼をこの中にあとひと晩でも――一時間でも！――置き去りにすることに耐えられなくなった。私は暗がりから眼を引きはがし、椅子から身を乗り出すと、真剣に心をこめて言った。「ロッド、リドコート村に私と一緒に来てくれませんか？」

「リドコートに？」

「あっちの方があなたは安全だと思うんです」

「いまはここを離れられない。言っただろ。風向きが変わり始めたって――」

「そんなことを言っちゃいけない！」

ロデリックは、不意に理解したというように、眼を瞠った。そして、再びこくびをかしげると、からかうような口調で言った。「ははあ、怖いんだ」

「ロッド、聞いてください」

「先生も感じるんだろ？　感じて、怖がってるんだ。前は信じてなかったよね。心の病とか戦争のショックとか言って。でもいまは、ぼくよりも怖がってる！」

それで気づいた。私は怖がっている――彼が言っていたあれやこれやではなく、もっと漠とした、もっとおどろおどろしいものを。私は手を伸ばして、彼の手首をつかもうとした。

「ロッド、後生だ！　このままでは、あなたは」

私の動作は彼の意表をついたらしい。ロデリックはさっと身を引いた。そして――たぶん酒のせいだろう――激昂した。

「いいかげんにしろ！」わめいて、私を押しのけた。「触るな！　指図するな、このクソ野郎！　指図ばかりしやがって。医者の助言とやらを垂れ流すのをやめたら、今度は汚らわしい医者の指で手を握るのか。手を握らなけりゃ、汚らわしい医者の眼でじろじろ、じろじろ、じろじろ、見やがる。あんた、何様だよ？　なんでここにいる？　よく、ずかずかあがりこめるな。家族でもないくせに！　庶民風情が！」

音をたててグラスをテーブルに置くと、ジンが書類の上にこぼれた。「ベティを呼ぼう」呆けたように、彼は言った。「玄関まで案内させる」

暖炉からせり出した炉胸によろよろと近づき、レバーを何度も何度も乱暴に引っぱると、地下で呼び鈴が慌しく鳴る音がかすかに響いてきた。奇怪にも、それは村の空襲の見張り番が使っていたベルにそっくりで、すでにロデリックの言葉にショックと憤りが腹に渦巻いていた私は、心が噴火しそうになった。

立ちあがって戸口に向かい、扉を開けたとたん、息を切らして驚いた顔のベティとぶつかりそうになった。私は彼女を押し戻そうとした。

「大丈夫、なんでもないよ。間違いだから。戻っていい」

けれども、ロデリックが私の言葉にかぶせるようにわめいた。「ファラデー先生がお帰りだ、ベティ！　ほかの患者のところに行かなきゃならないんだ。残念だよ、なあ？　玄関まで見送って、コートと帽子も持ってきてさしあげろ、いいな？」

少女と私は顔を見合わせた。しかし、私に何ができただろう？　ほんの数分前に、彼こそが〝ご領主様〟であり、一人前のおとなの男であり、この領主館と使用人たちの主人であると思い出させたのは、この私だった。強張った声で、私はやっと答えた。「わかりました」すると、ベティは脇にどいて道をあけ、すぐに私の荷物を取りに走っていった。

興奮のあまり、私は居間の前でしばらく立ち止まり、頭を冷やそうとしたものの、部屋にはいってもまだ心がざわついていたので、顔やそぶりに出てしまっているに違いないと思った。けれども、私がはいっていっても、誰も気にしなかった。キャロラインは小説を膝に広げ、エアーズ夫人は暖炉のそばの椅子で、すやすや眠っていた。そのことに私はまたショックを受けた。夫人が眠っているところなど見たことがない。歩み寄ると、夫人は目を覚まして私を一瞬、見あげたが、恐怖に襲われて視点の定まらない、まさしく混乱した老婦人そのものの表情を浮かべた。膝にかけていたショールが床にずり落ちかけている。私がかがんで、それを手で受け止め、立ちあがった時にはもうすっかり目を覚まして、私からショールを受け取ると、膝にかけ直した。

彼女は、ロデリックがどんな具合だったかと訊ねてきた。私は躊躇したが、思い切って口を開いた。「正直に言えば、芳しくはありません。なんと――申しあげればいいか。キャロライン、もう少ししたら、ロッドの様子を見にいってあげてくれませんか」

「酔っぱらってるんなら、いやだわ」彼女は答えた。「酔っぱらったあの子はどうしようもないもの」

すると「酔っぱらい！」エアーズ夫人が軽蔑もあらわに言った。「祖母がいまのあの子を見る前に亡くなって幸いでした――ええ、主人のお母様です。酒に飲まれた殿方の姿ほど見苦しいものはこの世にない、とおっしゃるのが口癖で――わたくしも賛成ですわ。わたくしの母方のご先祖様は――曾祖父母はたぶん、禁酒法側の人間だったと思いますの。ええ。たぶん」

「それでも」私はキャロラインを鋭い眼で見つめ、視線を無理やり合わせようとした。「今夜は寝る前に、念のために弟さんの部屋に行ってあげてくれませんか、大丈夫かどうか」

やっと言葉の裏の意味に気づき、キャロラインは顔をあげて、私と眼を合わせた。そして、だるそうに眼を閉じて、うなずいた。

私は少しだけ安心したものの、ゆっくり暖炉のそばに坐って、世間話をする気持ちにはなれなかった。晩餐の礼を述べて、別れの挨拶をした。ベティは玄関ホールで、私の帽子とコートを持って、待っていた。その姿を見たとたん、ロッドの言葉が耳に蘇った。あんた、何様だよ？　庶民風情が！

外はまだ大荒れの天気で、私の気持ちを鞭打つばかりだった。狼狽と怒りは、家に向かう車の中でどんどんふくれあがって――いきおい運転は荒くなり、あちこちぶつけ、一度など、ハンドルを急に切ったものだから、もう少しで道路からはずれるところだった。気持ちを落ち着かせるために、真夜中過ぎまで請求書や書類の整理をした。それでも、ベッドにはいった私は寝つけなかった――堂々巡りの物思いから気持ちをそらすために、急患が出てくれないだろうかとさえ思った。

　しかし、急患は現れず、とうとう私はランプのスイッチをつけて、飲み物を作りに立ちあがった。ベッドに戻る途中、あの鼈甲の美しい写真立てに入れた領主館の古い写真が眼にはいった。ベッドサイドテーブルに、連邦祝日《エンパイア・デイ》の記念メダルと共に飾っておいたのだ。写真を取りあげ、母の顔を見つめた。そのうしろの領主館に視線を移すと、いままでにもときどき想像してきたことながら、領主館の中に住む人たちも、寒くて暗いそれぞれの部屋で、私のように寝つけずにいるのだろうか、と思いをめぐらせた。エアーズ夫人がこの写真をくれたのは七月だった。いまは十二月の初めだ。たった数ヶ月で、私はなぜ、あの一家の問題にこれほど心を悩ませるまでに、深くややこしく関わってしまったのだろう?

　飲んだ酒のおかげで憤りの勢いは鈍り、ほどなく私は眠りについた。けれども、夢見は悪かった。こうして、暗く心を苛む悪夢と私が闘っている間に、ハンドレッズ領主館では恐ろしいことが起きていた。

7

のちに、物語のかけらをつなぎあわせて、把握した話はこういうものだ。

私が領主館を出てから、エアーズ夫人とキャロラインは一時間ほど居間にいたが、去り際の私の言葉がずっと気になっていたキャロラインは、とうとう弟の様子を見にいくことにした。ロデリックはジンの空き瓶をかかえたまま、口を開けてのびており、話すこともできないほどだった。彼を最初に見た時の反応は怒りだった、とキャロラインは述懐した。自業自得だから、このまま放置してやろうかと、かなり本気で思いさえした。が、その時、膜がかかったような眼でロデリックが見あげてきたのだ。その瞳の奥の何かに、彼女の心は揺れた——むかしのロデリックのかけらが、まだ残っている。一瞬、絶望的な自分たちの境遇に心が折れそうになった。弟のそばに膝をつくと、手を取って、自分の顔のそばに持っていき、その手の甲を額に当てた。「いったいどうしちゃったの、ロディ」キャロラインはそっと訊ねた。「あなたがもうわからない。むかしのあなたに会いたい。どうしちゃったの」

彼はキャロラインの頬を指でなでたが、答えなかった。答えられなかったのかもしれない。しばらく彼女はそうしていたが、ついに気力を奮い立たせ、彼をベッドに入れることにした。その前に用を足させた方がいいだろうと思い、なんとか立ちあがらせると、廊下の先の〝紳士のくつろぎの部屋〟に送り出し、弟がよろよろ戻ってくると、靴を取り、カラーをはずし、ズボンを脱がせた。事故のあとは彼女が介護していたので、この程度の作業はキャロラインにとってなんでもないことだった。枕に頭が触れるか触れないかのうちに、ロデリックは寝入ってしまい、鼾《いびき》をかき、酒の臭いをふんぷんと振りまき、死んだように転がっていた。仰向けで寝ているので、キャロラインは戦時中の訓練を思い出し、吐いた時のために、横向きに寝かせようとした。けれども、どんなにがんばってもロデリックの姿勢を変えることはできず、疲れて苛立った彼女は諦めた。

部屋を出る前に、キャロラインは弟の身体をすっかり毛布でおおい、暖炉のそばに行き、金網の防火幕を開けて、薪を足した。もう一度、防火幕を閉めて、部屋を出る前には、あとで考えてみても間違いなく、灰皿には火のついた吸殻はなく、ランプも蠟燭もついていなかった、とキャロラインは言った。その後、居間に戻って、母親と三十分ほど一緒にいた。ふたりは十二時になるずっと前にベッドにはいった。キャロラインは十分か十五分ほど本を読んでから明かりを消し、ほとんどすぐに眠りについた。

数時間後に、彼女は目を覚ました――あとでわかったが、三時半前後のことだったらしい――かすかだが、間違いなくガラスの割れる音がしたのだ。音はキャロラインの部屋の窓の真下から響いてきた――弟の部屋だ。仰天して、彼女はベッドの上に身を起こした。きっとロデリックが目を覚まして、暴れているのだろう、と思った彼女はまず、弟が上階に来て母親を悩ませてはまずい、と考え、苦労して立ちあがり、ガウンを着た。階下におりてロデリックと対決する勇気を奮い立たせていた彼女はふと、この音はもしかすると弟が出しているのではなく、泥棒が侵入しようとしているのかもしれない、と思った。ロデリックが夕食の席で話した、海賊と短剣についての冗談が頭に残っていたのだろうか。ともかく彼女はそっと窓辺に行き、カーテンを開けて外を覗いた。庭が、踊るような黄色い光を浴びているのが見え、煙の臭いがする――それで、気づいた。火事だ。

　火事は、ハンドレッズ領主館、のように大きな館において常に恐れられる災厄である。一、二度、厨房で小火《ぼや》が出て、すぐに消し止められたこともあったらしい。戦時中はエアーズ夫人がいつも空襲に怯えていたので、どの階にも、消火用の砂や水を入れたバケツや、ホースや、手押しポンプが用意されていた――結局、最後まで必要なかったのだが。現在はそれらはすべて片付けられ、消火器一本残っていない。あるのは、地下室の廊下にずらりとぶらさがる古い革袋ばかりだが、どれも白く粉をふき、たぶん水漏れする――実用目的ではない、単なる装飾品だ。これだけの事情を承知のうえで、踊る黄色い炎を見ながら、キャロラインがパニックに陥らなかったのは奇跡だった。それどころか、わくわくした、とのちに彼女は告白したものだ。このまま領主館が焼け落ちてしまえば、もろもろの問題が解決する。頭を駆けめぐるのは、この幾年月、領主館のために身を粉にして働いてきた間の、ありとあらゆる事柄。磨き続けた木の床、羽目板、すべてのグラス、食器……すべてを奪い去ろうとしている炎を憎むどころか、むしろ屈服の儀式として、何もかも喜んで捧げよう。

　そこまで考えて、弟のことを思い出した。キャロラインは暖炉の前の敷物と、ベッドの毛布をつかんで、階段に向かって走りだした――声をかぎりに母を呼びながら。一階の廊下にはいると、煙の臭いはひどくなった。空気はすでにスープのように濁り、眼を突き刺し始める。靴のクロゼットの中を走り抜け紳士用の手洗い所に飛びこむと、洗面台の水に敷物と毛布を浸した。呼び鈴の紐を見つけて、何度も、何度も、何度も鳴らした――その数時間前に、私の眼の前でロデリックが鳴らしたように。ぐしょ濡れの毛布と敷物をかき寄せ、抱きかかえながら、キャロラインがよろよろと廊下に出ると、怯えた顔のベティが寝巻のまま裸足で、カーテンのかかったアーチ天井の使用人通路から現れた。

「水を持ってきて！」キャロラインは怒鳴った。「火事よ！　臭うでしょう！　毛布でもシーツでも、とにかくなんでも、持ってきて！　早く！」

彼女は胸にかかえている濡れた毛布のかたまりをずりあげ、はあはあとあえぎながら、汗をほとばしらせつつ、ロデリックの部屋に走った。

扉を開ける前から、咳で息ができなくなりそうだった、とのちにキャロラインは語った。部屋にはいると煙が立ちふさがり、眼や咽喉を刺してきたので、彼女は海軍婦人部隊時代に入れられた毒ガス訓練室を思い出した。もちろん、その時には防毒マスクを持っていた。そして訓練の肝《きも》は、マスクを装備することだったのだ。いまは、腕にかかえた濡れた布に鼻と口を押し当てて、がむしゃらに進むしかない。すでに火炎地獄だ。部屋じゅうの壁を炎がなめ、一度など、ついに全身を炎にのまれそうになり、もう引き返そうかと思った。実際に向きを変え――方向感覚を失って、完全にパニックに陥り、吐きそうになった。間近に炎が迫り、咄嗟に半狂乱で毛布を叩きつける。また別の炎を敷物で叩いていると、ベティと母親がいつのまにか、自分たちの毛布を持ってきて火を消していた。あおられた煙が渦巻き、一瞬、薄れたその先にロデリックが、さっき寝かしつけたベッドの上でやっと気がついたように、咳きこみながらぼんやりと眼を開けているのが見えた。窓辺のブロケード地のカーテンが二枚、あかあかと燃えている。残りの二枚は燃えつきる寸前で、床に落ちかかっている。キャロラインは必死に道を切り開き、カーテンの残骸の間に手を伸ばして、ガラス戸を思い切り開けた。

それを聞いた私は、もしも室内の火の勢いがもっと強ければ、突然、新鮮な空気が流れこんでくることで大惨事になっていたはずだと思い、全身に震えが走った。けれどもこの時点で火はだいぶ消えていたうえ、はいってきた夜気も、ありがたいことにまだ雨まじりだった。キャロラインはよろめくロデリックに手を貸して、外に続く石段まで歩かせると、母のもとに飛んでいった。煙はだいぶ薄くなっていたが、室内をよくよく見渡すと、まさに地獄の一部を見ているかのようだ。信じられないほど熱くて、千もの光にちろちろと照らし出された、煙うず巻く室内では、燃えさしからあがる煙の渦と、彼女の顔や両手に獰猛に襲いかかる炎の舌があちらこちらでひらめいている。エアーズ夫人は咳きこみ、空気を求め、髪を振り乱し、その寝巻は真っ黒に汚れている。ベティが水桶を何度も運んだので、灰と煙にいぶされた絨毯や毛布や紙の残骸は、三人の女たちの足の下で、黒い泥の海と化していった。

彼女たちはどうやら必要以上にがんばったらしい。というのも、最初に手近な火を消したあと背中を向けて、まもなく振り向いたら、再び燃えあがっていたということがあったために、その後はどんな場所も、念には念を入れて、焼け爛れたあらゆる物に交替で水をかけ、火かき棒や火ばさみを使って、燃えさしや火花をとことん消して回った。三人とも煙のせいで苦しくなり、吐き、眼からとめどなく涙を流し、黒い頬に白い条《すじ》を何本も作り、やがてそのうちに、自分たちが震えていることに気づいた。このドラマの反動か、単なる寒さのせいかは定かではない。熱い部屋は最後の炎がおさまったとたん、驚くほどの速さで冷たくなった。

ロデリックはどうやら、開けたガラス扉の戸枠につかまって、その場に立ち竦んでいたらしい。したたかに酔っていたこともあるが、それに加えて――彼が戦時中になめた苦難を思えば不思議ではない――炎と窒息しそうな煙の光景に、頭の中まで麻痺してしまったようだ。半狂乱の眼であたりを見回し、母と姉が部屋の安全を確保する姿を見つめているばかりで、なんの役にもたたなかった。姉たちに導かれて部屋に入れられ、厨房に連れていかれて、毛布を巻きつけられたところでようやく自分たちがどれほど死の淵近くにいたのかを知ったロデリックは、姉の手にすがりついた。

「見ただろう、何が起きたのか、姉さん?」彼は言った。「あいつの意図がわかっただろう?くそっ、ぼくが考えていたよりもずっと狡猾だ! もし姉さんが起こしてくれなけりゃ――!もし、来てくれなかったら――!」

「この子は何を言ってるの?」エアーズ夫人はロデリックの様子に不安になったものの、理解できずに訊ねた。「キャロライン、どういう意味なの?」

「別に意味なんかないわ」キャロラインは答えた――ロデリックの言っている意味は百パーセ

ントわかっていたが、母を守りたかったのだ。「まだ酔っぱらってるのよ。ロディ、しっかりしなさい」

けれどもこの時、急に彼が〝狂人のように〟振る舞い始めた、とキャロラインは言った。手首で両眼をこすったかと思うと、髪をかきむしり、不意にぞっとしたように指を見つめた――というのも、彼は髪に油を塗っていたのだが、煙のせいで、ぎとぎとしたタールのようになっていたからだ。彼は真っ黒になったシャツの前身頃で、両手をごしごし、ごしごし、ごしごし、とこすった。咳きこみ始めた彼は、空気を求めようと必死に息をすることで、パニックに陥った。ロデリックはまたキャロラインに手を伸ばしてきた。「ごめん！」何度も何度も繰り返す彼の息はざらついて酒くさく、煤に汚れた顔の中で眼は真っ赤に光り、シャツは雨でぐっしょり濡れている。震える手で、彼は母親にすがりついた。「お母様、ごめん！」

焼けた部屋での試練のあとでは、彼の振る舞いは耐えられないものだったのだろう。エアーズ夫人は一瞬、純粋な恐怖に打たれたように息子を見て、「お黙りなさい！」と、割れた声で叫んだ。「いいかげんにして、お黙りなさい！」それでもまだわけのわからないことを言いながら泣きじゃくるロデリックに、キャロラインは歩み寄ると、大きく手を振りかぶって、顔を張り飛ばした。

自分が弟を打ったと気づく直前に、てのひらに痛みを感じた、と彼女は言った。キャロラインは、すぐに両手で口をおおった。ぶたれたのが自分であるかのように驚き、恐怖に打たれて。ロデリックはぷつりと糸が切れたように黙ると、顔をおおった。エアーズ夫人は立ったまま息子を見おろし、息を整えようとするように、両肩を痙攣させている。キャロラインが言葉を絞り出した。「わたしたち、みんな、いまちょっと、おかしいのよ。少し、ちょっと、変なんだわ……ベティ、そこにいる?」

少女は進み出た。両眼を見開き、真っ青な顔は煤が水で流れ落ちて、虎のような縞模様になっている。キャロラインは声をかけた。「大丈夫?」

ベティはうなずいた。

「火傷《やけど》はしてない? 怪我は?」

「いいえ、お嬢様」

少女は囁くように答えたが、その声になぜかほっとして、キャロラインはいくらか落ち着きを取り戻した。

「いい子ね。ええ、ほんとに助かったわ、あなたがいい子で、とても勇気があって。ロデリックのことは気にしないで。ちょっと——本調子じゃないのよ。いまは、みんなそうね。お湯は沸いてる? ボイラーに火を入れて、レンジにのせられるだけお鍋をのせて、お茶をいれる分と、洗面器三、四個分のお湯を沸かしてちょうだい。お風呂にはいる前に、できるだけどろを取ってしまいましょう。お母様、坐った方がいいわ」

エアーズ夫人は焦点の定まらない眼をしていた。キャロラインはテーブルを回って母に近づくと、椅子に坐らせて、毛布で身体をくるんでやった。そうしながらも、キャロライン自身の腕は震えており、突然、いままではかりしれない重荷を持ちあげていたかのように力がはいらなくなって、母親を落ち着かせたあとは自分も椅子を引き寄せ、くずおれるように腰をおろした。

それから五分、十分の間、厨房で聞こえるのは、ガスレンジの炎の咆哮と、沸き始めた湯の中であぶくが躍る音と、ベティが歩きまわって洗面器やタオルを用意する金属や陶器のぶつかる音だけだった。やがて、少女はエアーズ夫人を小声で呼んだ。そして、夫人を流し台まで支えて歩き、手と顔と足を洗うのを手伝った。キャロラインにも同じことをした。が、迷い顔でロッドを見た。一応、彼はそれなりに落ち着いており、自分に何が求められているのかを理解して、よろよろと流し台に向かってきた。とはいえ、まるで夢遊病者のような動きで両手を湯に入れると、ベティに石鹸で洗われ、すすいでもらい、呆けた顔で宙を見つめて立っている間に、顔の汚れをタオルで拭かれていた。タールがべっとりこびりついた髪は、ベティが一生懸命に汚れを落とそうとしたものの、どうしようもなかった。しかたなく、少女は櫛で梳《と》かして、落ちてくるどろどろの油のかたまりを新聞紙に受け止めると、汚れた紙を丸めて流し台にのせた。ベティが汚れを落とし終えると、ロデリックはのろのろと脇にどいて、ベティが汚れた湯を流しにあける場所を譲った。厨房を見回した彼と眼が合ったが、そのあまりに恐怖と混乱の入り混じる表情は見るに堪えなかった、とキャロラインは述懐した。彼女は顔をそむけ、母のそばに寄ろうとした。

その時、とても不思議なことが起きたのだ。キャロラインは、テーブルから一歩踏み出したちょうどその時、眼の端で、弟が身動きするのを見た——それは、たとえば爪を噛むとか、頰をこするとかしたくて、顔に手を持っていこうとするような、ごく単純な動作に見えた。それと同時に、ベティもまた動いていた——流し台から少し離れた場所で、床に置いたバケツにタオルを落としていた。けれども、戻ってきて、少女は息をのんだ。キャロラインはあらためて見直し、そして、心底驚いたことに、弟の肩越しにさらなる炎を見た。「ロディ！」ぞっとして声をかけると、彼は振り向き、姉が目撃したものを目の当たりにして飛びのいた。木の流し台の、それまで彼が立っていた位置からほんの数センチ離れたところに、小さな火と煙のかたまりが見える。ベティが彼の髪から落とした煤を受け止めた新聞紙だ。そのあと、彼女はくしゃくしゃと無造作に丸めた——それがいま信じられないことに、ひとりでに、勝手に燃えている。

火そのものはもちろん、いましがたロデリックの部屋で巻きこまれた火炎地獄に比べれば、まったくたいしたことはないものだった。キャロラインは素早く厨房を突っ切って、新聞の包みを流しに叩き落とした。一瞬、炎が高く燃えあがって、すぐにしぼむと、真っ黒いレースのようになった紙は、ほんのひと時その形を保っただけで、粉々に崩れ去った。けれども、何よりたまげたのは、いったいどうしてその火が燃え始めたのかということだ。エアーズ夫人とキャロラインは、すっかりうろたえて顔を見合わせた。「あなたは何を見たの？」ふたりが訊ねると、ベティは怯えた眼をして答えた。「見てません！　なんにも！　ただ、煙と、黄色い火が、ロデリック様の背中のうしろで、ぶわって、出てきたとこしか」

ベティもまた皆と同様に困惑していた。いろいろ考えて、とてもそうとは思えないけれど、ロデリックの髪から櫛で落とした煤に火の気がまだ残っていて、乾いた新聞紙に出合ったことで、炎が息を吹き返したに違いない、と結論を出すしかなかった。もちろん、この考えはかえって不安をかきたてられるものだった。一同は必死に、ほかにも火種が残っていないかとあたりを見始めた。特にロデリックは怯えて、パニックを起こしたように見回している。母親が、自分とキャロラインとベティで彼の部屋に戻って、灰の中をもう一度確かめた方がいいかもしれない、と言いだすと、ロデリックは、絶対に自分をひとりにしないでくれ！とわめいた。ひとりになるのが怖い！　自分には〝止められないんだ〟！　結局三人は、彼の心がこれ以上壊れるのが心配で、一緒に部屋に連れていった。とりあえずは無事だった椅子を見つけて、坐らせてやると、ロデリックは椅子の上で膝をかかえるようにちぢこまり、両手で口をおおい、部屋じゅうを刺すような眼で見回していた。その間、三人は疲れた身体に鞭打って、ひとつひとつ、黒焦げになった物を丹念に調べた。が、どれもすっかり冷えきり、死んで、汚くなっていた。夜明け前に、三人は火種探しをやめた。

＊

私が目覚めたのはその一、二時間後のことで、悪夢にうなされて疲れていたものの、夜間にハンドレッズ領主館をもう少しですっかりのみこむところだった大いなる災厄については、ありがたくも何も知らずにいた。実のところ、ようやくそれを知ったのは、夕方に来た患者に聞いたからで、当人は朝に屋敷を訪れた商店主から又聞きしたのだという。はじめ、私は信じなかった。それほどの試練をくぐりぬけたのに、あの一家が私にひとことも言ってこないはずはない、と思ったのだ。その後、また別の男が、すでに誰でも知っていることのような口ぶりで、同じ話をした。それでもまだ疑いつつ、エアーズ夫人に電話をかけてみると、驚いたことに夫人は話をすべて認めた。あまりにも疲れきったような、しゃがれた声だったので、もっと早く電話をかけなかった自分を呪った。電話さえしていれば、見舞いに行けたのに――最近、私は週に一度、州病院の病棟につめるようになっており、この夜もその予定がはいっていて、どうしても抜けることができなかったのだ。夫人は、自分もキャロラインもロデリックも全員無事で、ただ疲れているだけだ、と保証した。今度の火事で〝少し怖かった〟と夫人が言ったので、私はそれほどたいしたことはなかったのだろう、と解釈した。最後に別れた時のロデリックの状態をはっきりと思い出す。気が大きくなって酒をあちこちにこぼし、火のついたままのこよりが落ちて、絨毯が焦げても無頓着でいた。たぶん、煙草でちょっとした小火《ぼや》を出したのだろう……けれども、ほんの小さな火でも多量の煙を出すことを私は知っている。そしてまた、煙を吸いこむと、火事当日よりも、その一日か二日後の方が身体が辛いことも。そんなわけで、私は一家のことを心配しつつ、またも眠れない夜を過ごした。

翌朝、往診をすべて終わらせてから領主館に車を走らせると、恐れていたとおり、彼らは全員、苦しんでいた。純粋に肉体的な状態に関していえば、ベティとロデリックがもっとも影響を受けていなかった。ベティは炎が燃え盛っている間、ずっと扉の近くにいて、何度も水を汲みに、洗面所まで走って往復していたからだ。ロデリックはベッドに横になっていたので、煙が頭上で濃い雲を作り始めても、穏やかに呼吸をしていられた。しかし、エアーズ夫人はいま、ひどい状態だった——息も絶え絶えで、すっかり弱りきり、部屋で寝こんでいる――キャロラインはといえば、咽喉は腫れ、髪は焼け焦げ、顔も両手も、燃えさしや火花のせいで火傷の痕が真っ赤に点々とつき、その姿も声も恐ろしい有様になっていた。玄関で出迎えてくれた彼女をひと目見て、自分が考えていたよりもずっとひどいことになっていたと知った瞬間、私は鞄を置いて、キャロラインの両肩をつかみ、その顔を覗きこんだ。

「ああ、キャロライン」

彼女ははにかんだようにまたたいて、笑顔を見せたが、その眼には涙が光り始めた。「わたし、かわいそうなガイ・フォークスの火あぶり人形みたいでしょう」キャロラインは言った。「焚き火の中から、あやうく助け出された――」

急に顔をそむけて、咳きこみだした。私は慌てて言った。「中にはいって、寒いのはいけないから」

鞄を取りあげて、一緒に中にはいるころには彼女の咳もおさまり、顔を拭いて涙も消えていた。私は扉を閉めた――無意識のうちに、そうしていた。呆然として。玄関ホールで出迎えられた、ぞっとするほどの焼け焦げた臭いのひどさに愕然として。ホールそのものが、喪のベールでおおいたくなるほど、どこもかしこも煤と炭と煙で真っ黒く汚れ、痛めつけられていることに啞然として。

「ひどいでしょ?」キャロラインは、私の視線の先を追ってしゃがれ声を出した。「でも、この先はもっとひどくなるんです。来て、ご覧になって」彼女は北の廊下に私をいざなった。「この臭い、屋敷じゅうに充満しているんですよ、屋根裏部屋まで。どうしてかわかりませんけれど。靴の泥は気にしないで、ここの床はもう諦めていますから。ただ、上着を壁にこすらないように気をつけてください。煤はもう何にでもこびりつくの」

ロデリックの部屋の扉は半開きになっており、近づく間に少しずつ中が見えて、奥で待ち受ける惨状を直視する心構えができた。そう思ったのだが、キャロラインが中にはいったあと、私は一瞬、戸口に立ちつくした。あまりの驚きで足が動かない。ベイズリー夫人は——部屋の中でベティと一緒に壁の汚れを洗い流している——私と眼が合うと、渋い顔でうなずいた。「あたしみたいな顔してますよ、先生」家政婦は言った。「昨日の朝、この部屋にはいった時の。けど、昨日はこんなもんじゃなかったからねえ。足首まで、そりゃもう、どろんこのどろどろだった、ねえ、ベティ？」

家具は室内からほとんど持ち出されて、開け放たれたフランス窓の外のテラスに乱雑に置かれている。絨毯も巻いて床からはずされ、幅広の床板には新聞紙が敷き詰められているが、木の板はびしょ濡れで、灰まみれで、新聞紙はすぐに分厚いねずみ色のパルプと化し、煤で作ったポリッジになってしまう。壁のベイズリー夫人とベティが磨いたところを、灰を含んだ水が流れている。羽目板は焼け焦げ、炭になり、天井は——あの格子細工の天井は——完全に真っ黒になり、いくつもの謎の染みは永遠に消えていた。

「信じられない！」私はキャロラインに言った。「こんなこととは思いもしなかった！　もし知っていたら――」

　そこで言葉をのみこんだ。私が知っていようと知っていまいと、問題ではない。何ひとつできることなどなかった。それでも、私がいない間に一家にこれほど恐ろしいことが起きるとは思っていなかったので、すっかり取り乱していた。「この館が全焼するかもしれなかったなんて。考えるだけでぞっとする！　それより、ロッドはここにいたんですか、この火事の真ん中に？　無事なんですか、本当に？」

　彼女は私を少し奇妙な目つきで見て、そしてベイズリー夫人に視線を向けた。

「ええ、大丈夫です。わたしたちと同じように、ちょっと苦しがっているだけで。あの子の物はほとんどなくなってしまいましたけれど。椅子が――そこの、それです――いちばん燃えたみたい。それから机と、テーブルが」

　開いているフランス窓の外を見ると、その机の脚も引き出しも無傷なのだが、天板は誰かがその上で焚き火をしたかのように、真っ黒でぼろぼろに崩れている。突然、私は、なぜこの部屋がやたらと灰だらけなのか、理解した。「書類か！」

　キャロラインは疲れたようにうなずいた。「たぶん、この屋敷の中でいちばん乾燥している物だったわ」

「無事だった書類は？」

「ほんの少しだけ。何がなくなったのかわかりません。ここに何があったのか、わたしは全然知らないんです。この領主館と荘園全体の見取り図はここにあったんじゃないかしら。地図や、農場と借家の契約書や、手紙や、請求書や、父の記録や……」声が咽喉にからんだ。彼女はまた咳をし始めた。

「なんてことだ、こんな、まさかこんな」首を回して視線を動かすたびに、新たな傷が見つかる。壁にかかった絵のキャンバスは焦げ、ランプのほやも飾りも真っ黒になっている。「このすばらしい部屋が。ここはどうするんでしょう？　直せますよね？　いちばんひどい羽目板は取り替えればいいでしょう。天井は白く塗り直せば」

キャロラインは、投げやりに肩をすくめた。「母は、この部屋をきれいにしたら、ほかの部屋と同じように開かずの間にしてしまうのがいいと考えています。だって、ここを元どおりにするお金なんてないんですから」

「保険金は？」

彼女はまたベイズリー夫人とベティをちらりと見た。ふたりはまだごしごしと壁をこすっていて、そのブラシの音にまぎれるように、キャロラインは小声で答えた。「ロッドは保険を解約していたんです。ついさっき、わたしたちも知りました」

「解約した！」

「何ヶ月も前みたいです。お金の節約のために」キャロラインは眼を閉じて、ゆるゆると頭を振ると、フランス窓に向かって歩きだした。「ちょっと外にいらっしゃいません？」

彼女に続いて石段をおりていきながら、テラスに並ぶ焼けた家具を眺めた。机もテーブルもぼろぼろで、肘掛け椅子は革の部分が燃えつきてスプリングや馬毛の詰め物が飛び出しており、まるで病気におかされた骨や何かの奇怪な解剖標本のようだ。おかげであたりは殺伐とした景色になっている。外は雨こそ降っていないが寒かった。キャロラインは震えている。彼女とベティを母親や弟ともども診察したかったので、館の中に戻って居間かどこか暖かい部屋に行こうと提案した。けれども、彼女はためらいがちに、開いたガラス戸から部屋を見て、私をさらに遠くに引っぱっていく。そして再び咳きこみ、腫れた咽喉で唾を飲みこもうとして顔をしかめた。

キャロラインは、そっと囁いた。「昨日、母と話をされたでしょう。母は、どうして火が出たのか、言っていましたか?」

彼女は私の眼をひたと見つめ続けている。私は答えた。「あなたがたが全員、寝室に引きあげたあとで、ロッドの部屋から火が出て、それをあなたが見つけて消した、ということだけ。だから私はロッドが泥酔して、煙草の不始末をしでかしたんじゃないかと思っていましたが」

「わたしたちもそう思いました」彼女は言った。「最初は」

〝最初は〟という言葉にひっかかった。私はおそるおそる訊いた。「ロッドはどんなふうに覚えてるんです?」

「何も」

「あのまま寝てしまって、そして――そのあとに? 目を覚まして、暖炉のところまで行って、こよりに火をつけた、と考えられますか?」

キャロラインはそわそわと、また唾を飲みこんで、なんとか言葉を押し出した。「わかりません。もう、どう考えればいいのか、わからないんです」彼女はフランス窓に向かって、顎をしゃくった。「暖炉に気がつきました?」

私が視線を向けると、火床は灰色の防火幕できちんとおおわれている。キャロラインは言った。「ロッドの部屋をわたしが出た時のままです、火事になる数時間前に。火事になって戻った時、火床は全然いじられなかったみたいに暗かったわ。でもほかの火は、ええ、頭の中で何度でも思い出せます。ひとつきりじゃなかったんです。火はもう五つも、六つも、あっちこっちで燃えていて」

「そんなにたくさん?」私はショックを受けた。「奇跡じゃないですか、キャロライン、誰も重傷を負わなかったなんて!」

「そういうことを言いたかったわけじゃ……わたしは海軍婦人部隊で、火災について講習を受けています。火がどんなふうに広がるのかを習ったんです。火は這って進みます。飛び散りません。だけど今度の火事は、独立した小さい火があちこちで燃えていて、まるで——焼夷弾か何かが破裂したみたいだった。ロッドの椅子を見てください。ほら、真ん中から火が燃え始めたように見えるでしょう。脚はまったく焦げていなくて。机もテーブルも同じです。それからカーテンですけど」キャロラインは、黒焦げのブロケード地のカーテンをひと組持ちあげてみせた。リングからはずされたカーテンは、焼け爛れた肘掛け椅子の背もたれにかけられていた。「火はここから燃え始めています、ほら、真ん中から。こんなのおかしいわ。カーテンの両脇の壁は、ほんの少し焦げただけなんですよ。これじゃ、まるで——」彼女はちらりと部屋の中を見て、前よりもいっそう盗み聞きされるのを恐れるように囁いた。「ええ、たしかにロッドは煙草や蠟燭を不注意に扱うことはありますけど、でも、今度のこれは火をつけたように思えるんです。つまり、わざと」

私は仰天した。「まさか、それは、ロッドが――？」

キャロラインは急いで答えた。「わかりません。本当にわからないんです。でも、あの子が先生に、その、先生の診療所で話したことをずっと考えていました。それに、あの子の部屋の壁にいくつもあった染みは――あれって、焼け焦げだったでしょう？　そうでしたよね、そうでしょう？　いま思えば、全部、ちゃんとした恐ろしい意味があったんだわ。それに、まだほかにもあって」

そして、彼女は厨房で起きた、些細だがおかしな出来事を教えてくれた。ロデリックの背後で、突然、新聞紙のかたまりが燃えあがったことを。その時には、先に私が記したとおり、彼女たちはそれが燃えかすのせいだと考えていた。けれども、のちにキャロラインがもう一度、その現場を見にいってみると、すぐそばの棚に、厨房用のマッチがひと箱置いてあったのだ。まさかとは思っても、皆の眼がほかを向いている隙に、ロデリックがマッチを取って、自分で火をつけることが不可能ではないような気が、彼女にはしてきた。

これは、あまりにあまりな話だと、私には思えた。「キャロライン、あなたを疑いたくはないんですが。でも、あなたがたは、大変な試練をくぐりぬけたばかりだった。火が見えた気になったとしても、無理はないと思いますよ」

「わたしたちが、紙の燃える幻覚を見たと思ってるんですか？　四人全員が？」

「それは――」

「妄想じゃありません、それは保証します。火は本物でした。それに、ロディがつけたんじゃないとすれば……何がつけたんです？　それが怖いんです、何よりも。だから、火をつけたのはロッドでなければ困るの」

キャロラインが何を言わんとしているのか、私にはぴんと来なかったのだが、彼女はとにかくひどく怯えていた。「とにかく落ち着いてください。なんの証拠もないんでしょう、火事が事故じゃなかったなんて」

「どうかしら。たとえば、警察がどう考えるかわからないし。それに、昨日パジェットの店から、うちに肉を届けにきた店員のこと、ご存じ？　煙の臭いを嗅ぎつけて、わたしが止める前に、あのフランス窓のところまで行って中を覗いてたんです。戦争中はコヴェントリーで消防士をしていたんですって。わたし、石油ストーブを口実にでまかせを言ったんだけど、あの男、しつこく見てまわっていろいろ考えてたみたい。あの顔は、わたしを信じてなかったわ」

「しかし、あなたがほのめかしているのは」私はそっと言った。「恐ろしいことだ！　ロッドが、そんな血も涙もない行動を、部屋じゅうに自分で――」

「わかってます！　わかってます、恐ろしい考えだって！　それに、わたしは何も、あの子がわざと火をつけたと言ったわけじゃありませんよ、先生。あの子が人を傷つけようとするなんて、わたしは信じない。そのくらいなら、ほかのことをなんでも信じます。でも――」キャロラインの表情は張りつめ、絶望の色に塗りつぶされた。「人はときどき、何かを壊す行動をしてしまいますよね、自分がそうしていると知らなくても?」

私は答えなかった。もう一度、あたりを見回し、壊れた調度品を見つめる。椅子、テーブル、机。いまは焦げて灰だらけの机の天板の上で、ロデリックはまさに絶望という言葉がぴったりな顔で、酒を注いでいた。火事になる数時間前に、彼が父に、母に、この領主館と所領のすべてに、どれほど怒りをぶつけていたのかを思い出す。今夜、きっとまた何かが起きると、彼はやけに思わせぶりに、私に言ったものだ。彼から視線を移して――そう、私は見た――室内の暗がりを覗きこみ、壁や天井に――うようよと!――不気味な黒い染みが広がっているのを。

私は片手で顔をこすった。「ああ、キャロライン、どうしてこんなひどいことに。私の責任だ」

「どうして?」

「弟さんをひとりにしておくべきじゃなかった! 私は彼の期待に応えられなかった。皆さんの期待に……彼はいま、どこに? なんと言っていますか?」

彼女はまた妙な表情になった。「二階のもとの部屋に移しました。でも、先生、あの子からまともな話なんて、全然、聞き出せませんよ。あの子は――とにかく、ひどい状態で。ベティなら信用してまかせられますけど、ベイズリーさんにはあの子を会わせたくないわ。できれば、誰にも会わせたくないんです。ロシターーさんが昨日、ご夫婦でお見舞いに来てくださったのに、あの子が何か、迷惑をかけるかもしれないから、まるで追い返すように帰っていただいたし。

ショックがどうとかじゃなくて――違うんです。母はあの子の煙草や、そういうものを全部、取りあげました。母は――」キャロラインの目蓋が震え、頬にわずかに血の色がのぼる。「あの子を軟禁したんです」

「軟禁？」信じられなかった。

「火事のことを、母はずっと考えていたんですよ、私と同じように。最初は事故だと思っていたみたい。わたしたちみんな、そう思いましたもの。でも、あの子の振る舞いや、話すことから、母は何かがおかしいって気づいたんです。だから、わたしはほかのことも教えなければならなくなって。いま、母は、次にあの子が何をやらかすのか、怖がっています」

キャロラインは顔をそむけて咳きこみ始めたが、今度の咳は止まる気配がなかった。あまりに長く、感情をこめて喋りすぎ、そして外は寒すぎたのだ。彼女はひどく疲れて、具合が悪そうだった。

私は彼女を居間に連れていき、そこで診察をした。そのあと二階にあがっていった。母親と弟を診るために。

最初にエアーズ夫人のところに行った。夫人は枕に寄りかかって、寝室着とショールにくるまり、長い髪を肩におろしたままで、顔はやけに青白く、しなびたように見えた。けれども、彼女は見るからに、私に会えて喜んでいた。

「まあ、ファラデー先生」夫人はしゃがれた声で言った。「この新しい災難を信じられまして？　わたくしは、我が家に何か呪いがかかっているのかもしれないと思い始めましたわ。どういうことなんでしょう。わたくしたちが何をしたというの？　誰の怒りを買ってしまったの？　先生、ご存じ？」

まるで本気で訊ねているような口ぶりだった。私は椅子を持ってきて、彼女を診察することにした。「たしかに、人一倍の不運を背負われましたね。お気の毒です」

彼女は前かがみになって咳きこんだあと、再び枕にぐったりと背を沈めた。が、その眼は私を見つめたままだった。「ロデリックの部屋をご覧になりました？」

私は聴診器を動かしていた。「ちょっと待ってください……はい」

「机を見ました？　椅子も？」

「少しだけ、喋らないでいてください」

私は夫人をまた前かがみにさせて、背中の音を聞いた。そして、聴診器をはずし、彼女の視線を感じて、うなずいた。「はい」

「先生はあれをどう思いまして？」

「わかりません」

「わかっていらっしゃるはずです。でも、先生、わたくし、自分の息子に怯えて暮らすようになるなんて夢にも思いませんでしたわ！　次はどんなことが起きるか、想像ばかりしてしまいますの。眼を閉じるたびに炎が見えるんです」

夫人の声が詰まった。再び咳の発作が始まったが、今度のはさっきよりもひどく、言葉を続けることができずにいる。私はがくがくと揺れる夫人の両肩を支え、そのあと水を飲ませ、きれいなハンカチを渡して眼や口元を拭かせた。夫人はまた枕にもたれかかったが、真っ赤な顔で疲れきっていた。

私は言った。「喋りすぎですよ」

夫人はかぶりを振った。「話させてくださいな！　このことを相談できるのは、あなたとキャロラインしかいませんのに、娘とはもう、何度話しても堂々巡りになるばかりなんですもの。昨日、キャロラインから聞きました――いろいろ、とんでもない話を！　信じられませんでしたわ！　あの子は、ロデリックが狂人のように振る舞っているって言うんです。それから、ロデリックの部屋が、今度の火事の前から、焦げたりしていたって。キャロラインは、あなたにその焼け焦げの跡を見せたんですって？」

私はもじもじと身をすくめた。「何かを見せられましたよ、ええ」

「わたくしに言うつもりはなかったんですの、ふたりとも？」

「あなたの心を乱したくなかったんです。できれば、わずらわせたくなかった。もちろん、ロデリックの容態がこんな結果をもたらすと知っていれば――」

夫人の表情はいっそう暗くなった。「〝容態〟とおっしゃいましたわね。では、あの子が病気だと、ご存じでしたのね」

「健康ではないのはわかっていました。はっきり言えば、健康からかけ離れた状態かもしれないと疑っていました。ですが、私はロデリックと約束をしたのです」

「あの子は先生のところに行って、この領主館について、何か話をしたようですわね。ここには何かが憑いていて、あの子を傷つけようとしているとか？　本当ですの？」

私はためらった。それを見た夫人は、すがるように言ってきた。「正直におっしゃって、先生」

私は折れた。「はい、本当です。すみません」そして、これまでに起きたことをすべて繰り返した。調剤室でのロッドの恐慌ぶり、奇々怪々で身の毛もよだつ物語、その後の彼の不機嫌や癇癪《かんしゃく》、言葉のはしばしに暗示される脅威……

夫人は黙りこくって聞いていた――やがて片手を突き出し、闇雲に私の手を握ってきた。彼女の爪は加齢のせいででこぼこしていて、まだ煤に汚れていた。手の甲には飛び散る火の粉による火傷の痕が残り、息子の傷痕と呼応して見える。話を聞くにつれて、手の力はいっそう強くなり、ようやく話し終えると、彼女は呆然と私を見つめた。

「かわいそうなあの子！　全然、気がつきませんでしたわ。主人のように強くないことは知っています。でも、あの子の心がそこまで壊れかけていたなんて！　息子は本当に――」そして、あいている方の手を胸に当てた。「この館を呪っていたんですか？　わたくしのことも？」

「おわかりでしょう？　だから、あなたに話したくなかった。あの時のロデリックは正気じゃありませんでした。自分でも何を言ってるか、わからなかったんですよ」

夫人は私の言葉など聞いていないようだった。「あの子がわたくしたちをそんなに憎んでいるなんて。どうしてこんなことに？」

「いえいえ、ただのストレスで――」

夫人はいっそう困惑したようだった。「ストレス？」

「この館や、農場や、事故のあとのショックや。戦地でのあれこれかもしれない——これという決め手はありません」

再び夫人は何も聞いていないようだった。私の指を痛いほど握りしめ、本当に身体に苦痛を感じているかのように言った。「教えてください、先生。わたくしが悪いんですの？」

質問そのものにも、その裏から感じる激情の強さにも、私は驚いた。「そんなことは絶対にありませんよ、もちろん」

「でも、わたくしは母親です！ ここはあの子の家です！ こんなことが起きるなんて——不自然ですわ。正しいことではありません。どこかで、わたくしはあの子をだめにしてしまったんです。そうなんですわ。ファラデー先生、もしかすると——」

夫人は手を引くと、恥じるように眼を伏せた。「わたくしのあの子に対する気持ちが、影響しているのかもしれません、あの子がまだ小さいころの。怒りか、悲しみか、何かの影のようなものが」声から抑揚が消えた。「たぶん先生は、わたくしにもうひとり子供がいたのをご存じでしょう、キャロラインとロデリックが生まれる前に。わたくしのかわいいスーザンが」

私はうなずいた。「覚えていますよ。ご愁傷様です」

夫人はふいと首を回して、私の悔やみの言葉を受け止めつつ、あっさりと受け流した。まるで、そんな言葉など、彼女の悲しみの前ではなんの意味も持たないとでもいうように。夫人は、それまでと同じ、抑揚のない口調で続けた。「あの子はわたくしの本当の恋人でしたの。変に聞こえます？　わたくしだって、若いころには、まさか我が子と恋に落ちるなんて、想像もしませんでしたけれど、とにかく、本物の恋人のようだったんです。あの子が亡くなって、わたくしも一緒に死ねばよかった、とずっと思っていました。もしかすると、死んだのかもしれませんけれど……誰も彼もが、子供を亡くした悲しみを乗り越えるのにいちばんいい、早い方法は、できるだけすぐに新しい子を産むことだと言って。母もそう言いました。義母も、伯母も姉も……キャロラインが生まれると、みんな違うことを言い出しました。〝そう、女の子は亡くなった子を忘れさせてくれるでしょうけど、また、がんばってみなさい、今度は男の子を。母親というのは、息子に夢中になるものだから……〟ロデリックが生まれると、また。〝あなたはどうしたの？　わたくしたちのような身分の人間は、いちいち不満をこぼすものではないということくらい、心得ていないの？　こんなすてきなお屋敷に住んでいて、旦那様は戦地から生還されて、ふたりの健康な子供もいて。これで幸せになれないなどと、文句を言うのはもうやめなさい——〟」

またも夫人は咳きこんで、眼元をぬぐった。咳がおさまってくると、私は言った。「あなたにはお辛かったのですから」

「子供たちの方が辛い思いをしたはずですわ」

「そんなことを言ってはいけません。愛情ははかったり、比べたりできるものじゃない。そうでしょう？」

「そうかもしれませんわね。でも——わたくしは子供たちを本当に愛しておりますのよ、先生。

本当に。でも、愛というものはときどき、とても退屈で、半分死んでいるように思えますこと！　だって、わたくしが半分死んでいるのですもの……キャロラインは、たぶん、傷つかなかったのでしょう。ロデリックの方がむかしから、繊細な子でした。あの子は、わたくしの欺瞞を感じながら育って、それで、わたくしを憎むようになったのでしょうか？」

ロデリック自身が火事の夜に、どんなふうに言っていたかを思い出してみる。母にとっては、自分も姉も〝生まれたってことだけで失望させてる〟存在だ、と言っていた。けれども、夫人の表情はいま、ひどく苦痛に満ちており、私はすでに口をすべらせすぎている。このうえ、そんな言葉まで伝えて、どんないいことがあるだろう？　だから、私は夫人の手を再び取ると、きっぱり言った。「あなたは想像をたくましくしすぎている。体調も悪いし、疲れてもいる。ひとつ悪いことを考えると、次から次に悪いことを考えてしまう。ただ、それだけです」

夫人は私の顔を見つめてきた。私の言葉を信じたくて。「本当に、そう思われまして？」

「思っているんじゃない、知っているんですよ。過去をくよくよ悔やんでもしかたがありません。私たちがこれから考えるべきことは、ロッドが病気になった原因ではなく、彼を健康に戻す方法です」

「でも、もし、もうあまりに深みにはまっていたら？　もう治らなかったら？」

「もちろん治ります。まるで手遅れのようなことを言ってはいけませんよ！　適切な治療をすれば――」

夫人はかぶりを振ると、また咳きこみ始めた。「ここで、あの子の世話はできません。わたくしたちには、そんな力はありません、キャロラインにもわたくしにも。覚えていらっしゃるでしょう、もう前にそれは経験しているんです」

「じゃあ、看護婦を雇ってみたらどうでしょう？」

「あの子の世話が、看護婦ひとりの手に負えると思えませんわ！」

「しかし――」

彼女の視線が私の眼からそれた。そして、うしろめたそうな口調で言った。「キャロラインが教えてくれました。先生は、ある病院のお話をしていらしたとか」

一瞬、言葉が出なかった。「ええ。あのころは、ロッドに病院に行くように説得できると思っていたので。私の考えていた病院は、特別な看護施設です。このような、精神的な不調のための」

「精神的な不調」夫人は繰り返した。

慌てて言い添えた。「その言葉を過剰に恐れないでください。あらゆる状態に対して使われる言葉なんですから。そのクリニックはバーミンガムの、ほとんど人目につかない場所にあります。ただ、その、そこは安くありません。ロッドの障害者年金をあてにしても、料金はかなりの負担になるでしょう。ですから、信用のおける看護婦を雇って、このハンドレッズ領主館で回復を待つ方が、結局はいい……」

夫人は遮った。「わたくし、怖いんです、ファラデー先生。看護婦ひとりにできることはかぎられています。もしロデリックがまた火をつけたら？　次はこの領主館を全焼させるかもしれません、でなければあの子が死ぬか——へたをすれば、あの子は自分の姉か、母親か、使用人を殺してしまう！　そこまでお考えですか？　そのあと、どうなるか想像してくださいな！　取調べ、警察、新聞記者——今度は誰もが、熱心に飛びついてきますわ、ジップのあのひどい事件の時とは違って。そうしたら、息子はどうなります？　いまのところは、今度の火事は事故で、ロデリックがいちばんひどい怪我をした、と誰もが思っています。いま、わたくしたちがあの子をこの領主館の外に送り出せば、ウォリックシャーの冬を避けて、どこかに静養に行くという名目が立ちますわ。そう思いません？　わたくしはいまあなたに、お医者様としてだけではなく、お友達として頼んでいますの。どうか、助けてくださいまし。あなたはとても親切にしてくださいましたわ、これまでにも」

　夫人の言葉には一理あると思った。私は、自分がロデリックの件でぐずぐずしすぎて、結局、恐ろしい結果に至らせてしまったという責任を感じていた。たしかに、しばらくの間、この領主館から遠ざけるのは、彼にとって悪いことではない。もともと私は彼のためにそうすることを望んでいたのだ。とはいえ、本人を納得させて、自発的にクリニックに行かせるのと、力ずくで無理やり送りこむのでは、雲泥の差がある。

「たしかに、それはひとつの選択肢です。まずは第三者を呼んで、意見を聞きましょう。とはいえ、ことをあまり急いてはいけません。このような恐ろしい出来事があったなら、彼の妄想が醒めてもおかしくはない。私はまだ信じられませんが——」

「先生はまだ、あの子をご覧になっていませんわ」夫人は私の言葉を遮るように言った。

夫人はキャロラインと同じ、奇妙な表情をしていた。私は、答える前に一瞬、言葉をのんだ。

「ええ、まだ」

「いま、会って、話してみてくださいません？　そのあとで、またご意見を聞かせてくださいな――お待ちになって」

私はすでに立ちあがっていたが、夫人に押しとどめられた。私が見守っていると、彼女はベッド脇の戸棚の引き出しに手を伸ばし、中から何かを取り出した。それは、鍵だった。

のろのろと、私は手を差し出した。

＊

彼が閉じこめられたのは、子供部屋を卒業してすぐのロデリックが過去に生活していた部屋だった。その部屋はおそらく、寄宿学校から帰省した時や、のちに墜落事故の前まで空軍から短い休暇をもらった時の寝室として使われたのだろう。母親の部屋とは、続き部屋をはさんで、階段の踊り場を囲むような位置に、ロッドの部屋はあった。彼が夫人と話している間もずっとそこにいたのだと思うと、心がひやりとする――扉をノックして、明るい声で彼の名を呼んだものの、返事がなければ、監獄の看守のように鍵を鍵穴に入れなければならないと思いいたり、さらに心がひやりとする。中にはいったら、どんな光景が広がっているか、想像もつかなかった。彼が自由を求めて突進してきたとしても、驚かなかったと思う。扉を開けながら、私は肩を強張らせ、怒りと侮蔑を受け止める覚悟をした。

けれども私の見たものは、ある意味、もっと悪い事態だった。窓辺のカーテンは半分引かれていて、部屋は薄暗かった。ベッドに坐るロッドの姿が眼にはいるまで時間がかかった。少年のように縞のパジャマを着て、古びた青いガウンを羽織り、開いた扉めがけて走るかわりに、じっとおとなしく固まって、私が近づくのを黙って見ていた。軽く握った拳を口元に当てて、親指の爪でせわしなくくちびるをはじいている。ほんのわずかな光の中、遠目に見ただけとはいえ、ロデリックがどれほどひどい顔をしているのかはわかった。そばに行くにつれて、脂じみて白茶けた顔が、腫れぼったい眼が、はっきり見えてくる。まだ煤が、肌の吹き出物や、洗っていない髪の脂に残っているようだ。剃刀《かみそり》を当てていない頬には無精髭が、かつての傷痕のせいでまばらに生えている。くちびるは青く、きゅっと引き締められている。さらにショックを受けたのは、彼の臭いだった。煙と汗とすえたような息の悪臭。ベッドの下の簡易便器は使われたばかりらしい。

　歩み寄る私の顔を彼はじっと見つめていたが、話しかけても答えようとしなかった。私が隣に腰をおろして診察鞄を開け、そっと彼のガウンとパジャマの胸元を広げ、聴診器を当てようとした時に、初めて彼は沈黙を破った。彼はこう言ったのだ。「あれが聞こえる？」

　ロデリックの声は、ほんの少しだけかすれていた。私は彼を前かがみにさせて、背中に聴診器を当てた。「何がですか？」

　彼は私の耳に口を寄せた。「わかってるくせに」

「私にわかっているのは、あなたがお母様やお姉さんと同じように、あの夜にたっぷり煙を吸ったということだけです。あなたに害がなかったか、確かめたいんですよ」

「ぼくに害？　いや、もうないさ。あいつはそんなこと望んじゃいない。いまはもう」

「少しの間、黙ってくれませんか？」

私は聴診器を動かした。心臓は動悸が激しく、胸苦しそうだったが、肺には痰がからむ音もいやな音もまったくなかったので、彼をまた枕に寄りかからせて、パジャマを直した。彼はされるがままになっていたが、その視線がゆっくりとさまようと、すぐにまた口元に手を持っていき、くちびるをはじき始める。

私は声をかけた。「ロッド、今度の火事ではみんながとても怖い思いをしました。しかし、誰も、どうやって火事が起きたのかを知らずにいます。あなたは何を覚えていますか？　教えてもらえますか？」彼は聞いていないようだった。「ロッド？」

彼は視線を私の眼に戻し、苛立ったように顔に皺を寄せた。「もう、ぼくはみんなに話したよ。何も覚えてないって。ただ、先生が部屋に来て、次にベティが来て、姉さんが来て、ぼくをベッドに寝かしつけた。夢を見た、ような気がする」

「どんな夢です？」

彼はまだくちびるをはじいている。「夢ったら夢だよ。知らないね。それがなんだ？」

「たとえば、あなたは夢の中で起きませんでしたか。煙草か、蠟燭に火をつけようとしませんでしたか」

彼の手の動きが止まった。信じられないという顔で私を見た。「まさか、あれが事故だった

と、理屈をつけようとしてるのか、

「私はどう考えていいのか！」わからないんです。いまは」

ロデリックはベッドの中で大きく身体を揺らしながら、どんどん興奮してきた。「あんなに説明したのに！　姉さんでさえ、あれは事故じゃなかったって、見抜いたのに！　あっちこっちでたくさん、火がついていたって姉さんは言ってた。それに、部屋じゅうについていた、あの変な跡も見てる。あれだって小さいけど、焦げ跡だ。火が小さかったせいで、火事にならなかっただけなんだ」

「まだ、そうだとわかったわけじゃありません。今後も、わかるかどうか」

「ぼくはわかってる。わかったんだ、あの晩に。言っただろ、何かが起きるって？　どうして、ぼくをひとりきりにしたの？　ぼくが強くないってわからないの？」

「ロッド、頼むから」

しかし、彼は自分自身の身体の動きを制御できないように、激しく揺れている。まるでアルコール中毒の患者のようだ。見ているだけで辛くなる。

不意にロデリックは手を伸ばし、私の腕をつかんだ。「もし、姉さんが来るのが間にあわなかったら？」彼の眼が顔の中でぎらついている。「この館全部が燃え落ちていたかもしれない！　姉も、母も、ベティも――」

「ロッド、黙って、落ち着きなさい」

「落ち着け？　そうなってたら、ぼくは殺人者だ！」

「馬鹿なことを言っちゃいけない」

「みんな、そう言ってるんだ、そうなんでしょう？」

「誰も、何も言ってませんよ」

彼は私の上着の袖を、ぐいぐい引っぱっている。「だけど、みんなの言うとおりなんだ、わからないの？　ぼくは水際で止めておけると思ってたんだ、この化け物がみんなにとり憑くのを。でも、ぼくは弱すぎた。こいつはぼくを変えた。ぼくはこいつを好きになり始めている。母と姉さんをずっと遠ざけておけると思っていた。だけど、そんな悠長なことをしてる間に、こいつはぼくの中から染み出していたんだ、あのふたりを襲うために。こいつはずっと——何してるんだ？」

私は彼のそばを離れて、鞄に手を伸ばしていたのだった。ロデリックは、私が中から錠剤の容器を取り出すのを見た。

「いやだ！」叫んで、彼は手を突き出した。容器が飛んだ。「だめだ、そんなのは絶対！　なんでわからないの？　あんたはこいつの手助けをしたいのか？　ぼくは寝ちゃだめなんだ！」

私にぶつかった手の力が、その言葉や表情からも明らかな狂気が、私の恐怖をあおる。それでも私は心配で、腫れぼったい眼をじっと見つめた。「寝てないんですか？　あの夜からずっと？」私は彼の手首を握った。まだ脈が速い。

彼はもぎ取るように手を引っこめた。「眠れるわけないだろう？　ぼくが寝たせいであああるのは、もうたくさんだ」

「でも、ロッド、寝なければ」

「無理だよ！　知れば、あんただってそんなこと言わなくなる。昨夜なんか——」ロデリックは声をひそめ、素早くあたりを見た。「昨夜は音を聞いたんだ。扉の外に何かがいるのかと思った、何かがはいりたくて、ひっかいてるって。しばらくして、音がぼくの中から聞こえてきてるって気がついた。ぼくの中から、外に出ようとしてたんだ。こいつは待ってるんだよ。ああ、こうやって軟禁してもらってよかった、でも、もしぼくが寝たら——」

最後まで言い終わらなかったが、私に向けたまなざしを見れば、とてつもなく恐ろしい話をしている、と彼が思いこんでいるのは明らかだった。やがて、彼は膝をかかえて、両手を口元に持っていくと、またくちびるをはじき始めた。私はベッドのそばを離れ、彼がはねのけた容器から床に飛び散った錠剤を拾い始めた。そうしながら、自分の手が震えていることに気づいた。私はようやく、彼がどんなに深く、深く、深く妄想の中に沈んでしまったのか、思い知ったのだ。立ちあがり、途方にくれてロデリックを見ていたが、ふとあたりを見回し、かつては魅力溢れる活潑な少年だったであろう、幼いロデリックの物悲しい形見を見ていた。冒険小説の詰まった本棚は壁際にそのままで、ほかにもトロフィーや、模型や、十代の青年の雑な筆跡でメモ書きされた空軍の航空図や……いったい誰が、いまの凋落ぶりを予見できただろう？　どうしてこんなことに？　突然、彼の母親が正しい気がしてきた。単なるストレスや重圧では説明がつかない。何かが根っこにあるはずだ。私には読み取れない手がかりかしるしが。

ベッドに戻り、彼の顔を覗きこんだ。が、とうとう私の方が打ちのめされて眼をそらした。

「もう行かなければ、ロッド。あなたをひとりにはしたくない。キャロラインを呼んで、一緒にいてもらいましょうか？」

彼はかぶりを振った。「いや、絶対だめだ」

「じゃあ、何かほかに、私のできることはありますか？」

ロデリックは私をしげしげと見て、考えていた。次に口を開いた時、彼の声音はがらりと変わり、ほんの数分前に私が思い描いていた少年のように、礼儀正しく、遠慮がちに言った。

「煙草を一本、吸わせてくれますか？　ひとりでいる時には、吸わせてもらえないんです。でも、ぼくが吸う間、先生がいてくれるなら、いいでしょう？」

私は煙草を一本差し出して、火をつけてやった──彼は絶対に自分で火をつけようとせず、私がマッチをする間、ぎゅっと眼を閉じて、顔をおおっていた──そのあと、彼の隣に坐り、かすかにぜいぜいと音をたてながら、その煙草を灰にするのを見ていた。吸い終わると、ロデリックは吸殻を差し出し、私に持っていくようにうながした。「マッチを忘れてないでしょうね？」私がまた立ちあがると、彼は不安そうに訊いてきた。私はマッチの箱を彼に見せ、部屋を出る前に、それをポケットにしまい直すところを実演しなければならなかった。

何よりもこたえたのは、彼が一緒に戸口までついてきて、私が外に出たあとにきちんと鍵をかけたかどうかを確かめる、と主張したことだった。私は二度、部屋を出た。一度目には簡易便器を浴室に持っていき、からにして中をすすいだ。しかし、そんな短い時間でさえ、ロデリックは私に外から鍵をかけろと言い張り、戻ってみると、彼は居ても立ってもいられなかったらしく、扉の奥でうろうろぐるぐる歩きまわっていた。二度目に部屋を出る時に、私は彼の手を取った——しかし、こうして余計な時間をかけたことは、ロデリックを苛立たせただけのようで、私の手の中で彼の指はぐにゃりと力を失くし、その視線は私の顔から不安げにすべり落ちた。やっと立ち去る段になると、私はしっかり力をこめて扉を閉め、ゆっくり確認しながら鍵を回し、絶対に間違いなく施錠した、と頭に焼きつけた。それなのに、そっと立ち去ろうとした背後で、錠のがちゃつく音が聞こえて振り向くと、取っ手が動き、戸枠の中で扉ががたがた揺れていた。ロデリックは、脱け出せないことを自分で確かめているのだ。取っ手は二、三度ひねられて、動かなくなった。その光景が私の心に、たぶん何よりもこたえたのだ。

私は鍵を彼の母親に返した。私がどんなにショックを受け、気落ちしているか、夫人に隠すことはできなかった。私たちはしばらく無言で坐っていたが、やがて、陰気な低い声で、彼を屋敷から連れ出すのに必要な手続きについて話しあい始めた。

*

蓋を開けてみれば、ごく簡単な手続きにすぎなかった。まず、デイヴィッド・グレアムを連れてきて、ロデリックを通常の医療だけで回復させる見通しは立たない、という診断の裏づけを取り、例のクリニックの長を——ウォレン博士をバーミンガムから呼び寄せ、実際に診察をさせて必要書類を揃えた。これが火事の夜の四日後の日曜日のことである。その間、ロデリックは一度も眠らず、私が薬を飲ませようとしても頑としてはねつけ、押し問答を繰り返すうちに、彼はヒステリーを起こしかけて、ウォレン博士でさえショックを受けたようだった。我々が彼を精神的な病気を専門に治療するクリニックに入れようとしていると知ったら、ロデリックはいったいどんなふうに受け止めるだろうと気を揉んだ。けれども、ほっとしたことに――ある意味、私にとっては情けないことだが――彼はかわいそうなほど喜んでいた。ウォレン博士の手を命綱であるかのように握りしめ、彼は言った。「そこに行ったら、先生がぼくを見張ってくれますか？　先生が見張っててくれたら、何もぼくの中から出てこない。もし、出てきても、それは、ぼくのせいじゃないでしょう。もし、そこで何か起きても、もし、誰かが怪我をしても？」

ロデリックが支離滅裂にまくしたてる間、部屋の中には母親もいた。いまだに身体に力がはいらず、息も苦しそうだったが、ウォレン博士を迎えるためにベッドから起き出して、きちんと身支度を整えていた。ロデリックの様子を目の当たりにして、夫人がどれほどショックを受けているかに気づいた私は、彼女を階下に連れていった。居間でキャロラインと一緒に待っていると、いくらもたたないうちにウォレン博士が上階からおりてきた。

「実に悲しいことですが」彼は首を振りながら言った。「本当に残念だ。むかしのカルテを見ましたが、ロデリックさんは戦地での事故以来、数ヶ月にわたって、鬱病の治療を受けていますね。しかし、そのころに、何か深刻な不安定さの兆しは、全然なかったんですか？　いまの状態になるような、原因やきっかけは何もなかったんでしょうか？　大事な人や物を失ったとか？　また何か、ショックを受けたとか？」

私は先に手紙で、今回の件について詳しく説明をしておいた。ウォレン博士が——実は私と同様に——何か大事な情報が欠けているはずだと、ロデリックほど健康な青年が、なんの理由もなく、これほどあっという間に、こんなになるまで悪化するはずがない、と考えているのは明らかだった。私たちは博士にもう一度、ロデリックの妄想や、パニックの発作や、壁に現れた不気味な焦げ跡について説明した。さらに、彼が地主として、領主館の当主として背負わされた数々の重荷を、私は並べあげてみせた。

「となると、問題の本当の根っこには、結局、たどりつけないかもしれませんね」とうとう博士は言った。「それより、主治医として、先生は私に完全にまかせてくださる気でいると、そう考えさせてもらっていいんですね？」

私は、そのとおりだと答えた。

「それから、奥様。私に息子さんを連れていってほしいですか？」

夫人はうなずいた。

「でしたら、本日すぐに、私がお連れするのがいちばんよろしいでしょう。そういうつもりではなかったんですが。今日はこちらにうかがって診察だけをして、数日中にあらためて、適当な助手を連れて出直そうと思っていたんですよ。ですが、私の運転手はこういうことに慣れておりますし、こう言ってはなんですが、こちらに息子さんをずっとおいておかれても、よいことはないでしょう。ご本人も、すぐにでも行く気でいらっしゃいますし」

博士と私が書類を調える間に、エアーズ夫人とキャロラインは暗い顔で二階にロデリックを迎えにいき、旅支度を手伝った。ふたりに連れてこられた彼は、まるで老人のような足取りで、たどたどしく階段をおりてきた。夫人たちはロデリックにいつもの普段着とツイードのコートを着せたはずなのに、彼は痛々しいほどに痩せて、縮んでいて、服はどれも三サイズも大きいように見えた。脚をひどく引きずっている——まるで半年前と同じ状態に戻っているので、治療に費やした時間がすべて無に帰したと思うと、むなしくなる。キャロラインが、どうにかがんばって無精髭を剃ってやっていたが、かなり不器用な出来ばえで、顎には切り傷ができている。ロデリックの暗い瞳は落ち着かず、両手は口元で震えながらくちびるをはじいている。「ぼく、本当にウォレン先生と行くの?」彼は私に訊いてきた。「お母様が、そう言ったよ」

私は、そのとおりだと答えて窓辺にいざない、ウォレン博士の洒落た黒いハンバースナイプが外に停まっていて、中で運転手が煙草をふかしているのを見せた。ロデリックはその車に興味津々で、それはまるで車好きの普通の男の子を見るようで——ウォレン博士を振り返り、エンジンについて訊きさえもした——一瞬、数週間ぶりに、むかしの彼に戻ってくれた気がした。本当に我々がしようとしていることは間違っていないのだろうか、という疑念が、頭の奥で渦巻き始める。

しかし、もう遅すぎた。書類には署名がなされ、ウォレン博士は支度を整えていた。そして、別れの挨拶が始まると、ロデリックはぴりぴりし始めた。姉の抱擁には温かく応え、私には握手を許してくれた。けれども、母親が頰に接吻すると、彼の眼はまたちらちらと落ち着かなくなった。「ベティはどこ? ベティにも、挨拶しとかなきゃだめだろ?」

彼が危なっかしく興奮し始めたので、キャロラインは慌てて厨房に走り、ベティを連れて戻ってきた。少女がおずおずとロデリックの前に立つと、彼は力強くひとつうなずいた。

「ぼくはちょっと留守にするよ、ベティ。だから、おまえが面倒を見なきゃならない人間がひとり減る。でも、留守の間、ぼくの部屋を掃除して、きれいにしといてくれるね?」

ベティは眼をぱちくりさせ、ちらりとエアーズ夫人を見てから、答えた。「はい、ロデリック様」

「いい子だ」かすかにウィンクしたのか、目蓋が震えた。彼はあちこちのポケットを軽く叩き始めたが、どうやら小銭を探しているのだ、と気づいて吐き気を覚えた。「おさがり、ベティ」母親が静かに言った。傍目にもわかるほどほっとした顔で、少女はそっと逃げ出した。ロデリックは少女が去っていくのを見送る間も、ずっとポケットをいじりながら、眉間の皺を深くしていく。また興奮し始めるのを恐れて、ウォレン博士と私は進み出て、彼を車に連れていった。

ロデリックはほとんど抵抗せずに、おとなしく後部座席に坐った。ウォレン博士は私に握手を求めた。私は領主館の踏み段に戻り、エアーズ夫人やキャロラインと一緒に立って、ハンバースナイプのタイヤが砂利の音を鳴らして視界から消え去るまで見送った。

＊

先に語ったとおり、これだけのことがベイズリー夫人がいない日曜日の間におこなわれた。

家政婦がロデリックの状態をどれほど把握していたのか——どの程度、推測していたのか、それとも、ベティから聞かされていたのか——私にはわからない。エアーズ夫人は家政婦に、ロデリックは〝友人の家に滞在することになった〟と言った。これがエアーズ夫人の認める話であり、私は地元の人間に訊ねられることがあれば、火事のあとに診察した時に肺のために空気のよいところで静養した方がいいと助言した、とだけ答えた。それと同時に、私は火消しの役を果たすために、無口ではいられなかった。エアーズ家を余計な好奇の眼にさらすに忍びなく、デズモンド家やロシター家のように一家と親しくしている人たちの穿鑿《せんさく》からも遠ざけておきたくて、私は嘘八百やら、嘘半分やらを喋りまくり、事実から皆の眼をそらそうと必死だった。もともと私は嘘が得意でないうえ、ゴシップの大波小波を受け流し続ける緊張とストレスは、時にひどくこたえた。けれども、その時の私は別件で忙しかった。なぜなら——皮肉にも、ロデリックの治療に関する報告書の成功が一因でもあった——私は病院の役員になるように頼まれたばかりで、新しい責務を山ほどかかえていたのだ。この余計な仕事は、実のところありがたい逃避先であった。

その月は週に一度、私はエアーズ夫人とキャロラインをバーミンガムのクリニックに連れていった。道中の雰囲気は実に陰々滅々としていた。とりわけ、クリニックが郊外の、特に戦争の爆撃で壊滅的な被害を受けたあたりに建っていることが、この旅を重苦しくしていた。リドコート村のあたりでは、戦争による廃墟や破壊された道路はほとんど見られないため、ぽっかりと虚ろな穴だらけの廃屋が、窓という名の口を大きく開けて、ぎざぎざの歯をむき出しに、ことになってたのに、バスは結局来なかった。ただし、こうした訪問が大きな成功といえなかったのは、また別の要因による。肝心のロデリックがびくびくし通しで、ほとんど口をきこうとせず、私たちを案内してまわったり、寒々しい荒れ果てた庭を一緒に歩いたり、落ち着きのない男や目つきのおかしな男でいっぱいの部屋で私たちとお茶のテーブルを囲んだりすることで、かえって屈辱を覚えていたようなのだ。クリニックに移った当初には、一度か二度、地所について訊いたり、農場がどうなっているか心配したりしていた。しかし、時がたつにつれて、彼はハンドレッズ領主館への関心を失ってきたようだ。私たちはできるだけ当たり障りのない村の出来事などを話題に会話を続けたが、ときどき彼の口にする言葉から、明らかな事実に私は気づいた——そして、これは彼の母親と姉にも明らかだっただろう——私たちの話していることに対するロデリックの記憶が、絶望的にあやふやであると。一度など、彼はジップの消息を訊ねてきた。キャロラインは怯えた声で答えた。「でも、ジップは死んだわ。知ってるでしょ、ロッド」——すると、彼はぎゅっと眼をつぶって思い出そうとがんばったあと、曖昧に答えた。「ああ、そうだったね。事故か何かあっただろ? ジップは怪我をしたんだっけ? かわいそうだったな」

数週間どころではなく、何年も入院しているかのように、ロデリックの思考は鈍く曇っていた。そして、クリスマス直前、三度目に訪問すると、クリニックは泥色の紙で作った鎖や花で飾りつけられ、職員たちは馬鹿げた小さいボール紙の王冠をかぶっており、ロデリックはこれまでにないほどぼんやりして生気がなく、面会が終わってウォレン博士の助手に、回復の状況についての報告を受けるためにそっと呼び出された時には、内心ほっとした。

「それほど悪くありませんよ、いまのところはだいたい」ウォレン博士より若く、いくぶん気さくな男だった。「一応、妄想はほとんどなくなったようです。躁鬱の症状を抑えるのと、あとは鎮静剤としてですね、リチウムブロマイドを少し投与してみましたが、これがよかったみたいです。前よりもよく眠れるようになりましたよ。彼のような患者はめったにないと言えればいいんですが、先生もお気づきのとおり、うちには同じ年頃の患者さんが大勢いましてね。アルコール中毒や、ノイローゼや、いまだに戦争神経症《シェルショック》だと言い張る人や……結局、どれもこれも戦争の後遺症だと、私は見ていますけどね。根本的に全部、同じ問題なんですよ、人によって症状の現れ方が違うだけで。ロッドがああいう性格ではなくて、生まれや境遇も違っていれば、もしかすると博打や女に狂っていたかもしれませんし――でなきゃ、自殺してるか。いまだに夜は部屋に閉じこめてほしがるんです。そこからなんとか踏み出してほしいんですが。先生には彼があまり変わったように見えないでしょうが、ええと――」彼は気まずそうだった。

「――こうして先生とお話しさせていただいているのは、実は、彼の回復を遅らせている原因が、ご家族の面会だと思われるからなんですよ。彼はまだ、自分が家族を危険にさらす存在だと考えています。その危険を自分が食い止めておかなければいけない、という努力が彼を消耗させています。家のことを思い出させる人がいない状態の彼はまるで別人で、もっと朗らかです。私も看護婦たちも様子を見守ってきましたが、まったく同じ意見です」

私たちは彼のオフィスで立って話しており、前庭に面した窓の外に、エアーズ夫人とキャロラインが寒さに身体を丸め、服の前をかきあわせて、私の車に向かって歩いていくのが見えた。

「まあ、面会に通ってくるのは、あのおふたりにとっても、ずいぶん負担のようですし。お望みでしたら、来ない方がいいとおふたりを説得して、次からは私ひとりで来ましょう」

彼は机の煙草入れの煙草をすすめてきた。

「正直に言えば、ロッドは皆さん全員に来ないでほしいと思っているようです。あなたがたは過去を運んできます。あまりに鮮烈に。我々は彼の未来を考えなければならないんですよ」

「ですが――」私は煙草入れの上で手を止めた。「私は主治医だ。それはおいておくとしても、私は彼の親しい友人です」

「では、はっきり申しあげましょう、ロッドはしばらくひとりにしてほしい、と特に希望してきたんです、あなたがたの誰にも会いたくないと。お気の毒ですが」

私は煙草を取らなかった。彼に別れの挨拶をすると、前庭を突っ切ってエアーズ夫人とキャロラインのもとに行き、ふたりを領主館に送り届けた。それから私たちは律儀にロデリックに手紙を書き続け、彼からときどき気のない返事をもらったが、どの手紙にも、また来てほしいとはひとことも書かれていなかった。ハンドレッズ領主館の、焼け焦げた壁と真っ黒の天井の部屋は、あっさり閉めきられた。エアーズ夫人は夜中に息ができないほど咳きこんで目を覚ますようになり、薬や蒸気の吸入器をすぐに使えるようにするため、夫人の部屋のすぐ近くで、同じ階段の吹き抜けに面した、ロデリックが学生時代に使っていた部屋がベティに与えられた。

「この子には、わたしたちのそばで寝てもらう方が理にかなってますもの」エアーズ夫人はぜいぜいと咽喉を鳴らしながら、私にそう言った。「それに、そのくらいしてあげて当然ですわ！　いろいろと、うちには大変なことが起きたのに、いままでよく働いて忠実に仕えてくれたんですもの。あの地下室にひとりきりでは寂しすぎるでしょう」

ベティは、もちろんこの変化を喜んだ。けれども、私は少し落ち着かない気持ちだった。空軍の航空図や、記念品や、少年向けの本はすべて片付けられ、数少ないベティの持ち物が――ペティコートや、つくろった靴下や、ウルワースの安物のヘアブラシとひとつかみのヘアピンや、壁に留められた少女趣味の絵はがきなどが――わずかにもかかわらず、この部屋を別のものに変えてしまっていた。時がたつと、かつてキャロラインが〝男の城〟と説明してくれた領主館の北翼は完全に使われなくなった。時折、私はそこにはいりこんでみたが、部屋はどれも死んだようで、思わず麻痺した脚を連想した。ほどなくして、恐ろしくも、この屋敷の当主がロデリックであったことは一度もなかったかのように――彼以前に姿を消したかわいそうなジップよりも完全に――ロデリックの痕跡は跡形もなく消え去ってしまった。

検　印
廃　止

訳者紹介　1968年生まれ。1990年東京外国語大学卒。英米文学翻訳家。訳書に，ソーヤー「老人たちの生活と推理」，マゴーン「騙し絵の檻」，フェラーズ「猿来たりなば」，ウォーターズ「半身」「荊の城」，ヴィエッツ「死ぬまでお買物」など。

エアーズ家の没落 上

2010年9月24日　初版

著　者　サラ・ウォーターズ

訳　者　中《なか》村《むら》有《ゆ》希《き》

発行所　（株）東京創元社
代表者　長谷川晋一

162-0814/東京都新宿区新小川町1-5
電　話　03·3268·8231-営業部
03·3268·8204-編集部
URL　http://www.tsogen.co.jp
振　替　00160—9—1565
フォレスト・本間製本

乱丁・落丁本は，ご面倒ですが小社までご送付ください。送料小社負担にてお取替えいたします。

ISBN978-4-488-25407-0　C0197

Minette Walters

ミネット・ウォルターズ（英　一九四九―　）

幼少期から頭抜けた読書家であったウォルターズは、雑誌編集者を経て小説家となる。一九九二年にミステリ第一作『**氷の家**』を発表。いきなりCWA最優秀新人賞を獲得する。続いて第二作『**女彫刻家**』でMWA最優秀長編賞を、第三作『**鉄の枷**』でCWAゴールド・ダガーを受賞。現在に至るまで、名実ともに現代を代表する〈ミステリの新女王〉として活躍中。

ミネット・ウォルターズ
氷の家
成川裕子訳　〈本格〉

十年前に当主が失踪した邸で、胴体を食い荒らされた無惨な死骸が発見された。はたして彼は何者なのか？　迷走する推理と精妙な人物造形が伝統的な探偵小説に新たな命を与え、織りこまれた洞察の数々が清冽な感動を呼ぶ。現代の古典と呼ぶにふさわしい、まさに斬新な物語。ミステリ界に新女王の誕生を告げる、CWA最優秀新人賞受賞作！

18701-9

ミネット・ウォルターズ
女彫刻家
成川裕子訳　〈本格〉

母と妹を切り刻み、それをまた人間の形に並べて、台所に血まみれの抽象画を描いた女。彼女には当初から謎がつきまとった。凶悪な犯行にもかかわらず、精神鑑定の結果は正常。しかも罪を認めて一切の弁護を拒んでいる。わだかまる違和感は、いま疑惑の花を咲かせた……本当に彼女が犯人なのか？　MWA最優秀長編賞に輝く戦慄の第二弾！

18702-6

ミネット・ウォルターズ
鉄の枷
成川裕子訳　〈本格〉

資産家の老婦人は血で濁った浴槽の中で死んでいた。睡眠薬を服用したうえで手首を切るというのは、よくある自殺の手段である。だが、現場の異様な光景がその解釈に疑問を投げかけていた。野菊や刺草で飾られた禍々しい中世の拘束具が、死者の頭に被せられていたのである。これは一体何を意味するのか？　CWAゴールドダガー賞受賞作。

18703-3

ミネット・ウォルターズ
昏《くら》い部屋
成川裕子訳　〈本格〉

見知らぬ病室で目覚めたジェイン。謎の自動車事故から奇跡的に生還したものの、彼女は事故前後十日分の記憶を失っていた。傷ついた心身を癒やす間もなく、元婚約者と親友がその空白の期間に惨殺されたこと、自分が容疑者であることを、相次いで知らされる。誰を、何を信用すればいいのか。二転三転する疑惑が心を揺さぶる鮮烈な第四長編。

18704-0

ミネット・ウォルターズ
成川裕子 訳
囁く谺
〈本格〉

ロンドンの裕福な住宅街の一角で、浮浪者の餓死死体が見つかった。取材に訪れたマイケルは、家の女性から奇妙な話を聞かされる。男はみずから餓死を選んだに違いないというのだ。だが、それよりも不可解なことは、彼女が死んだ男に強い関心を抱いていることだった。彼女を突き動かすものとは何なのか？　ミステリの女王が贈る傑作長編。

18705-7

ミネット・ウォルターズ
成川裕子 訳
蛇の形
〈本格〉

ある雨の晩、ミセス・ラニラは隣人が死にかけているのに出くわしてしまう。警察の結論は交通事故死。だが、彼女には、死に際の表情が「なぜ私が殺されなければならないのか」と訴えていたように思えてならなかった。そして二十年後、ミセス・ラニラは殺人の証拠を求め、執念の捜査を開始する。人の心の闇を余す所なく描き出す傑作長編。

18706-4

ミネット・ウォルターズ
成川裕子 訳
病める狐 上下
〈サスペンス〉

ドーセットにある寒村、シェンステッドを不穏な空気が覆う。何者かによる動物の虐殺、村の老婦人の不審死に関してささやかれる噂、そして村の一角を占拠した移動生活者の一団。それらの背後には、謎の男フォックスの影があった。高まり続けた緊張はクリスマスの翌日、頂点に達し……。二度目のCWA最優秀長編賞を受賞した、圧巻の傑作。

18707-1/18708-8

フレッド・ヴァルガス
藤田真利子 訳
死者を起こせ
〈本格〉

ボロ館に住む三人の失業中の若き歴史学者たち。中世専門のマルク、先史時代専門のマティアス、第一次大戦専門のリュシアン。隣家の元オペラ歌手は、突然庭に出現したブナの木に怯えていた。これは脅迫ではないか？　夫はとりあわず、三人が頼まれて木の下を掘るが何も出ない……そして彼女が失踪した。ミステリ批評家賞受賞の傑作長編。

23602-1

フレッド・ヴァルガス
田中千春 訳
青チョークの男
〈本格〉

夜毎パリの路上にチョークで描かれる円。中にはガラクタの数々が置かれている。しかし、ある朝そこには喉を切られた女性の死体が。そして、事件は続いた。警察署長アダムスベルグが事件に挑む。CWAインターナショナル・ダガー受賞作『死者を起こせ』で読者を魅了したフランス・ミステリ界の女王ヴァルガスのもう一つのシリーズ開幕！

23603-8

フレッド・ヴァルガス
藤田真利子 訳
論理は右手に
〈本格〉

パリの街で犬の糞から出た人骨に疑念を抱いた元内務省調査員ケルヴェレールは、独自の捜査を開始した。若い歴史学者マルク＝通称聖マルコを助手に、彼はブルターニュの村の犬を探り当てる。骨は最近、海辺で事故死した老女のものなのか？　変人ケルヴェレールが、聖マルコ、聖マタイとともに老女の死の真相に迫る。〈三聖人シリーズ〉第二弾。

23604-5

サラ・ウォーターズ
中村有希訳
半《はん》身《しん》
〈サスペンス〉

一八七四年の秋、監獄を訪れたわたしは、ある不思議な女囚と出逢った。ただならぬ静寂をまとったその娘は……霊媒。戸惑うわたしの前に、やがて、秘めやかに謎が零れ落ちてくる。魔術的な筆さばきの物語が到達するのは、青天の霹靂のごとき結末。サマセット・モーム賞に輝いた本書は、魔物のように妖しい魅力に富んだ、ミステリの絶品！

25402-5

サラ・ウォーターズ
中村有希訳
荊《いばら》の城 上下
〈サスペンス〉

十九世紀半ばのロンドン。十七歳になる孤児スウに、顔見知りの詐欺師が新たな儲け話を持ちかけてくる。さる令嬢をたぶらかして結婚し、彼女の財産を奪い取ろうというのだ。スウの役割は、令嬢の新しい侍女。スウはためらいながらも、その話にのることにするのだが……。CWAのヒストリカル・ダガーを受賞した、ウォーターズ待望の第二弾。

25403-2/25404-9

サラ・ウォーターズ
中村有希訳
夜《や》愁《しゅう》 上下
〈サスペンス〉

一九四七年、ロンドン。第二次世界大戦の爪痕が残る街で毎日を生きるケイ、ジュリアとその同居人のヘレン、ヴィヴとダンカンの姉弟たち。そんな彼女たちが積み重ねてきた歳月を、夜は容赦なく引きはがす。過去へとさかのぼる人々の想いと、すれ違い交錯するいくつもの運命。無情なる時が支配する、夜と戦争の物語。ブッカー賞最終候補作。

25405-6/25406-3

エレイン・ヴィエッツ
中村有希訳
死ぬまでお買物
〈ユーモア〉

やむをえない事情から、すべてをなげうち陽光まぶしい南フロリダへやってきたヘレン・ホーソーン。ようやく手に入れた仕事は、高級ブティックの雇われ店員だった。店長もお得意様も、周囲は皆整形美女だらけのこの店には、どうやら危険な秘密があるようで……？　ふりかかる事件にワケありヒロインが体当たりで挑む、痛快シリーズの登場。

15006-8

エレイン・ヴィエッツ
中村有希訳
死体にもカバーを
〈ユーモア〉

ワケあって世をはばかる身のヘレンは、ただいま〈ページ・ターナーズ〉書店で新米書店員として奮闘中。困ったお客や最低オーナーに振り回される毎日だ。ところが、そのオーナーが殺されてしまい、しかも容疑者として逮捕されたのは意外な人物で……？　南フロリダで働く崖っぷちヒロインの、仕事と推理と恋の行方は？　お待ちかね第二弾。

15007-5

ローラ・ウィルソン
日暮雅通訳
千の嘘
〈サスペンス〉

母の遺品を整理していたエイミーは、モーリーン・シャンドという女性が書いた日記を見つける。彼女と母の関係を調べていくうち、モーリーンの姉シーラが、実の父親を殺していたことが明らかになった。シャンド家で過去に何があったのか？　エイミーは姉妹の母、そしてシーラ本人と接触を図るが……。期待の俊英が贈る哀しみのサスペンス。

28504-3